金鼎文博

**李玉民**

1963 年毕业于北京大学西方语言文学系，1964 年作为新中国首批留法学生到法国勒恩大学进修两年，后为首都师范大学外院教授。潜心从事法国纯文学翻译四十余年，译著近百种，约有两千五百万字。主要译著有：雨果的《巴黎圣母院》《悲惨世界》，大仲马的《三剑客》《基督山伯爵》，莫泊桑的《一生》《漂亮朋友》《羊脂球》等。

# 第　一　人

〔法〕阿尔贝·加缪　著　李玉民　译

吉林大学出版社

图书在版编目（CIP）数据

第一人 /（法）阿尔贝·加缪著；李玉民译. -- 长春：吉林大学出版社，2017.9
ISBN 978-7-5692-1104-7

Ⅰ.①第… Ⅱ.①阿… ②李… Ⅲ.①长篇小说—法国—现代 Ⅳ.① I565.45

中国版本图书馆 CIP 数据核字（2017）第 254400 号

第一人
DI-YI REN

著　　者：（法）阿尔贝·加缪
译　　者：李玉民
策划编辑：魏丹丹
责任编辑：魏丹丹
责任校对：邹燕妮
开　　本：850mm × 1168mm　1/32
字　　数：167 千字
印　　张：8.5
版　　次：2017 年 9 月第 1 版
印　　次：2017 年 9 月第 1 次印刷

出版发行：吉林大学出版社
地　　址：长春市人民大街 4059 号（130021）
0431-89580028/29/21
http://www.jlup.com.cn
E-mail:jdcbs@jlu.edu.cn
印　　刷：三河市金元印装有限公司

ISBN 978-7-5692-1104-7　　定价：32.00 元

# 原著编者按

我们现在出版《第一人》。这是阿尔贝·加缪去世时正在写作的遗稿。手稿装在他的挎包里，是 1960 年 1 月 4 日发现的，总共 144 页，奋笔直书，没有句号，也未加逗号，字迹潦草，很难辨读，毫无加工的迹象。

我们依据手稿和弗朗西娜·加缪[①]第一手打字稿，确定了这个文本。为方便理解，文中复加了标点，辨读有疑问的词语加了括号，无法辨认的词和语句成分用空白括号标出。在页码下方，用星号带出重叠的异文；用字母表示在空白边的补文；用数字显示出版者的注释[②]。

附录部分（我们编号为Ⅰ至Ⅴ），这些活页有的插进手稿中（活页Ⅰ在第四章前，活页Ⅱ在第六〔附〕章前），其余的附在手稿后面。

题为“《第一人》（笔记与提纲）”的笔记本，是一个方格纸的小活页本，同样附在后面，这有助于读者了解作者想要如何展开这部作品。

看完《第一人》就会明白，我们为何也附上两封信：一封是阿尔贝·加缪在获得诺贝尔奖的次日，寄给他的小学教师路易·热尔曼的；另一封则是路易·热尔曼写给他的最后一封信。

---

① 阿尔贝·加缪的夫人，原名弗朗西娜·富尔。——译者注

② 原著页码下方的文字，在译本中稍加处理，均以数字标识，作为原著的注释。译者加的注释则标明译者注。

在此，我们要特别感谢奥黛特·狄亚涅·克雷亚克、罗杰·格勒尼埃和罗贝尔·伽利玛，感谢他们出于深情厚谊一贯给予我们的帮助。

卡特琳·加缪[①]
1994 年

① 阿尔贝·加缪的女儿。——译者注

# 目录

CONTENTS

# 第一部　寻　父

说情人：加缪孀妇[1]

献给你，这本你生前读不了的书

① 阿尔贝·加缪的母亲，原名卡特琳·辛泰斯。——译者注

大篷车行驶在碎石路上。暮色沉沉，厚重的大块乌云朝东方飞驰①。三天前，大西洋上空乌云密布，就等待刮来西风，这才开始蠕动，起初缓慢地翻滚，继而流徙的速度越来越快，飞越秋季粼光闪闪的海面，径直冲向大陆，经过摩洛哥山脊割成长条云②，到阿尔及利亚高原上空，复又聚合成云团，现在邻近突尼斯边境，势欲抵达第勒尼安海，而后消隐。在这类似无比巨大的岛屿上空，乌云狂奔了数千公里之后，势头尽失，有的云团已经化作大颗的雨滴，稀稀落落，噼里啪啦，开始敲打着四个乘客头上的帆布车篷。这类似岛屿的大陆，北面有流动的海洋守卫，南面则护拥着沙海凝固的波涛，而沙海波涛流经这片大地的速度，并不比这里帝国和种族的进程快多少。

道路倒还清晰，只是路面不太板实，大篷车轧上去，就发出吱吱咯咯的声响。铁轮箍下或者马蹄下，时而迸出火星，一颗燧石便打在车板上，或者相反，扑哧一声，轧进土质松软的辙沟里。两匹驾车的小马奔跑的速度倒很均匀，少有失蹄，挺着胸脯，用力拉着装有家具的沉重大板车，步调虽然不一致，却一刻不停地将道路抛向身后。时而有一匹马打起响鼻，步伐就乱了。于是，阿拉伯人车老板一抖马背上的用旧的缰绳，发出啪啪声响，那马精神抖擞，又恢复了节奏。

坐在前排长凳上，挨着车老板的那个男子是法国人，三十来岁，脸上不露声色，目光注视着在下面摆动的两匹马的后臀。他腰

---

① 增加不指明的地质状况。大地和海洋。——原作注（以下不标明者均为原作注）

② 索尔弗里诺（离蒙多维不远的村庄，今为德雷安），在波尼（安纳巴）南 25 公里。1848 年 11 月，来自巴黎的 829 人车队，最初在蒙多维落脚，很可能是他们当中一个人创建了这座村庄。

身粗壮，人很敦实，长瓜脸，方方的额头很高，下颌骨坚毅有力，眼睛非常清亮。他穿着过了季的人字斜纹布上衣，三粒扣子按照时尚一直扣到领口，头发理得很短，戴一顶轻便鸭舌帽①。雨水在车篷上开始流淌时，他便转身冲车里高声问道："没事儿吧？"是向坐在第二张长凳上的一位妇女问的。那女子卡在第一张长凳和一大堆旧箱子和旧家具之间，衣着颇为寒酸，但是裹着一条粗羊毛的大披肩，她浅浅地冲他微笑，连声说"是啊，是啊"，还微微做手势表示歉意。一个四岁的小男孩依偎着她睡觉。她五官端正，面相温和，波浪式的黑发不失为西班牙女子，鼻子纤巧而挺直，栗色的眼睛美丽而热情。不过，此时，她脸上有某种神色能打动人。那不单纯是疲惫或类似的什么暂时罩在脸上的一种面具，不是的，倒像是走神儿，略微分心的样子，如同某些纯正无邪的人一贯的神态，而此刻她那张美丽的脸上正暗暗流露出来。她那眼神惊人的和善，时而也掺进一抹转瞬即逝的无名恐惧。她用因劳作而变得粗糙、骨节有点肿大的手掌，轻轻拍着丈夫的脊背，说道："没事儿，没事儿。"随即，她收敛笑容，注视车篷下水洼已经开始闪光的道路。

男人扭头问阿拉伯人："还远吗？"阿拉伯人一脸静穆，脑袋用黄细绳扎着缠头巾，膀大腰圆，穿一条肥大的半短长裤，在腿肚上方系紧裤脚，他那两撇大白胡子下的嘴咧开笑笑，回答说："再走八公里，你就到了。"男人又转过头去，没有含笑，却关切地瞧他的妻子。女人的目光还一直盯着道路。"把缰绳给我吧。"男人说道。"行啊。"阿拉伯人答应，他交出缰绳。男人从上面跨过去，阿拉伯老人从下面钻过来，二人换了座位。男人抖了两下缰绳，就驾驭了两匹马，马儿又奔跑起来，拉直了套绳。"你识马性？"阿拉伯人问道。"是啊。"男人回答简单干脆，依然没有笑容。

天光暗下来，夜色骤然降临。阿拉伯人从他左侧锁横头摘下方形灯笼，转向车内，划了好几根粗头火柴，才算点着灯笼里的蜡

① 或者一顶瓜皮帽。

烛，再挂回原处。现在落下霏霏细雨，雨丝在微弱的灯光中闪亮，而淅沥之声则充塞了周围漆黑的天地。大篷车时而驶经荆丛、矮树丛，被灯光模糊地照见几秒钟。不过，其余的时间，马车行驶在黑暗中更显空旷的荒野。唯有烧荒的气味，或者突然袭来的浓烈的粪肥味儿，才让人意识到此时沿着耕地行驶。女人在赶车的人身后说话，他稍微勒住缰绳，身子往后仰。“连个人影儿也不见。”妻子重复道。“你害怕啦？”男人又重复一遍，“怎么会呢？”不过这回是叫嚷起来。“不，不，跟你一块儿不怕。”可是，她总还流露出不安的神色。“你不舒服吗？”男人问道。“有点儿。”男人便催马快行，于是，车轮轧辙沟，八只铁蹄踏路的巨大声响，重又充斥沉沉黑夜。

这是1913年秋季的一天夜晚①。这一家人乘三等车厢，坐了一天一夜的硬座，从阿尔及尔到达波尼火车站，两小时前又乘马车赶路。他们在火车站找到这辆大篷车，这个阿拉伯人正等候着，要把他们拉到二十公里远，送到一座小村庄附近这个男人要经营的垦地。往车上装箱子和其他物品，费了好多功夫，路又不好走，也耽误了不少时间。阿拉伯人似乎看出旅伴有些不安，就对他说：“不必害怕。这里没有强盗。”“强盗哪儿都有，”男人说道，“不过，我这儿有家伙。”说着，他拍了拍右边的口袋。“你说得对，”阿拉伯人接口道，“总是有些疯子。”这时，女人叫她丈夫：“亨利，不大好受。”男人咒了一句，又催促一下两匹马②，他说道：“说话就到了。”过了一会儿，他又瞧了瞧妻子。“还难受吗？”她冲男人微微一笑，样子却很怪，有点心不在焉，却看不出难受来。“嗯，特别难受。”丈夫仍然关切地注视她。于是，她重又表示歉意。“没什么。也许是坐火车的缘故。”“瞧啊，”阿拉伯人说，“村子。”的确望见了，在路的左侧，再往前一点儿，索尔弗里诺村，雨中映现朦胧的灯光。“你得走右边那条路。”阿拉伯人说道。男人略显犹豫，转身

---

① 阿尔贝·加缪生于1913年11月7日。

② 小男孩。

问他妻子:“直接到家里,还是去村子?”“唔!直接到家里,这样更好。”车子往前行驶不远,朝右拐去,那方向有陌生的家在等待他们。“还有一公里。”阿拉伯人说道。“这就到了。”男人冲他妻子说。妻子俯下身子,脸埋在胳臂里,正无声地哭泣。男人提高嗓门儿,学着她的话,一字一顿地说道:“你这就能躺下。我去叫大夫。”“对,去叫大夫吧。我看就是这事儿。”阿拉伯人好不奇怪,注视他们夫妇。“她就要生孩子了。”男人说道,“村里有大夫吗?”“有哇,你要是愿意,我去叫大夫。”“不,你留在家里,照看着点儿。我去,会快一些。他有车还是有马?”“有车。”随后,阿拉伯人又对女人说:“你会生个小子。但愿他长得漂亮。”女人冲他微笑,却似乎没有听明白。“她听不见。在家里说话,你得大声喊,还得打手势。”

突然间,马车行驶几乎没有声响了。路变窄了,地面覆盖一层凝灰岩。路两侧排列着瓦顶棚子,棚子后边的葡萄园,只看得见头几排葡萄架。迎面扑鼻而来的是浓浓的葡萄汁气味。他们驶过几幢房顶加高的大房子,进入一个无树的院子,车轮碾着煤渣路,阿拉伯人一言未发,接过缰绳一勒,两匹马便停下,其中一匹打着响鼻。阿拉伯人指着一座刷了白灰的小房子。房子小矮门四周爬满葡萄藤,门框因用硫酸铜杀菌而发蓝。男人跳下车,冒雨跑向房子,打开房门。屋里黑洞洞的,感到空室而无烟火,阿拉伯人随后跟上,摸黑径直走向壁炉,他擦着一根火柴,点亮屋子中央圆桌上面吊着的一盏煤油灯。男人只能扫一眼,看到刷了白灰的厨房,里面有一个镶了红瓷砖的洗碗池、一个旧碗柜,以及墙上挂的褪了色的日历。一条铺了同样红砖的楼梯通到上面的起居室。“生上火吧。”他说罢,又返回马车。(他去抱小男孩?)女人一声不吭等待着。他抱起妻子,放到地上,还搂了一会儿,然后扳着仰起她的头。“你能走吗?”她回答“能”,并用关节肿大的手掌抚摩丈夫的手臂。男人搀着她走向屋子。“等一等。”他说道。阿拉伯人已经生着了炉火,往火上添加葡萄藤蔓,动作准确而又敏捷。女人站在桌旁,双手捧着肚腹,她那张俊美的脸庞仰向灯光,现在浮过短暂疼痛的波迹。这屋里的潮湿,久无人居和贫寒的气息,她似乎根本不注意。男人正忙着布置上面的房间。继而,他出现在上面的楼梯口:“卧室里没有壁炉?”“没有,”阿拉伯人回答,“另一间屋也没有。”“过来一下。”男人说道。阿拉伯人便上楼。随后又见他退着出来,抬着床垫,男人则抬着另一端。他们将床垫安放在壁灯旁边。男人将桌子拉到角落,而阿拉伯人则又上楼去,很快拿下来长枕头和被子。“就躺在这儿吧。”男人对妻子说道,并且扶着她走向床垫。她不免迟疑。现在闻到床垫散发出来一股潮湿的马鬃气味。“我不能脱衣服。”她说道,目光扫视周围,面露畏惧的神色,仿佛终于认清这住宅的状况。“下身穿的脱了吧。”男人说道。接着又重复一遍:“下身儿的,脱了吧。”随即转向阿拉伯人:“谢谢。卸下一匹马,我骑着去村里。”阿拉伯人出去了。女人背对着丈夫,忙着脱裤子,丈夫也已转过身去。随后,她躺上去,身子一平躺到床垫上,扯被子盖好,她就长号一声,张大了嘴,只是一声持续喊叫,就好像要把聚积在身上疼痛的呼号,一下子全释放出来。男人站在床垫旁边,由着她长号,等她住了声,他便摘下帽子,跪到地上,亲吻她紧闭的双目上面美丽的额头。然后,他又戴上帽子,冒雨出去了。卸了套的马原地打转,前蹄插进炉渣里。“我去找副鞍子来。”阿拉伯人说道。“不必。马有缰绳就行了。我就这样骑马。你把箱子和其他物品搬进厨房吧。你有老婆吧?”“老婆死了,太老了。”“有女儿吗?”“没有,谢天谢地。不过,我有儿媳妇。”“叫她过来吧。”“这就叫来。放心去吧。”男人注视着阿拉伯老人,老人一动不动,站在细雨中,打湿的胡子下的嘴角冲他泛起微笑。他呢,始终没有个笑容,但是,他望着对方,眼睛清亮而关切。接着,他向对方伸出手,对方则以阿拉伯人的方式,用手指尖握了握,再将手指送到嘴唇上。男人转身,踏着嚓嚓作响的炉渣,走向那匹马,跃身骑上马背,一阵重重的马蹄声跑远了。

男人跑出垦区,便朝他刚到时初见村子灯火的十字路口奔去。

现在雨已经停了，灯火更显明亮了。拐到右边的道路穿过葡萄园，笔直通往那片灯光，而扎葡萄架的铁丝，有些区段也闪闪发亮。大约跑到半路，马自动放慢速度，信步往前走，走近一个长方形的棚屋，一边是砖石砌的一间屋，另一边大间量，是搭成的木板房，房前大大的雨檐遮护着突出的柜台。砖石屋的房门上写着"雅克太太乡村食堂"，门下缝隙透出光亮。男人勒马停在门前，不下马就敲门。屋内立刻有人问话，声音果敢而洪亮："什么人？""我是圣·阿波特尔垦区新来的经理。我妻子临产了。我来求助。"没人回答。过了一会儿，只听拔出门插销，拉开门闩，房门打开一条缝，隐约看到欧洲女人那样卷曲的黑发、富态的面颊、肥厚的嘴唇，上方的鼻子稍嫌扁平。"我叫亨利·科尔梅里。您能到我妻子的身边吗？我去叫大夫。"那女人以惯有打量男人和逆境的眼神，定睛看着他。男人则坚定地与她对视，却不多加一句解释。"我这就去。"她说道。"您抓紧吧。"他道了声谢，用脚跟一磕马肚子。不大工夫，就过了干打垒的围墙，进了村子。看来只有一条街道，在他眼前延展，沿街两旁排列着小平房，全都一模一样，他一直走到铺了凝灰岩的小广场，意外看到一座金属框架的音乐亭耸立在那里。广场跟街道一样阒无一人。科尔梅里已经朝一座房子走去，这时马忽然闪避一下。从暗地里走出一个阿拉伯人来，那人身披深色破旧的呢斗篷，正朝他走来。"我找医生的家。"科尔梅里脱口就问道。那人打量骑马人，打量完了，便说了一句："随我来。"他们沿着街道又往回走。在底层加高的一座建筑物上写着"自由、平等、博爱[①]"，有刷了白灰的楼梯通到上面。旁边是一座小花园，围着灰泥围墙，里端有一座房子。阿拉伯人指着说："就是那儿。"科尔梅里跳下马，迈开丝毫不显倦意的步子，穿过花园，只瞧见正中间有一棵矮棕榈，叶子干枯，树干也朽了。他敲了敲门。没人应答[②]。他回过身去。阿拉伯人静静地等在那里。男人再次敲门。

---

① 在手稿页左空白边上，阿尔贝·加缪打了个问号。

② 我同摩洛哥人打过仗(目光蒙眬)，摩洛哥人，他们不大善良。

另一侧响起了脚步声，停到门里，但是门并没有打开。科尔梅里又敲门，说道："我找大夫。"里面立即拔了门闩的插销，房门打开了。出来一个人，是张娃娃脸，还显年轻，但是头发几乎全白了，身材高大壮实，穿着类似猎装，小腿紧紧打着绑腿。"咦，您是哪儿来的?"那人微笑着问道，"我可从未见过您。"男人解释了几句。"唔，是的，村主任事先通知了我。不过，您说说看，跑到这种穷乡僻壤的鬼地方来生孩子。"对方说意料会晚一些，一定是日子弄错了。"好吧。这种情况，谁都难免碰上。走吧，我给那匹斗牛士放上鞍子，随后就去。"

又下雨了，科尔梅里回程走到半路，医生骑着灰斑马就追上来了。科尔梅里浑身浇透了，但始终挺着腰板儿，稳坐在他那匹干农活的笨重的马上。"到这儿来也真怪，"医生高声说道，"不过，您会看到，这地方也不错，只是蚊子多，穷苦地方出盗贼。"医生勒马与他并行。"要知道，蚊子嘛，您尽可放心，那是明年开春之后的事儿。至于盗匪嘛……"医生笑起来，可是，对方一言不发，继续赶路。医生不免好奇，看着他，说道："您什么也不用怕，到时候，一切都会妥妥当当。"科尔梅里那清亮的目光转向医生，平静地注视他，语调真诚地说道："我不怕。我习惯了艰难险阻。""这是您的头生吗?""不，有个四岁的男孩，撂在阿尔及尔他外婆家了。①"他们到达十字路口，拐上去垦区的路。不久，煤渣就在马蹄下纷飞。两匹马一停下，周围又寂静下来时，只听屋里传出一声号叫。两个男人下了马。

躲在滴水的葡萄藤下的一个黑影在等候他们。他们走到近前，认出阿拉伯老人，头上还套着一个口袋。"你好，卡杜尔，情况怎么样?"医生问道。"不清楚，尤其里面全是女人，我不能进去。"老人回答。"好规矩，"医生说道，"尤其在女人叫喊的时候。"不

① 此处与上文矛盾，在车上，"一个四岁的小男孩依偎着她睡觉"，可见随行；到达住处时，又有加括号和问号的一句：(他去抱小男孩?)表明加缪改变了主意。——译者注

过，屋里再也没有传出一声喊叫。医生打开房门，走了进去，科尔梅里紧随其后。

壁炉里葡萄枝蔓烧得正旺，比起吊在天棚中央的铜箍煤油灯来，照得屋子还要亮堂。他们面对炉火，右侧的洗碗池忽然堆满铁水罐和毛巾。左侧，原先摆在屋中央的桌子，已经移到那个摇晃不稳的木质白色小碗柜前，桌子上放满了一个旧旅行袋、一个帽子盒和一些小包裹。屋子各个角落都堆着旧行李，其中有一只大柳条箱。只有离炉火不远的屋子中央留下空地儿，与壁炉呈直角放着床垫，上面躺着女人，她的头微微后仰，下面的枕头没有枕套，头发现在散开了。被子现在只盖住半个床垫。

食堂老板娘跪在左侧，遮住了床垫裸露的部分。她正往盆里拧毛巾，滴下红红的血水。右侧盘腿坐着一个阿拉伯女子，未戴面纱，以献祭的姿态，双手端着另一个有几处绷瓷的搪瓷盆，盆里热气腾腾。一条折叠的床单垫在产妇的身下，两个女人则坚守在两端。在粉刷的墙壁上、堆满房间的行李上，影子和炉火光上下蹿动，再近一些，炉火则映红两个守护女人的脸，以及被子下产妇蜷缩的身体。

两个男人走进屋时，阿拉伯女人面带巧笑，迅疾扫了他们一眼，随即转向炉火，两条精瘦的棕色手臂始终捧着脸盆。食堂老板娘瞧了瞧他们，欢叫了一声："用不着您了，大夫。自己就产下来了。"她站起身，两个男人这才看见一个血淋淋的东西，不成形体，静止中却充满动感，现在持续发出一种声响，仿佛发自地下，几乎难以捕捉的吱吱嘎嘎声①。"有这种说法，"医生说道，"但愿您没有动脐带。""没有哇，"女老板笑着回答，"总得给您留点儿事儿干。"她站起身，就给医生腾开位置。而大夫换了位，便重又挡住新生儿，脱帽站在门口的科尔梅里看不见了。大夫蹲下去，打开医药箱，然后从阿拉伯女人手中接过脸盆。阿拉伯女人立即退出光亮

① 如同在显微镜下，某些细胞发出的声响。

区域,隐身到壁炉的暗角里。医生始终背对着房门,他洗了手,往手上倒了点儿酒精,有点儿像葡萄渣酿造的烧酒味立即弥漫了全屋。这时,产妇抬起头,瞧见她丈夫,她那张疲惫的美丽的脸上,泛起一丝灿烂的笑意,当即容光焕发了。科尔梅里走向床垫。"他来了。"产妇喘息着说道,还伸手指向婴儿。"是啊,"大夫说道,"不过,你还是安静躺着。"妻子用询问的目光望着大夫。科尔梅里站在床垫脚下,向她打了平静下来的手势。"你躺好吧。"她这才仰头躺下去。这工夫雨下大了,敲打着老瓦房顶。医生在被子下面忙活着,接着,他直起身,似乎在摇晃他面前什么东西,柔弱的一声哭叫传了出来。"是个男孩,"大夫说道,"一个漂亮的小东西。""一开始就吉利,"食堂老板娘说道,"搬迁之喜。"躲在角落的阿拉伯女人笑起来,拍了两下手掌。科尔梅里看了她一眼,她便羞愧地转过身去。"好了,"大夫说,"现在,给我们留点儿空儿吧。"科尔梅里看着他妻子。然而,她的脸一直仰向后面,唯独那双手,在粗布被子上放松了,还能唤起刚才照亮陋室的灿烂笑容。他戴上鸭舌帽,走向房门。"您给他起个什么名字?"食堂老板娘问道。"还不知道,我们没有考虑呢。"他望着婴儿,又说道,"我们就叫他雅克吧,既然您看着他出生的。"对方咯咯大笑。科尔梅里走出屋子,只见葡萄藤下,阿拉伯老人还在等着,头上一直顶着大口袋。老人看着科尔梅里,可是他什么也不讲。"接着。"阿拉伯人递给他口袋一端。科尔梅里躲到口袋下,他感到阿拉伯老人的肩膀,闻到老人衣服上散发出来的烟味,而雨滴则落到两个人头顶的口袋上。"生了个男孩。"他说道,并不看他的同伴。"谢天谢地,"阿拉伯人回答,"您是一家之主了。"来自几千公里远的雨水,不停地落到他们面前的煤渣路上,冲出许多小水洼,也落到稍远处的葡萄园,葡萄架的铁丝在雨中一直闪闪发亮。云雨到不了东面的海了,现在势欲淹没整个地区:河流两岸的沼泽地和周围的山峦,几近荒凉的广袤土地的浓烈气味,重又冲鼻而来。这两个男人挤在同一条口袋之下,嗅着大地的气味,听着身后时断时续的微弱呱呱声。

夜已深了,科尔梅里穿着长内裤和贴身针织衫,睡在妻子旁边的另一张床垫上,眼望着天棚上跳动的火光。房间差不多收拾整齐了。妻子的另一侧,婴儿躺在衣篮里,没有响动,只是时而发出轻微的咕噜声。他妻子也睡着了,脸转向他,嘴微微张开。雨已经停了。明天,就得开始干活。妻子那双已经粗糙的、木质化了的手,也在他身边提醒这一点。他伸出手,轻轻放到产妇的手上,身子往后一仰,合上了双眼。

# 圣－布里厄[①]

四十年后[②]，在开往圣－布里厄的火车车厢过道上，一个男子望着车窗外闪过的景象，一副不以为然的神态。这是春天的一个下午，这个狭窄而平坦的地带，在苍白的阳光下，布满村庄和丑陋的房舍，从巴黎一直延展到芒什省。牧场和田地，一平方米不剩地耕种了几个世纪，从他的眼前鱼贯而过。此人没戴帽子，头发理成平头，长瓜脸，五官清秀，个头儿相当高，蓝色的眼睛透出率直，尽管年届四十，穿着风衣的体态仍显修长。他的双手牢牢把住扶手，身体重心落到一侧臀部，敞着怀，那副神态既悠然自得，又刚毅有力。这时，火车减速，终于停在一座破烂不堪的小站。过了一会儿，一个相当漂亮的年轻女子，从这个男子站着的车窗下经过，停下来换手拎箱子，恰巧看见了这个男乘客。男乘客微笑着注视她。那女人也不由得微笑起来。男子放下车窗，可是火车重又启动。“真可惜。”他说了一句。那年轻女子一直冲他微笑。

这位乘客回到三等车厢，坐到他那靠窗的座位。对面坐着一个男人，稀疏的头发趴在头皮上，一张浮肿的脸，酒糟鼻子，看上去比实际年龄大得多，他瘫坐成一堆，闭着眼睛，喘着粗气，显然在努力消化食物，不时还迅疾地溜一眼对面。在同一张长椅靠走廊的座位上，坐着一个花枝招展的乡下女人，头戴的帽子很奇特，装饰着一串蜡质的葡萄，她正给一个脸上暗淡无神的红头发小孩擤鼻涕。这位男乘客脸上的笑容消失了。他从兜里掏出一本杂志，心

① 这个标题出现在加缪在单页纸上列出的目录里。

② 从一开始，就必须突出雅克身上的怪。

不在焉地看一篇文章，结果打起了呵欠①。

过了一段时间，标着“圣－布里厄”的小站牌，缓缓地送到车窗，那位旅客立刻起身，从头顶行李架上毫不费力地取下一只叠式旅行箱，向同车厢旅伴道别，而他们一脸意外的神色回了礼，随后，他快步走出车厢，一跃而跳下列车的三级台阶。到了站台，他瞧了瞧左手，还沾有那会儿抓过的铜扶手上的炭黑，便掏出一块手帕，仔仔细细地擦手。接着，他走向出站口，陆续跟上来一群衣服灰暗、面目模糊的旅客。他在一排小柱子支撑的遮雨檐下，耐心地等待验票，等待沉默寡言的职员把车票还给他，这才穿过候车室，只见光秃秃的墙壁唯一的装饰，就是脏兮兮的旧广告。广告上的蓝色海岸已经化为炭黑色调，于是，他在下午斜照的阳光下，沿站前街道大步流星进城。

到了旅馆，他要了预订的客房，拒绝了长了一张土豆脸的女服务员的服务，要自己提着行李，不过，被带进客房之后，他却给了一笔令女服务员惊讶，给她那张脸平添友善的小费。随后，他又洗了手，房门也没有锁，同样疾步地下楼。在大堂里，他遇见那名女服务员，问她墓地在哪儿，获得了过分详尽的介绍，他还是客气地听完。接着，他走向指明的方位，穿越狭窄而凄清的街道，两边尽是难看的红瓦顶寻常的房舍。时有构架梁外露的老房子，彰显屋顶斜铺的石板瓦。行人寥寥，也并不驻足，无视橱窗里陈列的玻璃器皿、塑料和尼龙的精美制品，以及泛滥成灾的、在现代西方所有城市都能见到的陶瓷产品。只有食品店显得生意兴旺。墓地四周围着可憎的高墙。大门旁边，有几家摆着可怜巴巴的鲜花的花店、雕刻墓碑的铺子。那旅客停在一家铺子门前，看一个挺精神的孩子在角落一块尚未刻字的墓碑上写作业。然后，他走进墓园，直奔守墓人的房屋。守墓人不在屋里，旅客就在一间陈设简陋的小办公室里等待，他瞧见一张图，正在查看，守墓人进来了。是个高身量

① 在这段左边的空白处，加缪加了一个问号。

的男人，骨节大，鼻子也肥大，穿一件粗呢高领上衣，散发着汗臭味儿。旅客询问1914年战争遇难者的墓区位置。“是啊，”对方回答，“那块叫‘法国纪念’墓地①。您找什么名字？”“亨利·科尔梅里。”旅客回答。

守墓人打开一大本包着包装纸的名册，用沾了泥土的手指沿着名单寻找。手指停下了。“亨利·科尔梅里，”他念道，“在马恩战役受了致命的重伤，于1914年10月11日死于圣－布里厄。”“正是他。”旅客说道。守墓人合上名册，说道：“跟我来。”他带旅客走向头几排坟墓。坟墓有些简陋，另一些则矫饰而丑陋，全都堆砌着大理石和珠串饰，无不丑化装饰的地方。“是亲戚吗？”守墓人漫不经心地问道。“是我父亲。”“真痛心啊。”对方讲了一句。“嗳，不，他死的时候，我还不满周岁。这，您应该理解。”“理解，”守墓人说道，“不管怎样，总是件痛心的事儿。当时，死的人太多了。”雅克·科尔梅里就再也没有应声。自不待言，当时死的人太多了，然而，对于他父亲，他不能臆想出他本没有的孝思。他到法国生活了多年，打算做到留在阿尔及利亚的母亲长久以来对他的要求：去看看她本人从未见过的他父亲的坟墓。他觉得扫墓毫无意义。一则对他而言：他并不了解父亲，对父亲生前的情况他几乎一无所知，他也憎恶各种各样的陈规旧俗。二则对他母亲而言，她从来不提起已亡人，也根本想象不出他会看到什么。不过，既然他从前的老师定居到圣－布里厄，他倒认为这是久别重逢的机会，便决定去看望这位陌生的死者，并且一定要先做完这件事，感到再无任何牵挂了，再去重会故友。“就是这里。”守墓人说道。他们走到一块墓区，四周围着由漆成黑色粗铁链连起来的小灰石桩。墓碑数量极多，全部雷同，一块块刻了字的简单的长方形石碑，间距均匀排列开来，每一块墓碑前都摆放一小束鲜花。“正是法国纪念协会，四十年来都这样维护墓地。喏，他就在那儿。”他指着第一排

① 1887年创建的协会，1906年被公认，“法国纪念”确定的任务是维护为法兰西牺牲的军人的坟墓，每逢世界大战正式周年纪念日，为这些坟墓献花。

中的一块石碑。雅克·科尔梅里在距墓碑几步远的地方站住。“您自便。”守墓人说道。科尔梅里走近石碑，心不在焉地瞧着。对，正是他的姓名。他抬起眼睛。淡淡的天空，许多小块灰白色云彩缓缓飘过，从天上射下来的弱弱的阳光，不时就被遮住。在这大片亡灵的栖息地，周围一片寂静。唯有城里隐隐的喧声，从高高的围墙传进来。时而，一个黑影在远处坟墓之间掠过。雅克·科尔梅里仰望天空缓慢游弋的云彩，试图捕捉湿了的鲜花香味掩饰下，此刻从遥远静止的大海飘来的咸咸味道，忽然，一只水桶磕碰一座坟墓大理石的声响，把他从遐想中拉回来。恰巧这时，他读到石碑上他父亲的出生日期，这才发现他从前不知道的事。接着，他读这两个日期，下意识地算了一下：二十九岁。猛然间，一个念头直击得他浑身震颤。他四十岁，而曾经是他父亲，埋葬在这石板下的这个男人，比他还要年轻[①]。

一股温情和怜悯，一下子涌上他的心头，这并不是儿子怀念逝去的父亲的那种冲动，而是一个男人面对被无辜杀害的孩子所感到的那种震惊与同情。这其中有什么东西不合乎自然秩序，老实说，就没有秩序可言，儿子比父亲年长，这当中只有混乱和疯狂。余下的时间本身，在他呆滞不动的周围，在他视而不见的这些坟墓之间，都自行破碎了，而且岁月也不再井然有序，顺随这条流向尽头的长河了。岁月完全化为破裂声、激浪和旋涡，雅克·科尔梅里此刻就在这种激浪旋涡中，同惶恐和怜悯拼搏。他再看这片墓区的其他石碑，从上面的日期了解到，这片土地下面埋葬的都是孩子，曾经是当下自以为在生活的头发花白之人的父亲。因为他本人就自以为在生活：他独自成才，了解自己的能量、自己的魄力，他直面人生，并掌握自己的命运。然而，在他此刻身处的特异的眩晕中，每人终究要塑造起来，并由岁月之火烧结，以等待最后化为尘埃的这尊雕像，现在就迅速破裂，已经土崩瓦解了。只剩下这颗惶

① 1914 年战争的发挥。

恐的心，渴望生活，反抗这种陪伴他四十年的人世死亡法则，这颗心始终有力地跳动着，撞击着将他与一切生命之谜隔开的这堵墙，想要走得更远，跨越过去，想要明了，死去之前明了，总之明了如何生活，只活那么一回，只那么活一秒钟，那就不枉此生了。

他回顾自己的生活，疯狂，勇敢，怯懦，固执，始终趋向他一无所知的这一目的，而其实，这种生活完全流逝过去，他却甚至没有试图想象一下，刚刚给了他生命就立刻去海洋彼岸死在一块陌生土地上的男人，究竟是怎样一个人。他本身，二十九岁时，不是很脆弱、苦闷、紧张、任性、好色、爱幻想、厚颜无耻而又勇气十足吗？对，他完全如此，还可以数落出许多别的来，总之，他活生生的，是个男人，然而，他在思想里，从未把长眠这里的那个男人看成个活人，而是当作一个陌生者，从前经过了他出生的那片土地，而母亲提起来，说他长得像他，像那个死在战场上的男人。然而，他通过书本和世人，如饥似渴要了解的这种秘密，现在他觉得恰恰关联这个死者，这个年纪轻轻的父亲，关联着他当初怎样，后来如何，可是他却舍近求远，远远离开在时间和血缘上近在身边的东西。说句公道话，也没人助他一臂之力。家里很少说话，既不看书，也不写字，只有一位不幸的母亲，而又漫不经心，谁能告诉他有关这个年轻而可怜的父亲的情况呢？除了母亲，谁也不了解他，而母亲又早已将他遗忘。他坚信这是实情。他死在这片土地上，无人知晓，匆匆而过，如同一个陌路人。毫无疑问，这应该由他去了解情况，去探求究竟。不过，像他这样一个一无所有，又想拥有整个世界的人，使出浑身解数，也不足以创建并征服世界，抑或了解世界。不管怎样，为时还不太晚，他还能够力求了解这个男人到底是谁，现在让他觉得，这个人比世上任何人都更亲近。他做得到……

下午即将过去。身旁传来衣裙的窸窣声，有一个黑影，又将他拉回身处的天地和墓园的景象中。该走了，在这儿再也没什么可做的了。但是，他再也脱离不开这个名字、这生死的日期。这块石碑下只埋着骨灰和尘土。可是对他而言，父亲又复活了，显示一种奇异而缄默的生命，而他觉得又要抛下父亲了，让他今夜还继续忍受这无穷无尽的孤独。人们把他抛在这里便遗忘了。寂寥的天空突然回响起巨大的轰鸣，一架看不见的飞机刚刚飞越隔音墙。雅克·科尔梅里转身背向坟墓，抛下了父亲。

# 三　圣-布里厄和马朗(J. G.)[1]

晚饭桌上,雅克·科尔梅里瞧着他这位老友的吃相:一种带点儿不安的贪食,又攻取他的第二片烤羊腿肉。起风了,风在这座小矮屋周围飒飒吹响。这座小宅坐落在邻近海滨大道的城郊,雅克·科尔梅里前来时,在路边干涸的小溪里,看到几小片海带,发出咸味,只有这点儿东西提醒人,海洋近在咫尺。维克托·马朗,在海关做了一辈子行政工作,退休时未加选择就定居这座小城,不过,这成了他事后的选择,说是他独自沉思冥想,没有任何干扰,见不到过分的美,也见不到过分的丑,连孤独本身也谈不上。管理事务,领导别人,倒让他学到很多东西,不过首先,看表象,似乎所知不多。其实,他的学识非常渊博,雅克·科尔梅里毫无保留地敬佩他,因为他所处的时代,那些位高权重者都极其平庸,唯独马朗还实实在在有个人见解,在可能的限度内所拥有的个人见解,不管怎么说,在事事随和的假象下,判断事物特别自由,又恰恰契合那种无与伦比的独特性。

"正是这样,孩子,"马朗说道,"既然您要去探望母亲,那就尽量了解您父亲。您再火速回来,讲给我听听。让人开怀大笑的机会太少了。"

"是啊,是足够可笑的。不过,既然萌生了这种好奇心,我总得试着搜集些相关情况。这事儿我还从未关心过,倒也有点儿反常。"

"不然,这正是明智的体现。我呢,同玛尔特结婚三十年了,您

---

① 要写并要删除的一章。

认识她。一个完美的女人，时至今日，我还怀念，总觉得她很爱自己的家①。”

“您的话想必是对的。”马朗说着，移开了目光。科尔梅里则等待质疑，知道他附和一句之后，不可避免地要提出异议。

“然而，”马朗又说道，“我嘛，肯定是我错了。我就不会去了解生活教给我的之外的什么。不过，在这方面，我是个坏榜样，对不对？总之，我毫无主动性，一定是我的缺点所致。而您呢（他眼睛亮起来，透出一种狡黠），您可是重行动的人。”

马朗有一副中国人的长相，月圆脑袋，略微扁平的鼻子，眉毛几乎看不见，头戴贝雷帽，大大的两撇白胡子还掩饰不住肥厚性感的嘴唇。他那身子绵软、滚圆，双手肥胖，手指短粗，这些特点令人联想到敌视跑步的中国古代官吏。他双眼微闭，大吃大嚼的时候，让人禁不住想象他身穿绸缎长袍，手拿筷子的模样。但是，看他那眼神儿，却全变了样。他那双深栗色的眼睛躁动不安，忽然又凝神专注，聪智似乎在迅疾探究一个具体问题，这又是一双西方人的眼睛，极为敏感，又有极高素养。

年迈的女佣端上来奶酪，马朗用眼角余光瞟了一下。“我认识一个人，”他说道，“他与妻子共同生活了三十年之后……（科尔梅里更加注意了，马朗每次开头说：‘我认识一个人……或者一个朋友……或者一位同我一道旅行的英国人……’就可以肯定，他那是讲他自己……）他不喜欢吃甜点。他妻子也从来不吃。结果呢，共同生活了二十年之后，他偶然发现妻子在糕点店，经过观察了解到，妻子每周去几次，大吃奶油咖啡小点心。是的，他以为妻子不爱吃甜食，其实，她特别喜欢奶油咖啡小糕点。”

“因此，”科尔梅里接口道，“我们不了解任何人。”

“您这么讲也可以。不过我觉得，也许更准确点儿说，不管怎样，我认为我更愿意这么说，当然您可以指责我什么也不能证实，

---

① 阿尔贝·加缪划掉这一段和上两段文字。

是的，只需说出这一点就够了：二十年的共同生活，如果还不能了解一个人，那么已经去世四十年的人，再进行调查，势必浮皮潦草，您也只能获得意义有限的情况，是的，可以说对了解这个人意义有限。尽管，从另一方面看……”

他拿着餐刀的手一举起来，注定就落到山羊奶酪上。

“请原谅。您不想吃奶酪啦？不吃。总这么有节制！保持招人喜爱的体形，真是艰苦的行当啊！”

狡黠的光芒重又从他那微闭的眼皮间流泻出来。科尔梅里认识他这位老友，现在算来已有二十年了（这里补充为什么和怎样认识的），他能欣然接受对方的嘲讽。

“不是要招人喜爱。我饮食过量，身体就变得滞重。我走下坡路了。”

“是啊，您不能再盘旋在别人的头上了。”

科尔梅里观察乡村风格的漂亮家具，摆满了深木粉刷过的低矮餐厅。

“亲爱的朋友，”他又说道，“您一直以为我傲气。我傲是傲，但并不总是这么傲，也不是对所有人。譬如说对您，我就傲不起来。”

马朗移开目光，这是他动情的标志。

“这我心知肚明。”他说道，“然而，为什么呢？”

“因为我爱您。”科尔梅里平静地说道。

马朗将冰镇的水果沙拉盆拉向自己，什么话也没有回应。

“因为，”科尔梅里继续说道，“那时候，我还太年轻，太愚蠢，也孤立无援，（您还记得吧，在阿尔及尔？）是您转向了我，不动声色，就为我打开了我在这世间全部喜爱的一道道门。”

“唔！您有天赋。”

“当然了。可是，多高的天赋，也得需要一个启蒙者。生活有朝一日，安排在您人生路上的那个人，就应该永远受到爱戴和敬重，即使他并没有负起责任。这便是我的信念。”

"是啊,是啊。"马朗一副迎合的样子,说道。

"您有疑虑,我知道。您听好,不要以为我对您的感情是盲目的。您有很大的,非常大的缺点。至少我这么看。"

马朗舔舔肥厚的嘴唇,似乎突然来了兴致。

"哪些呢?"

"例如,这么说吧,您节俭。倒不是出于吝啬,而是源于恐慌,唯恐缺少什么,等等。不管怎么说,这是个大缺点,一般来讲,我不喜欢。特别是您总要情不自禁,怀疑别人有私心杂念。您本能就不会相信完全无私的情感。"

"要承认,"马朗喝掉杯中的葡萄酒,说道,"也许我不该喝咖啡,然而……"

可是,科尔梅里并未丧失冷静[①]。

"例如,我敢断言,如果我对您说您只要开口,我就会把我的所有财产立即交给您,您不可能相信我这话。"

马朗犹豫一下,这回,他注视自己的朋友了。

"唔,我知道。您慷慨大方。"

"不,我并不慷慨。我吝啬自己的时间,吝啬自己的精力、自己的辛苦,对此我自己也很讨厌。但是,我刚才说的话是真的。您呢,您并不相信我,这就是您的缺点,您真正的软肋,尽管您是个杰出的人。就因为您错了。只要您一句话,我的所有财产当即就归您了。您并不需要,只是举个例子。不过,这个例子也不是随便说说的。我的全部财产,实实在在归您了。"

"谢谢,真的谢谢,"马朗眯起眼睛说道,"我很感动。"

"好吧,我让您难为情了。您也同样,不喜欢人把话讲得太明白。我本来只想对您说,我连同您的缺点爱您。我爱戴,或者崇敬的人寥寥无几。对其他人,我为自己的漠然感到羞愧。然而,对于我所爱戴的人,无论什么,即使我自己,就是他们本人,也永远不可

---

① 我知道有去无回,还是借钱给一些对我无足轻重的人。这正表明我不善于拒绝,同时又不免气恼。

能使我终止爱他们。这种事情，我是用了好长时间才学到的。现在，我知道了这一点。这话说完了，再回到我们的谈话：您不同意我去了解我父亲的经历。”

“其实不然，我是赞同的，只怕您会大失所望。我的一个朋友，从前非常迷恋一位姑娘，很想娶她，他错就错在去调查人家的情况了。”

“一位布尔乔亚。”科尔梅里说道。

“对，”马朗附和道，“正是本人。”

二人放声大笑。

“那时我年轻。我搜集到的看法都截然相反，搅乱了我自己的判断。我爱她还是不爱她，连我自己都怀疑起来。总之，我娶了另一位姑娘。”

“我却不可能找出第二个父亲。”

“不可能，也是万幸。依我的经验，有一位就足够了。”

“好吧，”科尔梅里说道，“还有，过几个星期，我要去看我母亲。这也是个机会。我向您谈起这件事，主要是因为刚才那会儿，我被这种有利于我的年龄差异搅得心神不宁。对，比起来我的年龄大。”

“是啊，我理解。”

他注视马朗。

“还别说，他没有老去。他避免了老境的痛苦，而那种痛苦也是漫长的。”

“也有不少欢乐。”

“对。您热爱生活。也应该如此，您只相信生活。”

马朗重重地坐到套着印花布罩的安乐椅上，一种难以言表的忧伤突然改变了他脸上的神情。

“您说得对。我么，从前热爱生活，现在更加贪恋生活了。可与此同时，生活又让我觉得可怖，也难以理解。这就是为什么，我因怀疑而相信。是的，我情愿相信，我愿意生活，永远活着。”

科尔梅里沉默无语。

“六十五岁的人了，每一年都是死刑缓期。我希望死得安详，而死亡确实吓人。我还没有做什么呢。”

“有些人存在就证实世界存在的意义，他们活在世上本身，就能帮助人活下去。”

“是啊，到时候他们也要死去。”

二人沉默下来，这时房舍周围的风声大了些。

“您说得对，雅克。”马朗说道，“去了解情况吧。您再也不需要一个父亲了。您独自成长起来。现在，您懂得爱，可以爱他了。不过……”说到此处，他有点犹豫，“回来看看我吧。我剩下的时间不多了。您就原谅我吧。”

“原谅您？”科尔梅里说道，“一切我都是亏欠您的。”

“不，您并不亏欠我多少。只是求您原谅我往往不善于回应您这份情感……”

马朗凝视着垂在桌子上方的老式土吊灯，说话的声音更加低沉了，过了一阵，科尔梅里独自在风中，走在寂静无人的城郊路上，还在他心中不断地听见他这番话。

“我的心中有一种可怕的空虚，一种刺痛我的冷漠[①]。”

---

① 雅克。我从一开始，从孩提时起，就尝试独自辨别什么是善，什么是恶——既然周围没有任何人告诉我。现在一切都抛弃了我，我才认识到，我需要有个人为我指路，责罚并赞扬我，不是依仗权力，而是显示权威性。我需要我的父亲。

# 四　儿童游戏

七月酷暑中，海面轻微的短浪推动着船航行。雅克·科尔梅里半裸着身子，躺在舱室里，望着海上破碎的阳光的返照，在舷窗铜框上跳动。他一跃起身，关上了电风扇，汗还没有流到身上，让风扇一吹，就全干在毛孔里了，还是流点儿汗舒服。然后，他又躺到硬板窄铺上，这正是他所喜爱的床铺。机器低沉的轰鸣声，立刻就从底舱传上来，震颤逐渐减弱，听来像一支大军不停地行进。他也喜爱大型客轮的这种声响，日夜不停，感觉好似行走在火山上，而四周大海无边无际，又给人以自由眺望的广阔视野。可是，午饭后甲板上太热，旅客刚吃饱肚子，都昏昏沉沉，纷纷躲进遮篷之下，撂倒在帆布折叠躺椅上，或者干脆逃回船舱的通道。正是午睡时间，雅克不爱睡午觉。“去眯瞪”，他一想起外婆这句怪异的话就愤愤不已。他小时候在阿尔及尔，外婆逼他陪她睡午觉时，就总这么说。他们住在阿尔及尔城郊，是三室的小套房，百叶窗关得严严的，昏暗的房间透进一条条光影[①]。街道干燥，灰尘暴土，热得能把人烤焦。在屋里半明半暗中，有一两只土苍蝇，劲头很猛，不知疲倦地寻找出口，发出飞机一般的嗡嗡声。天气热得很，不能上街找小伙伴们去玩，他们也是被家人强行扣住了。天气太热，也读不了《帕尔达洋》或者《无畏者》[②]。外婆异乎寻常不在家时，或者去

---

① 大约十岁。

② 这些新闻纸的大厚书，封皮印色很粗糙，书价的字体比书名和作者还要大。[米歇尔·泽瓦科(1860—1918)，自由主义记者，发表《帕尔达洋》，在报上从 1907 年一直连载到 1913 年，由书商阿尔泰·法雅尔汇编成书出版。《无畏者》，儿童画报，副标题为《冒险，旅行，探索》，1910 年创办，直至 1937 年。]

跟女邻居闲聊时,孩子便在临街的餐室,脸贴着百叶窗往外瞧,鼻子压得扁扁的。街上空荡荡的,对面的鞋店和服装用品店前,已经放下红黄条的粗布帘,烟店的门口也遮上了五彩珠帘,约翰记咖啡馆则空无一人,只有那只猫,躺在覆盖锯末的地面与布满尘土的人行道之间睡觉,就跟一只死猫一样。

孩子转回身去,屋里几乎光秃秃的,墙壁刷了白灰,屋中央摆了一张方桌,靠墙立着一个碗柜,一张创痕累累、墨迹斑斑的小书桌,还有,就地放着一张小床绷,铺了被子,晚上半聋哑的舅舅睡在上面,再就是五把椅子①。屋角里,贴了大理石面的壁炉台上,摆放一个集市上寻常见的长颈小花瓶。孩子身陷幽暗和阳光的两片荒漠,开始绕着桌子不停地转圈儿,迈着同样急速的脚步,像念经似的重复道:"好无聊! 好无聊!"他很无聊,可是同时,在这种无聊中,又有一种游戏,一种欢乐,一种享受,因为外婆终于回来后,让他听到把他气疯的这句话:"去眯瞪。"然而,怎么抗争也没用。外婆在乡村拉扯大九个孩子,她自有一套教育孩子的观念。孩子被一把推进卧室。有两间卧室,都朝院子。另一间放两张床,一张是他母亲睡,一张是他和哥哥的。外婆有权独占一间卧室②,不过夜晚,她经常让孩子睡她那张又高又大的床,还让他每天在那儿睡午觉。他脱掉凉鞋,爬上床去。自从有一天,他等外婆睡着,便溜下床去,重又绕着桌子转圈儿念叨无聊,出了这事儿之后,他就只能靠墙睡了。他躺到里边,看着外婆脱掉长衣裙,再解开上面夹层里的系带,将粗布衬衣放松下来。接着,她也爬上床。孩子看到了外婆的腿青筋暴露,变形的脚布满老年斑,还嗅到了身边老人体的气味儿。"好啦,"她说道,"去眯瞪。"她很快就睡着了,而孩子却瞪着双眼,盯着不知疲倦的苍蝇飞来飞去。

是的,多少年了,他就憎恶睡午觉,后来长大成人,还仍然耿耿

---

① 极为洁净。

② 一个衣柜、一个大理石台面的木质梳妆台、一块编结的床前脚垫,又旧又脏,已经破损毛边了。角落里有一口大箱子,上面盖着一块镶流苏的阿拉伯旧壁毯。

于怀,即使患了重病,午饭后酷暑难耐,他也下不了决心躺下睡觉。有时候还真睡着了,可是醒来很难受,恶心得想吐。只是近来,从他患了失眠症,他才能在白天睡上半小时,醒来精神饱满,一身轻松。去眯瞪。

风被烈日压垮,大概已经停了。客船失去了轻浪的推涌,现在似乎直线行驶了。机器全速运转,螺旋桨直击深水,活塞的声响也终于变得十分均匀,不免混同于阳光射到海面不间断发出低沉的喧噪。雅克半睡半醒,想到重睹阿尔及尔和城郊简陋的小房就心头发紧,有一种惶惶然的欣喜。他每次离开巴黎去非洲,总是这种心情:心胸开阔,冲荡着一种隐隐的狂喜,那种满足感,无异于刚刚越狱成功,想到狱卒的那副嘴脸而忍俊不禁。同样,每次坐汽车并坐火车回来,城郊的房舍一映入眼帘,他就感到揪心:没有树木,也没有河流列出边界,不知怎么一下子就撞见这种居民区,如同一个致命的癌瘤,摊开了穷困和丑陋的肿块,逐渐吞噬了周遭的躯体,近逼城市的心脏了,而市中心老建筑的华美装饰,有时会让他忘记日夜囚禁他的,直至布满他的失眠之夜的钢铁水泥森林。不过,他逃脱了,他畅快呼吸了,躺在海洋宽阔的背上,呼吸着浪涛,在灿烂阳光的摇曳下,他终于能睡着觉,回到他始终怀恋的童年,回到帮他生存、帮他战胜一切的这种阳光和充满激情的贫困的秘密中。舷窗铜框上破碎的反光,来自同一颗太阳,在外婆睡觉的幽暗房间里,现在几乎不动了,全部重量压在整个百叶窗面上,仅从百叶窗接缝中一个木节跳槽留下的唯一缺口,刺入幽暗中唯一的一道锋利的光剑。没有苍蝇,不是指嗡嗡叫、让他昏昏欲睡的那群苍蝇,海上没有苍蝇,当年孩子喜爱的苍蝇已经死了,孩子喜爱,因为它们总吵闹,是这热昏了的世界里唯一活着的生物,而所有人和动物都卧倒不动了,除他而外。的的确确,他在床上留给他的狭小空间、在墙壁和外婆之间辗转反侧。他也要生存,觉得睡觉就是剥夺他生命和游戏的时间。他的伙伴们在等他,一定是的,都在普雷沃-帕拉多尔街等他呢,沿那条街净是小花园,一到傍晚就散发着浇花的潮湿味儿，还有不管浇不浇水都到处生长的忍冬花香。等到外婆一睡醒，他就立刻溜出去，跑上榕树下还无人的里昂街，一直跑到普雷沃－帕拉多尔街角的自来水井，抓住水井上端的铁铸的大摇把，猛劲摇起来，然后脑袋伸到水龙头下面，接住汩汩水流，灌满了鼻孔和耳朵，又从敞开的衬衣领口一直流到肚子，再从短裤下顺着腿一直流到凉鞋，感到脚掌和鞋底皮子之间泛起水泡，他快活极了，狂奔着去找皮埃尔①和其他人，跑得喘不上来气。他们正坐在这条街唯一的三层小楼的门口，打磨着雪茄木棒，等一会儿用青变材拍子击 vinga② 棒游戏时用得上。

人一到齐就出发，他们拖着拍子，沿着房前花园的锈迹斑斑的铁栅栏吵吵嚷嚷，闹醒了整个社区，连在蒙尘的紫藤树下睡觉的猫都惊跳起来。他们奔跑着穿过街道，你追我赶，已经满头大汗，但始终向同一个方向——绿场，绿场离他们的学校不远，相距四五条街道。途中有一站必定停留，就是所谓的喷泉：是在一座相当大的广场上，圆形大喷泉有三层，虽不喷水了，但是水池早已堵死，当地不时下大雨，池水一直漫到边沿儿。一池死水，不久变腐，覆盖一层经年的泡沫、瓜皮、橙皮，以及各种各样的垃圾，直到烈日晒干，或者市政府终于醒悟，决定用水泵抽干，而池底淤泥干了，开裂，非常肮脏，还要久久留在那里，只等太阳继续努力，将其化为尘土，由风或者清洁工的扫把将其清除，落到广场周围榕树油亮的叶子上。不管怎么说，夏天，池子是干的，呈现出深色石头砌的宽宽的池沿，由千万只手和短裤常年摩擦，如同上了釉，非常光滑。雅克、皮埃尔和其他孩子，就把池沿当作鞍马来玩，屁股着地在上面打旋儿，直到不可避免地栽进不深的池中，闻到尿臊味儿和太阳的烧烤味儿。

接着，他们踏着热浪，在尘土飞扬中又是奔跑，脚和凉鞋都蒙上同样一层灰色，飞奔向绿场。那就是制桶工场后面的一片空地，在堆积的锈铁箍和烂桶底之间，从凝灰岩板块缝儿中，长出一簇簇

---

① 皮埃尔是他的朋友，母亲也是战争寡妇，在邮局工作。

② 这是当地的一种游戏，作者在下面第三段有具体描述。

瘦弱的杂草。孩子们到了那儿,大声喊叫着,在凝灰岩板上画出一个圈儿。其中一人手持球拍,站在圈儿里,其他孩子则轮流往圈儿里掷雪茄木棒。投进去的木棒如果着地,那么投掷者就接过拍子,换到圈内守卫。最机灵的投棒手①,能凌空接住击打出来的雪茄木棒,再扔出老远。碰到这种情况,他们就有权跑到雪茄棒的落点,用拍子的边缘击打雪茄棒端,待小棒腾空,就再横扫一板,将小棒击得更远。依此类推,直到失手,或者别人在半空抓住小棒,他们就快速退回,重新守圈儿,防止对手抢先机灵地投掷进来。这是穷人打的网球,有些规则更为复杂,能占用整个下午时间。皮埃尔最为灵巧,他比雅克单薄,也要矮小,几乎瘦弱,他跟雅克满头棕褐色头发不同,头发乃至睫毛都是金黄色的;他那蓝眼睛看人特别直率,毫无戒备,稍微受点儿伤害,就流露惊怪的神色,看样子动作显得笨,可是打起雪茄棒球来,动作却又准确又沉稳。雅克则能救起险球,使出不可思议的招式,可是白送来的反手球却失误了。雅克由于能对付险球,有精彩的表现,便赢得小伙伴们的赞赏,他就自以为最棒,往往趾高气扬。其实,皮埃尔经常赢他,却从不说什么。不过,游戏结束,他直起身来,身高没有减损半分,默默地微笑着听别人议论②。

如果天气不好,或者没有兴致,他们就不上大街和空场去瞎跑,而是先到雅克家的过道里集合,再从那里出后门,进入一个低下去的小内院,围着三座房子的外墙壁。小院另一面是一座花园的围墙,一棵高大的橙树的枝杈从墙头探过来,开花时,香气沿着这些简陋的房舍飘浮,从过道或者一道小石阶流泻到院子里。一座建成直角的房屋,围住院子的一边和另外半边,里面住着一个西班牙人,他在临街开了一家理发店,还住了一家阿拉伯人③,这家女人有时晚上在院子里炒咖啡豆。第三面屋墙里面的住户,在高大破烂的铁条木笼里养鸡。最后,第四面,有一道台阶,两侧黑洞

① 最佳守卫则用单数。

② “斗殴”就是发生在绿场。

③ 奥马尔就是这家人的孩子,父亲是市里的街道清扫工。

张开了大口，是这里建筑物的地窖：纯粹洞穴，没有出口，也没有光线，就地挖掘出来的，毫无间隔，潮湿渗水，走下四级覆盖发绿的粪土的台阶，便到了里面。住户往里胡乱堆放了多余之物，也就是几乎毫无价值的东西：扔在那儿霉烂的旧口袋、残破货箱、生锈透底的旧盒，总之，那些丢弃在所有空场上的，甚至连最穷苦的人都用不上的废物。孩子们就是聚到这样的地窖里。理发匠西班牙人的两个儿子，约翰和约瑟夫，在那里玩耍惯了。他们的破房子门口，就等于是他们的私家花园。约瑟夫圆圆胖胖，非常调皮，总是笑嘻嘻的，什么都可以给人。约翰则又矮又瘦，碰见小钉子、小螺丝总要拾起来，他还特别吝惜自己的小球和杏核，这些都是他们喜爱的一种游戏的必备之物[①]。这对形影不离的哥儿俩反差之大，简直无法想象。他们同皮埃尔、雅克，以及最后一个同谋者马克斯，一起下到臭烘烘的、潮湿的地窖。他们拾起烂在土里的破口袋，赶出他们称之为荷兰猪的有活动甲壳关节的小蟑螂，将破口袋挂到生锈的铁立柱上，拉成帐篷。在这肮脏透了的帐篷下，他们终于到了自己的家（当时，他们从来没有自己的房间，也没有属于自己的床铺），他们点起小火堆，可是在这种不流通的潮湿空气中，火苗奄奄一息，只冒烟了，将他们逐出巢穴。他们跑到院子，抠些湿土，将火堆盖住才算了事。于是，他们开始分食物，短不了要跟小约翰争执不休。食物就摊在带轮的货物木箱上，爬满了苍蝇，有大块方体的薄荷糖、咸味干果花生和鹰嘴豆、俗称“特拉木丝”的羽扇豆，还有阿拉伯人常在附近电影院门口卖的色彩鲜艳的麦芽糖。每逢下暴雨，院子地面吸饱了水，多余的雨水便灌进地洞，必定被淹，于是，他们站到旧货箱上，在远离蓝天和海风的地方，扮演起鲁宾孙的角色来，在他们的悲惨王国里耀武扬威[②]。

---

① 将三颗杏核摆成三角形，另一颗杏核放在上面。对手在规定的距离投掷一颗杏核，力求击垮这种结构。攻击成功，便赢得全部四颗。失手者，投出的杏核便归立擂者。

② 加路发（Galoufa）。

不过，最美好的日子，就是在最好的季节，他们用这种或那种借口，巧妙地撒个谎，逃避了午觉，因为省出时间来，他们就能去实验园了，他们没钱乘有轨电车，就长途跋涉，穿越一条条近郊的黄色和灰色街道、养马场区，以及属于企业或者私家的那些大仓库——有马拉货车直通市内各地点——他们再沿着一道道安装滑轮的大门，听见门里面传出马踏蹄的声响、马匹突然喘息嘴唇翕动的噗噗声，听见马笼头的铁链磕碰木食槽的响动，同时他们也兴奋地呼吸着来自这些禁区的马粪、草料和汗水的气味，而雅克在入睡前还念想着那种气味。他们在一处敞开门的马厩前久久逗留，观赏那些来自法国的高头大马，正接受饲养员的洗刷，它们睁大流放者的眼睛注视他们，显得被高温和苍蝇搅得呆头呆脑。随后，他们受货车老板的冲撞，又跑向移植最珍稀树种的大园子。在那条直通大海，展示水池鲜花的壮观景象的大道上，他们若无其事，装出文明的闲逛者的样子，从守卫猜疑的目光前走过。但是，一走到横向的路径，他们便跑起来，冲向果树园区，穿过一排排高大密集的红树，在树荫里仿佛进入黑夜；然后再跑向大橡胶树林[①]，林中的垂枝与繁多的树根难以分辨，那些根须是第一批垂向地面的树枝扎下去的；再往远跑，才是他们这次远征的真正目的地——那片高大的棕榈树。枝头挂满了密集的橙黄色小圆果，他们称为“椰椰子”[②]。到了地方，首先必须四下侦察，确认周围没有护园人。然后就分头寻找武器，也就是石块。等每人兜里都备足了弹药回来，他们就轮流投石，瞄准那些高出所有树木，在空中轻轻摇摆的一串串果子。每击中一下，就打下几颗果，属于幸运的投掷手。其他人要等他拾起胜利果实后，才能再逐个投掷。这种游戏，要比投掷的技巧，雅克和皮埃尔算是旗鼓相当。不过，他们俩总把胜利成果分给其他手气不好的人。最笨的要数马克斯，他戴着眼镜，视力不好。他是个矮胖子，长得结结实实，不过，自从那天目睹他打架之

① 道出树名。

② “Cocosse”，孩子们给这种果子起的名字。

后，大家都很敬重他了。街上孩子经常斗殴，总有他们的份儿，他们打斗惯了，尤其雅克，控制不住怒火和暴躁，一下子就扑向对手，哪怕遭遇最顽强的抵抗，也要以最快的速度痛击对手。马克斯这个名字，听起来像德国人，有一天，肉店老板的那个外号“火腿”的胖儿子，骂了他一句“难看的德国佬”，马克斯则不慌不忙，摘下眼镜，交给约瑟夫，像他们在报上看到的拳击手那样，摆好防守的架势，让对手过来重复他那句侮辱人的话。接着，他并没显出有多大斗志，闪避了“火腿”的每次攻击，却好几下击中对手的痛处，而自身毫发未损，最后一招制胜，将“火腿”打了个乌眼青，获得极高的荣耀。从那天起，马克斯的声望，在这个小团体中便稳固了。等衣兜和双手黏糊糊的，沾满了果浆，他们便溜出园子，一旦出了围墙，便掏出脏手绢，在上面摊开椰椰子，津津有味地大嚼起这种浆果，又甜又腻，让人反胃，但是作为胜利果实，吃起来就格外清爽可口。随后，他们又奔向海滩。

要去海滩，就得横穿一条人称绵羊路的大道，此名不虚，从阿尔及尔东部的方厅市场赶来，或者赶去的羊群，往往要经过这条大道。其实，这是一条环形大道，将大海和呈梯形坐落在山丘的弧形城区分隔开。大道与大海的中间地带，则建有各种作坊、几家砖瓦厂，还有一个煤气厂，厂区之间隔着大片沙地，地面覆盖着板结的黏土或者石灰末，连碎木片和废铁片都染白了。穿过这片寸草不生的荒漠，便到了细沙海滩。这里的沙子有点儿发黑，初潮的海浪并不总是那么清澈透明。右面，是一片海水浴场，设有单间更衣室，每逢节庆的日子，浴场大厅，一座吊脚的大木屋，就用来举办舞会。应季时节，一个卖炸薯片的商贩，每天都在那里生起炉火。这一小伙孩子，通常连买一小袋薯片的钱都没有。偶尔有谁钱够了①，就去买上一纸袋，然后郑重其事地走向海滩，伙伴们都恭敬地紧随其后。到了海边，在一只拆毁的旧船的阴影下，他在沙中稳

① 两苏钱。

稳站定，一只手端直了握住圆锥形纸袋，另一只手捂在上面，以防松脆的大薯片掉出去，这才一屁股坐下。他按照规矩，每个伙伴分一片，他们都诚惶诚恐地品味分到的唯一热乎乎、香喷喷的炸薯片。然后，他们神情严肃，观赏着有口福者慢嚼细品，一片一片吃掉余下的薯片。纸袋底部总会剩一些薯片碎渣儿，大家就恳求这位阔佬分给别人。通常，除了约翰例外，总要拆开油透了的纸袋，摊开炸薯片的碎渣儿，允许大家轮流，每人拿一块碎片。只需有个"二傻"①出面指定谁第一个上手，因而可以挑最大块的。盛宴结束了，口福和争食随即抛至脑后，大家顶着烈日，跑向海滩的西头，一直跑到一处半拆毁的砌体，从前应该是海滨木屋的地基，躲在后面可以脱衣裳。几秒钟的工夫，他们都脱得赤条条，刹那间下了水，奋力游泳，动作却很笨拙，大惊小怪②，灌了水再吐出去，彼此挑战扎猛子，或者比赛看谁在水下一口气憋的时间最长。海水轻柔温暖，淡淡的阳光，现在照在湿漉漉的小脑袋瓜上，光芒给这些少年躯体注满了欢乐，使他们不停地呼号喊叫。他们主宰了生活，也主宰了大海，世界所能给予的最奢华的东西，他们接受来尽情享用了，犹如领主大老爷，确信有权享受他们的不可取代的财富。

他们甚至忘掉了时间，从海滩跑向大海，他们滚一身沙子擦干发黏的咸海水，披着一身灰色沙子服，再浸入海水中洗掉。他们奔跑嬉戏，雨燕叫声急促，开始在工场和海滩低空飞旋了。每天的燥热散尽，天空变得更明净，渐渐泛起青绿色，阳光越发柔和了，而在海湾的另一边，一直笼罩在薄雾中排成弧形的房舍和市区，就更加清晰可辨了。天色还亮着，但是灯火已经点燃，考虑到非洲暮色降临得快。通常，总是皮埃尔头一个发出信号："天晚了。"大家立刻散伙，匆匆告别。雅克跟约瑟夫和约翰，也不管其他人了，急忙往家跑，跑得都岔了气。约瑟夫的母亲动手打孩子。至于雅克的外

① 这是计数几个孩子来分配的办法。

② "你若是淹着了，你妈妈，她会打死你。""你这么光不出溜儿，也用不着害臊。不管怎的，她是你母亲。"

婆……夜幕快速降临，他们也一直狂奔，看见第一批煤气路灯点亮了，他们更加惊慌，开了灯的有轨电车从他们面前飞速驶过，也带动他们跑得更快，眼见夜色已经弥漫，他们吓坏了，在门口分手时甚至都没有互道一声再见。每逢这样的晚上，雅克就停在昏暗发臭的楼梯上，靠着墙等狂跳的心平静下来。然而，他等不了，明知不能等，他就越发喘不上来气儿。于是，他三大步跨上楼梯，冲到楼梯平台，从楼上厕所门前经过，这才打开自己房间的门。过道里端的餐室亮着灯光，还听见汤匙碰到餐盘的声响，他不由得脊背发凉。他走了进去，只见煤油灯圆圆的光晕下，桌子周围坐着全家人：半哑的舅舅[1]继续喝着汤，发出很大声响，母亲还年轻，棕褐的头发特别浓密，用那美丽的眼睛温柔地望着他。"你明知道……"她刚开口说话，就被外婆给打断了。外婆身穿黑衣裙，直挺挺端坐在那里，紧闭着嘴唇，明亮的眼睛神色严厉，他只能看见她的背影。她打断女儿的话，问道："你去哪儿啦？""皮埃尔给我看算术作业了。"外婆站起身，走到他跟前，嗅嗅他的头发，又伸手摸摸他那还沾满沙子的脚踝骨。"你从海滩回来。""那你就是撒谎。"舅舅一个字一个字咬着说道。这时，外婆从他身后走过去，摘下挂在餐室门后的人称牛筋的粗鞭子，照着他的小腿和屁股抽了三四下，火烧火燎疼得他直叫。过了一会儿，他面对可怜他的舅舅的汤盘，满嘴满喉咙都是泪水，他浑身绷紧，不让泪水溢出来。他母亲迅疾地瞥了外婆一眼，将他极为喜爱的脸颊转向他，说道："喝汤吧。没事儿了，没事儿了。"他这才哇的一声哭出来。

雅克·科尔梅里醒了。阳光不再映射在舷窗的铜框上，太阳早已西沉，现在照到他对面的板壁上。他穿好衣服，走上甲板。夜阑时分，他就会见到阿尔及尔了。

---

① 兄弟（母亲的）。

# 五　父亲·死亡<br>战争·谋杀

他两只手臂紧紧搂住她，就在房门口，还喘着粗气，他四级一跨地上了楼梯，一口气冲上来，准确无误，一级台阶都不会差，就好像楼梯台阶有多高，他的身体保存着准确的记忆①。街上已经相当热闹了，清晨②刚洒过水，有些地段还亮晶晶的，不过开始升温了，洒的水渐渐蒸发掉了。他从出租车上一下来，当即就瞧见她了，还是站在从前老位置，在两棵榕树之间，小套房唯一狭窄的阳台上，在理发店的雨篷上方——但不再是原来的理发师了：约翰和约瑟夫的父亲死于肺结核。他妻子说："这是职业病，整天呼吸着头发味儿。"——而雨篷的瓦楞铁皮，还始终负载着榕树的浆果、小纸团和陈年烟头。她就站在那儿，头发一直那么浓密，只是多年前就花白了，已经是七十二岁的人了，身板儿还是那么直，身体精瘦，但是显见十分健朗，估年纪至少要年轻十岁。全家人都如此，一代一代人都瘦，尽管看样子无精打采，其实有用不完的精力，似乎没有老年的痕迹。半哑的埃米尔舅舅，五十岁还像个年轻人。外婆直到去世，一点儿也没有驼背。至于母亲，现在他正跑过去，似乎什么也减损不了她那绵柔的坚韧，既然几十年的辛劳，在她身上也敬重小科尔梅里总也看不够的少妇的容颜。

等他冲到门口，他母亲就打开房门，投进他的怀抱。就在门口，每次重聚都如此，母亲要拥抱吻他两三次，用尽全力紧紧搂住他，而他在她的怀抱中，感到她的肋骨，感到肩膀微微抖动的突出

---

① 手稿这一段左侧空白边土，加缪画了个问号。

② 星期日。

而坚硬的肩胛骨，同时也呼吸到她那肌肤温馨的气味，这让他想起喉头之下，两条颈筋之间的那个部位，那里他已不再敢亲吻，但孩提时特别喜欢闻闻，喜欢摸摸，偶尔也难得有那么几回，母亲将他抱在膝上，他就装作睡着了，鼻子偎在这个小窝里，而这小窝的味道，对他来说，是他童年生活极为难得的柔情。拥抱完了，她便放开他，仔细端详他，拉过来再次把他紧紧搂住，就好像她所能给予他或者向他表达的全部爱，在心里估量过之后，断定还欠缺点儿分寸似的。“我的儿啊，”她说道，“你太远啦[①]。”她随即转身回屋，坐到临街的餐室里，似乎不再想他，也不想别的什么了，有时看着他，甚至流露出一种异样的表情，仿佛现在，至少他有这种感觉，他在这里是多余的，打扰了她独自活动的这个狭小的、空空而封闭的天地。而且，这一天尤甚，他坐到她身边之后，她好像心神不宁，她那美丽的眼睛，不时偷觑街上，黑眼睛那热切的目光随后平静下来，又移回到雅克身上。

街上更加喧闹了，笨重的红色有轨电车，更加频繁地往来，铁轨发出巨大的声响。科尔梅里注视着母亲：她穿一件加高白领的灰色小罩衫，侧身坐在窗前，坐的还是那把不舒服的椅子（两个看不清的字迹），年纪大了，背稍微有点儿驼，但是并不靠着椅背，双手合拢，摆弄一块小手绢，时而用僵硬的手指将手绢团成球状，随后又丢在裙子的凹陷处，两边的手静止不动了，而脑袋微微偏向街道。还是跟三十年前一模一样，他透过皱纹，重又发现那神奇般同样年轻的面容，平滑光亮的眉弓，宛若融化在额头上，秀气的鼻子很端正，嘴依然有形有样，尽管假牙周围嘴角有点儿抽缩。脖颈部位衰老得最快，但是，虽有暴突的青筋，下颏儿也稍微松懈了，还是保留了原来的形态。“你去理过发了。”雅克说道。她微笑起来，好似被人抓住过错的小女孩：“是啊，你也明白，你回家了。”她总以自己的方式爱美，几乎看不出来。她的穿戴不管多贫寒，在雅克

---

① 过渡。

的记忆中，从未见过她身上有件难看的东西。现在仍然如此，她身穿衣裙的灰色和黑色就搭配得很好。这也是整个家族的品位，别看世代家道艰难，或者穷苦，或者时而有些表兄弟境况好，也只是略微宽裕一点。然而，所有人，尤其男人，如同地中海沿岸的所有男人，一定得穿白净的衬衣、裤线笔直的裤子。由于衣柜里没有什么备用的，不断洗衣熨烫的活儿，又落到女人头上，母亲或者妻子的头上，男人们则认为这是自然而然的事。至于他母亲[①]，她却始终认为，洗洗衣服，做别人的家务还不够，而雅克所能回忆起来最早的情景，总是看到她在给她兄弟熨唯一的一条裤子，在熨他的裤子，直到他离开家，前往那个遥远的、女人既不洗衣服也不熨衣服的世界[②]。“理发匠，”母亲说，“现在是意大利人，手艺不错。”“不错。”雅克说道。其实他想要说：“你很漂亮。”但是欲言又止。他对母亲始终持这种想法，却一直未敢对她讲。倒不是怕他自找没趣，也不是怀疑这样的恭维话能否让她欢喜，而是走出这一步，便跨越了那道无形的屏障，他早就看出她的一生，就隐藏在这道屏障之后——她这一辈子，温柔，礼貌，随和，甚至顺从被动，然而，从来没有被征服过，无论任何事还是任何人，独守在半聋的世界里，言语上存在障碍，漂亮固然漂亮，但是几乎沟通不了，尤其她越是满面笑容，而他的心越是冲向她的时候——对，终其一生，她总保持同一副样子：战战兢兢而又顺从，但是敬而远之，保持同一种目光。三十年前，她就是以这种目光，看着她母亲用牛筋鞭子抽雅克，丝毫没有劝阻，而她自己从来就没有碰一下，甚至没有真正训斥过她的两个孩子，而且毋庸置疑，那几鞭子也是打在她的心头。但是一天劳累下来，语言表达有缺陷，又得尊重母亲，她受这些方面牵制，不便出面干预，只能冷眼旁观。就是这样日复一日，年复一年，忍受着漫长的岁月，忍受着抽在她孩子身上的鞭子，也忍受着一天天为别人家干活的劳累，跪到地上洗刷地板，生活中没有男人，也没

① 眉弓隆起而光滑，黑眼睛放射出热切的目光。

② 这句话的空白边上有个问号。

有安慰，终日被别人家油腻腻的残羹剩菜和脏乎乎的衣服包围，艰难劳苦的漫长日子接连不断，就堆砌成一生，而这一生毫无希望，也就变成无怨无悔的一生，一无所知，又非常固执，总之，逆来顺受所有痛苦，自己的痛苦一如别人的痛苦。他从来没有听见母亲抱怨过，顶多说一句她累了，或者洗一大堆衣服之后说她腰痛。他也从来没有听见母亲说过任何人坏话，顶多说一句哪个姐妹、哪个姨妈对她没好脸儿，或者太“傲慢”。不过，反过来，他也难得听见她开心笑过。自从她不必再辛劳，生活用度全部由孩子们供养之后，她笑的时候多了一些。雅克环顾房屋，住房也没有变化。这小套房她住惯了，不愿意离开，这个社区什么都方便，如果搬到一个设备更好的社区，也许什么都难办了。不错，还是原来的房间，家具倒是换了体面些的，现在不那么寒酸了。不过，仍然是光秃秃的，贴着墙壁。

“你总乱翻什么。”母亲说道。是的，他不由自主，打开橱柜看看，里面只有少之又少的必需品，根本不像他一再恳求的那样，空落落使他迷惑震撼。他也拉开餐桌的几个抽屉，里面只收着两三种药品，这在家中就足够了，还有两三张旧报纸、一些针头线脑儿、一个装着零散纽扣的小纸盒、一张身份证老照片。在这个家，多余之物也少得可怜，只因多余之物从来就用不上。雅克心下明白，即使住进像他家那种生活用品丰富的正常家中，母亲也只会使用最离不开的几样东西。他也知道，在隔壁母亲的卧室里，只摆放一个小衣柜、一张窄床、一个木质的梳妆台和一把草垫椅子，仅有的一扇窗户挂着窗帘。他就是进去寻找，也找不出任何别的东西，多半也只能在梳妆台的光秃秃的台面上，发现那条卷成一团儿的小手绢。

他到别人家中，无论当初上中学时到同学的家，还是后来到富裕阶层的住宅，让他吃惊的恰恰是为数众多的花瓶、高脚杯、人雕像、画幅，各个房间都装饰满了。而他家里，大家说“壁炉上的花瓶”、罐子、深盘子，还有几样叫不上名来的物件。他舅舅家则相反，能让人欣赏沃日有火斑的粗陶瓷[①]，餐桌上用的是坎佩尔产的全部餐具。他是在赤贫的境况中长大的，周围的物品都是统称；而他在舅舅家中，发现了专有名称。而今天依然，在刚刷洗过的方砖地的房间里，在简朴而发亮的家具上，还是什么摆设也没有，除了一只阿拉伯式压花的铜烟缸，还是为他回家准备的，摆在餐桌上，再就是墙上挂的邮政局日历。这里没有任何可看的东西，也没有什么可说道的，因此，除了他自己所知道的，他对母亲全然不了解，对他父亲也同样。

"爸爸？"母亲注视他，注意力集中了[②]。

"对。他名叫亨利，还叫什么呢？"

"我不知道。"

"他就没用过别的名字吗？"

"我想是有，可我想不起来了。"

她突然走神了，眼睛望向街道，此刻满街都是太阳的烈炎。

"他长得像我吗？"

"像，就是你这样，一模一样。他眼睛特别亮。那脑门儿，就像你。"

"他哪年生的？"

"不知道。我呢，我比他大四岁。"

"那你哪，是哪年生的？"

"我不知道。你去看看户籍簿吧。"

雅克走进卧室，打开衣柜。在上格的毛巾之间放着户籍簿、抚恤金证，还有几张西班牙文的旧文件。他拿着这些文件回来。

"他生于1885年，你生于1882年。你比他大三岁。"

"噢！我还以为大四岁呢。年头儿太久了。"

"你跟我说过，他很小就失去了父母，他几个兄弟把他送进孤儿院。"

---

① 沃日火斑粗陶瓷，20世纪初创制出来，名声伴随南锡学派而传扬。

② 父亲—询问—1914年战争—谋杀。

“对,还有他姐姐。”

“他父母有一座农场。”

“对。他们是阿尔萨斯人。”

“在乌莱德－法耶。”

“对,而我们在谢拉卡。离得很近。”

“他几岁时没了父母?”

“我不知道。哦！那时他很小。他姐姐丢下他不管。这真不好。他再也不愿意见他们了。”

“他姐姐多大年纪?”

“我不知道。”

“他那些兄弟呢?他最小吗?”

“不。是老二。”

“这么说,他那些兄弟也都太小,管不了他。”

“对,是这样。”

“那就不是他们的过错了。”

“不,他怨恨他们。十六岁那年,他出了孤儿院,回到他姐姐的农场,他们让他干的活儿太多了。太过分了。”

“他就来谢拉卡啦?”

“对。到我们家。”

“你就是在那儿认识他的?”

“对。”

她的头重又扭向街道,他感到沿着这条路,谈话难以为继。不过,她主动提起另一条思路。

“要知道,他不识字。在孤儿院,什么都不教。”

“可是,你给我看过,他从战场给你寄来的明信片。”

“对,他是跟克拉西欧先生学的。”

“是在里科姆那里吗?”

“对。克拉西欧先生是头儿。他教他认字写字。”

“那是多大年龄的事儿?”

"我想,二十岁吧。我不知道。这些事儿,年头儿太久了。不过,我们结婚那时候,他已经学会了做葡萄酒,到哪儿都能找到活儿。他那脑瓜儿灵着哪。"

她注视他。

"跟你一样。"

"后来呢?"

"后来?生了你哥哥。你哥哥到里科姆那儿干活,里科姆又派他去了他的圣·拉波特尔庄园。"

"圣·阿波特尔吧?"

"对。后来就是爆发了战争。他死了。他们给我寄来了弹片。"

将他父亲的脑袋炸开瓢儿的弹片,就装在一个小饼干盒里,放在同一个衣柜,还是那些毛巾的后面,放在一起的还有从前线写来的明信片,内容干巴巴的,非常简短,他全都能背诵出来。"亲爱的露茜,我很好。我们明天换营地。照看好孩子。吻你。你的丈夫。"

是的,他这个移民的孩子,就是在那次搬迁中的深夜出生的,而当时,欧洲已经调准了大炮,数月之后就万炮齐发,将科尔梅里一家人从圣·阿波特尔驱散,把他赶进驻扎在阿尔及尔的部队,把她赶到她母亲在贫穷郊区的小套房,怀里还抱着被塞布兹河①岸蚊虫叮肿了的孩子。"不用怎么安排,给家添乱,母亲。等亨利一回来,我们就走。"而外婆,腰板儿直直的,苍苍的白发拢到后面,明亮的目光很严厉:"我的女儿,又得卖力干活儿了。"

"他在朱阿夫兵团②?"

"对,他在摩洛哥打过仗。"

---

① 海岸河流,长225公里,流经波尼地区。

② 朱阿夫兵团:法国殖民者于1830年在阿尔及利亚组建,由土著人组成,自1841年起由法国人组成。——译者注

的确如此。他忘记了。那是1905年，他父亲二十岁[1]。正如通常所说，现役军人，跟摩洛哥人打仗。雅克想起来了，几年前在阿尔及尔街头，同他相遇的小学校长对他说过的话。勒维斯克先生跟他父亲同时应征入伍。不过，他们编在同一个团队只有一个月。勒维斯克先生说，他不怎么了解科尔梅里，因为他寡言少语。他吃苦耐劳，不爱说话，但是容易相处，也公正无私。只有一次，科尔梅里火冒三丈。那是在夜晚，白天一整天都热得要命，他们的小分队到阿特拉斯山脉那一角，在一座小山丘上露营，有一条岩石隘路卫护。科尔梅里和勒维斯克要去隘路脚下换岗。没人回应他们的呼唤。他们发现他们的战友在一排仙人掌脚下，正仰着脑袋，怪异地望着月亮。乍一见，他们没有认出来，他那脑袋形状很奇特。其实不奇怪：他被抹了脖子，嘴里塞进了那个苍白肿胀的东西，正是他的生殖器官。这时他们才看清，这个朱阿夫团士兵躯干下两条腿叉开，裤裆完全撕裂，这回是在反射的月光中，裂口处血糊糊一摊[2]。再走出百米，这次是在一大块岩石后面，第二名遇害的哨兵也是同样姿势。于是发出警报，增派岗哨。拂晓时分，他们下岗上山回营地时，科尔梅里说那些家伙就不是男人。勒维斯克想了想，回答说，在他们看来，男人就应该这么干，别人闯到他们家园，他们就可以不择手段。科尔梅里上来那种倔强劲儿。“也许吧。但是他们错了。一个男子汉，不干这种勾当。”勒维斯克则说，在他们看来，在某种情况下，一个男子汉就应该肆无忌惮，将一切都毁掉。不料，科尔梅里就好像气疯了一般，大声吼道：“不，叫个男子汉，就不能这么干——这才算个男子汉，否则的话……”继而，他平静下来，声音低沉地说道：“我呢，就是个穷人，孤儿院出身，别人给

---

① 1914年。

② 中士当时就说过，有还是没有了（生殖器官），反正你死了。这种毁形，除了联想到阉割，还联想到阿尔及利亚民族解放阵线的战士，往往用这种手段残害他们的对手：切割整张脸，或者单独割掉鼻子、上嘴唇、耳朵。这给拉格罗教授（1899—1998）领导的医疗队增添了闻所未闻的大面积外科修复手术。

我穿上这套军装，拉我来打仗，可这种事我不干。”

“有些法国人就干得出来。”勒维斯克(说)道。

“那么他们也一样，都算不上男人。”

猛然间，他嚷道：“下流的种族！什么种族啊！全算上，全算上……”

他的脸色煞白，说罢钻进了帐篷。

仔细想来，雅克心下明白，还是从现在已失去联系的那位小学的老教师那里，他了解到了父亲最多的情况。然而，除了细节，并不比母亲的沉默让他猜度的多出什么。一个吃苦耐劳、心中苦涩的男人，辛劳一生，服从命令杀过人，接受了所有避不开的事情，可就是内心有那么一处，绝不准玷污。总归，一个穷人，因为贫穷虽不能选择，却可以保留。以母亲告诉的这一点点情况，他不妨想象，同一个男人，几年之后结婚，成为两个孩子的父亲。争取到了家境好转，却遭遇战争总动员①，被召回阿尔及尔，带着隐忍的妻子和烦人的孩子，漫漫长夜旅行，到了火车站分离，而后，才事过三天，他就突然跑到贝尔库尔这小套房，穿着朱阿夫团漂亮的军服：红蓝条上装和灯笼裤。冒着七月的酷暑，还穿着厚厚的呢子，满身大汗，手上拿着扁平的窄边草帽，只因他既没有伊斯兰小圆帽，又没有军帽，就这样偷偷离开车站站台拱顶下的兵站，跑回来吻别他的妻子和孩子，晚上就要登船，开往他从未见过的法兰西②，横渡从未负载过他的海洋。他有力地、短促地抱吻了妻儿，又以同样匆急的脚步离去，而妻子站在小阳台上向他挥手，他只能边跑边回应，扭身挥动着草帽，随即又跑进尘土热浪滚滚的灰蒙蒙街道，在电影院前面消失，隐没在稍远处早晨的灿烂阳光中，永远也回不来了。余下的部分，就要靠想象了。倒不是通过母亲可能对他讲的去想象，无论对历史还是地理，她甚至连点儿概念都没有，只知道她生活在靠海的地方，而法兰西就在这片大海的对岸，她也从未去

① 参看1814年阿尔及尔出版的报纸(应为1914年)。

② 他从未见过法兰西。他见到了，也就送命了。

过，况且，法兰西是个模糊的地方，消失在朦胧的夜色中，要从一个叫马赛的港口上岸，她想象那儿就像阿尔及尔港，那地方还有一座辉煌的城市，名为巴黎，据说非常漂亮。最后，那里还有个地区，叫阿尔萨斯，她丈夫的父母就是来自那里，很久以前，他们为了逃避叫作德国人的敌人，跑到阿尔及利亚来定居，那个地区，又得从同样敌人的手中夺回来，那些人总那么穷凶极恶，尤其对待法国人，一点儿道理也没有。法国人总是迫不得已，起来自卫，抵抗那些好战而残忍的人。西班牙也一样，她弄不准确切方位，但不管怎么说，也不是太远，她父母是马翁人[1]，也跟她丈夫的父母一样，很久以前就离开了西班牙，来到了阿尔及利亚，因为他们在马翁会饿死，她甚至不知道马翁是在岛上，而且也不知道什么是岛，因为她从未见过。还有一些国家，时而也听说，但她总是不能准确地说出名来。不管怎样，她可从未听说过奥匈帝国，也没听说过塞尔维亚，而俄罗斯也跟英格兰似的，名字很难叫，她不晓得一位“大公”是什么，绝不可能完整讲出萨拉热窝这四个字。战争就在那里，犹如一块诡谲的乌云，阴森森充满巨大的威胁，但是，人阻止不了那乌云侵占天空，同样阻挡不了飞来蝗虫，或者灾难性的暴风雨扫荡阿尔及利亚高原。德国人再度逼迫法国投入战争，百姓又要受战乱之苦——平白无故遭这份儿罪，她不了解法兰西历史，也不懂得何为历史。她知道一点自己的经历，不怎么了解她所爱的人的经历。而她所爱的那些人，想必也像她一样受苦受难。在她难以想象的世界和一无所知的历史的长夜中，一个格外昏暗的夜晚刚刚降临，就送来了神秘的命令，到这穷乡僻壤来传达命令者，是一个满头大汗、疲惫不堪的宪兵，于是，只好离开已经准备采摘葡萄的农场——本堂神父亲临波尼火车站，为应征入伍的人送行。“应当祈祷。”他对她说道。她也回答：“是的，神父先生。”其实，她并没有听见说什么，因为他对她说话的声音不够大，况且她不会产生祈

① 马翁是西班牙巴利阿里省梅诺卡岛的港口，那里的人便称马翁人。——译者注

祷的念头，她从来就不愿意打扰任何人——现在，她丈夫穿上漂亮的彩条军装出发了，很快就能回来，所有人都这么说，德国人会受到惩罚，可是眼下，还得找到活儿干。幸好一位邻居对外婆说过，兵工厂的弹药库要用女工，还优先录用应征军人的妻子，尤其是有家庭负担的人。于是，她就能有运气每天干十小时，子弹按大小和颜色分类，排列在小纸筒里，从而能给外婆拿回来钱，孩子也能吃饱饭，一直到德国人受到惩罚，亨利也回来了。当然，她不知道还有一条俄罗斯战线，也不懂一条战线是什么，更不知道战火可能蔓延到巴尔干地区、中东地区，乃至于全球，不知道在法国什么都发生了，德国人不宣战就闯进去，朝孩子们开枪。的确，在那边一切都发生了，亨利·科尔梅里所属的非洲军团，都尽快地运送过去，原样遣往一个人们议论的神秘地区——马恩河[①]。都没来得及给他们配备头盔，而太阳又不像在阿尔及利亚这样暴晒，抹杀了颜色，结果由阿拉伯人和法国人组成的阿尔及利亚军团，身穿亮丽抢眼的军装，头戴草帽，成为红蓝色靶子，数百米开外就望得见，他们一浪接着一浪，大片大片上火线，大片大片被歼灭，开始肥沃那片狭长的地带。而且四年间，来自世界各地的男人们，蜷缩在烂泥的掩体里，在照明弹穿插高挂、炮弹纷飞呼啸的天空下，寸土必争，进行拉锯战，而大战壕喊杀声冲天，预示着徒劳的冲锋[②]。然而当时，还没有掩体，只有非洲军团，如同彩色蜡人一般，在战火中融化，每天都有数百名孤儿，在阿尔及利亚各个角落出生，阿拉伯人和法国人的，男孩儿和女孩儿，没有了父亲，无人教导也无遗产，将来只能自己学会生活。几个星期过去了，就在一个星期天早晨，在只有一层楼的小平台上，在楼梯和两间无照明的厕所之间——石砌蹲式的便坑黑洞洞的，虽然不断用臭药水刷洗，还是臭味不断——露茜和她母亲坐在两张矮椅上，借着楼梯上方气窗的亮光，

① 马恩河，塞纳河的支流。第一次世界大战时，在马恩河曾发生两次大战役，史称马恩战役。——译者注

② 发挥。

正在挑小扁豆，婴儿躺在身边一个小衣篮里，正嚼着一个沾满唾液的胡萝卜，忽见一位神情严肃、穿戴讲究的先生，拿着一封信出现在楼梯口。两个女人深感意外，她们正从放在二人之间的锅里挑小扁豆，就赶忙放下盘子，擦了擦手，这工夫，那位先生已经停在第二个台阶上，请她们不要动，问谁是科尔梅里太太。“她就是，”外婆回答，“我是她母亲。”那位先生便说他是市长，带来一个不幸的消息，她丈夫在战场上牺牲了，法国为他悲哀，也为他骄傲。露茜·科尔梅里没听见他说什么，可她站起身，非常尊敬地把手伸过去。外婆也站起来，抬手捂住嘴，用西班牙语连声说：“我的上帝。”那位先生接住露茜的手，双手紧紧握住，喃喃讲了一些慰藉的话，然后将信交给她，返身下楼，脚步很沉重。“他说什么啦?”“亨利死了。他被打死了。”露茜凝视着信，并不打开：她和母亲都不识字。她手中翻转着信，一句话也说不出来，也没流一滴泪，无法想象在那么遥远，在那陌生的沉沉黑夜中，这种死亡是怎样的情景。继而，她将信放进围裙的兜里，从孩子身边走过去，看也不看一眼，走进她与两个孩子合住的房间，关上房门，拉上对着院子的百叶窗，躺倒在床上，一直沉默无语，也不流泪，一连几小时只是紧紧抓住兜里她不会读的信，在黑暗中瞪眼看着她弄不明白的灾难①。

“妈妈。”雅克叫道。

她一直望着街道，依然神不守舍的样子，没有听见他说话。他碰了碰她那有皱纹的精瘦的手臂，她便微笑着转向他。

“爸爸的明信片，你知道的，从医院寄来的那些。”

“嗯。”

“你是在市长来过之后收到的吧?”

“对。”

一块弹片破开了他的头，他被抬上一列救护火车：那种救护火

---

① 她以为弹片是独自飞过去的。

车，来往于战争屠宰场和圣－布里厄的战地医院，车上淌着血水，铺着麦秸，到处扯着绷带。他在医院里，眼睛看不见了，还是估摸着划拉了两张明信片。“我受伤了。没什么。你的丈夫。”随后没过几天，他便死了。女护士在信上写道：“这样好些。他活下来眼睛会瞎，或许会疯了。他很勇敢。”随信寄来了弹片。

由三名持枪伞兵组成的巡逻队①，列队从窗下的街道走过，一个个四下张望。其中一个是黑人，高大的身材很灵活，浑身花斑点，酷似一头英俊的猛兽。

“那是防备强盗②。”她说道。停了一下又说：“我很高兴你去上坟了。我呢，太老了，路也太远。漂亮吗？”

“什么？坟墓？”

“对。”

“漂亮。摆了鲜花。”

“是啊。法国人就是厚道。”

她这么说，也这么认为，不过，也不再想她丈夫了，现在已经忘却了，过去的苦难连同她丈夫都遗忘了。这个被世界战火吞噬的男人，无论在她心中，还是在这座房舍里，再也没留有什么痕迹，只剩下一种难以捕捉的记忆，犹如在森林大火中焚毁的一只蝴蝶翅膀。

“炖肉要煳锅了。等一等。”

她起身去厨房③，他便坐到她的座位，同样望窗外，这么多年街道都没有变，还是原来那些商铺，被太阳晒褪了色，爆了皮。唯独对面烟草店的门帘，换成了彩色塑料长条，原先是小芦苇编的，雅克撩起时的特殊声响，现在还回荡在耳畔，进去便融入好闻的油墨和烟草的气味儿，买一本《无畏者》杂志，他看上面刊载的大讲荣誉和勇敢的故事就非常兴奋。现在，街上已显现周日上午的热

---

① 阿尔贝·加缪在他的记述中，多次引入阿尔及利亚战争。

② 雅克的母亲就这样称呼阿尔及利亚民族解放阵线的战士。

③ 在小套间里换场景。

闹景象。工人们换上洗净熨过的白衬衫，闲聊着走向三四家咖啡馆，那里散发着清凉和香料味儿。走过去一些阿拉伯人，他们也同样贫穷，但是穿戴很整洁，带着他们总蒙着面纱却穿着路易十五款的皮鞋的妻子。时而，也有阿拉伯人全家走过，都穿着节日的服装。有一家人拖着三个孩子，其中一个孩子还装扮成伞兵。伞兵巡逻队也恰巧转回来，神态放松了，看样子不怎么注意了。

就在露茜走进房间的当儿，爆炸一声巨响。

爆炸声似乎就在耳边，声响巨大，震动声扩延，久久不息。爆炸声似乎听不见了，许久之后，餐室的灯泡在玻璃吊灯里还在震颤。他母亲退到房间尽头，面失血色，黑眼睛里充满了抑制不住的恐惧，身子也有点儿摇晃。“是这边，是这边。”她说道。“不对。”雅克说着，跑向窗口。街上的人乱跑，也不知道跑向哪儿：一家阿拉伯人进了一家服装用品店，催促孩子回屋，服装店老板接待了他们，关闭店门，碰上了锁，站到玻璃窗后面观察街上的动静。这时，伞兵巡逻队又折回来，跑得上气不接下气，奔向另一个方向。汽车都急速停靠，沿人行道排开。几秒钟工夫，街道就空无一人了。不过，雅克探出身子往远望，还能看见缪塞电影院和有轨电车站之间，还有乱哄哄一大片人。“我去瞧瞧。”他说道。

他回到母亲身边。她现在面色苍白，腰板儿已经挺直了。“坐下吧。”他拉母亲坐到桌子旁边的椅子上，自己坐到她的旁边，握住她的双手。“这个星期两次了，”她说道，“我都害怕出门了。”“这没什么，”雅克说道，“总会停止的。”“对。”她应了一声，注视着儿子，一副游移不定的好奇神情，就好像她一方面信赖儿子的智慧，另一方面自己又确信“生活整个儿”就是一场不幸，人一点儿辙也没有，只能忍受。“你明白，”她说道，“我老了，跑不动了。”现在，她的面颊恢复了血色。远处传来救护车的铃声，紧迫而急促。不过，她听不见。她长出了几口气，心神又稳定了一些，她冲儿子微笑，还是那副柔美坚强的笑容。她和自己的全族人一样，是在危险的环境中长大的，面临危险境况，她的心可能紧张，但是也会像其他事物一样承受下来。倒是雅克受不了,不忍心看到她这张突然惊恐绝望而失态的脸。“跟我去法国吧。”他对母亲说。然而,她摇了摇头,神态悲伤而决绝:“嗳!不行。那里太冷。现在我也太老了。我想要留在我们这地方。”

在普雷沃-帕拉多尔街[1],一群男人扯着嗓子叫骂。“这种下流的种族。”一名身穿针织衫的小个子工人,冲着一个贴在咖啡馆旁边大门上的阿拉伯人骂道。他朝他走过去。“我什么也没干。”阿拉伯人说。“你们全是同伙,一帮鸡奸分子。”说着他就要扑上去,被其他人拉住了。雅克跟那个阿拉伯人说:“随我来。”他带着阿拉伯人进了咖啡馆,现在的老板是约翰,他的发小,理发匠的儿子。约翰在里边,还是老样子,矮个儿,瘦溜儿,那张脸狡猾而专注,但是多了皱纹。“他什么也没干,”雅克说,“让他进你家躲躲吧。”约翰擦着吧台,打量着阿拉伯人。“来吧。”他说道,二人随即进了后屋。

雅克从咖啡馆里出来,那工人便斜视他。“他什么也没干。”雅克说道。“就应该把他们全干掉。”“在气头儿上这么说说。还是想想吧。”对方耸耸肩膀:“去那边瞧瞧,炸得稀巴烂的现场,你再说话。”救护车的铃声大作,急促而紧迫。雅克一直跑到有轨电车站。许多人在等车,全都是一身假日的打扮。坐落在那儿的小咖啡馆人满为患,都在呼号喊叫,不知道是泄愤还是(原文如此)痛心。

---

① 他来看母亲之前见过吗?——到第三部再讲述凯苏(kessous)的暗杀事件,因此,这里只是简单地提一句有暗杀行动。——下文。

# 六　家庭[①]

"唔！"母亲对他说，"你在这儿的时候[②]，我很高兴。不过，还是晚上来吧，我就不会那么闷得慌了。到了晚上特别闷。冬季天早早就黑了。我若是识字该有多好。现在有灯亮儿打毛线也不行了，累得我眼睛疼。所以，艾蒂安不在的时候，我就躺下，等着到吃饭的点儿。够长的呀，就这样等两个钟头。如果小丫头们跟我在一起，我还可以和她们说说话。可是，她们来了，待一会儿又走了。我太老了。也许我让人闻着不是味儿。所以，就是这个样子，孤零零一个人……"

她一下子说了这么多，全是简单的短句，一句接着一句，就好像她沉默至今，终于要把心里的想法全倒出来。说出之后，头脑枯竭了，她重又沉默下来，抿起嘴唇，温柔的眼睛暗淡了，隔着餐室里关上的百叶窗，望着从街上升起来透进的令人窒息的光线，始终坐在老位置，同一把不舒服的椅子，她儿子还像从前那样，围着屋中央的桌子打转[③]。

她重又看着他绕着桌子[④]转磨磨了。

"好看吧，索尔弗里诺。"

"好看，挺干净。不过，从你上次见过之后，肯定有变化。"

"对，是在变。"

---

① a. 一部关于"缺乏记忆"的书。穷苦生活的普鲁斯特，时间当然总是失去。b. "我害怕？"作为过渡。

② 她说话从来不用虚拟式。

③ 加：同哥哥亨利的关系——打架。

④ 吃的菜肴有：炖下水——炖鳕鱼、鹰嘴豆。

“大夫也向你问好。你还记得他吗?”

“不记得了,年头太久了。”

“也没人记得爸爸了。”

“在那儿没有待多长时间。而且,他也不大爱说话。”

“妈妈?”

她心不在焉,看着他,目光温柔,但无笑容。

“我还以为爸爸和你,你们就没有在阿尔及尔一起生活过。”

“没有,没有。”

“你听懂我的话了吗?”

她没听懂,从她那有点慌乱、好像自责的神色,他就看出来了,于是又一个字一个字咬清楚,重复他的问题。

“你们从来没有在阿尔及尔一起住过吗?”

“没有。”她回答。

“那么皮雷特砍头的刑场,爸爸是什么时候去看的?”

他用手击打脖子,比画让人明白是砍头。她倒是立刻回答:

“是啊,他三点就起来,要赶往巴伯鲁斯。”

“这么说,当时你们住在阿尔及尔?”

“对。”

“那是什么时候啊?”

“我不知道。那时他给里科姆干活。”

“在你们去索尔弗里诺之前吗?”

“对。”

她说对,也许就是不对,必须通过黑暗的记忆回溯当年,一点儿准头都没有。穷人的记忆本来就没有富人的记忆那么丰足,没有那么多空间坐标,只因穷人极少有机会离开生活的地方,而且生活灰暗,一成不变,也没有那么多时间坐标。自不待言,还有心灵的记忆,据说是最牢靠的,但是心灵也要在艰苦劳作中磨损,在疲惫的重压下忘得更快。失去的时间,只有富人才寻得回来。对穷人来说,失去的时间仅仅表示死亡路上模糊的印痕。再者说,在生活中为了挺得住，就不能过分回首往事，而必须贴近了，一小时一小时，把握住每一天，就像他母亲做的那样，当然有点勉为其难，因为少小时就坐下这种病（其实，据外婆讲，患过一场斑疹伤寒。然而，斑疹伤寒不会落下这种病根。也许是斑疹伤寒，或者别的什么？这又是个谜团）。既然少小时那场病导致她失聪，以及随之而来的语言障碍，从而阻碍她学会特别要教给赤贫者的生活本领，她万般无奈，只能默默地认命，不过，这也是她找到的唯一直面生活的方式，舍此又能如何呢，换了别人，又能找到别的什么出路呢？雅克本来期望，她能满怀激情地向他描述一个四十年前去世、她与之分享五年生活（她真的分享了生活？）的男人。她做不到，他甚至不能确定，她曾经热恋过那个男人，不管怎样，这种事他不能问她，在她面前，他也同样，以自己的方式装聋作哑了，他甚至不想了解，他们俩之间究竟如何，必须放弃了解她本人的一些事。甚至这件具体的事，给他这个孩童留下极深的印象，一生都挥之不去，乃至魂牵梦萦，即他父亲凌晨三点起床，去看一个有名凶犯处决的场面这件事，他也是听外婆讲的。皮雷特是个农业工人，受雇于阿尔及尔附近萨赫勒[①]的一家农场，他用锤子杀害了雇主夫妇和三个孩子。“要抢劫吗？”雅克小时候就问过。“对。”艾蒂安舅舅回答。“不对。”外婆却说，但是也没有多做解释。检查作案现场，发现尸体已遭毁容，满屋子是血，甚至溅上了天花板，在一张床底下，最小的那个孩子还有口气，后来还是死了。然而，他作完了案，还能用手指蘸着血，在白灰墙上写下：“是皮雷特。”追捕凶手，发现他痴呆呆的，在旷野上游荡。公众舆论惊恐万分，要求判他死刑，不给他陈述的机会，刑场就设在阿尔及尔巴伯鲁斯监狱[②]门前，观看者

---

① 沿海的小山脉。

② 巴伯鲁斯监狱建于1856年，在阿尔及利亚战争期间，主要用来监禁阿尔及利亚民族解放阵线的战士。正是在这座监狱的高墙里，1956年6月19日处决了阿哈默德·扎巴纳（Zabana）、阿布德卡德·费拉吉（Ferradj），1957年2月13日处决了共产主义斗士菲尔南·伊夫通（Iveton）。

黑压压一片。雅克的父亲半夜起来,去看那种警诫性的刑罚,据外婆说,他对那种罪行义愤填膺。但是,家里人始终不知道发生了什么情况。看起来,行刑没有发生意外。可是,雅克的父亲回来时脸色惨白,躺下又起来,呕吐了好几次,然后才重又睡下。后来,他绝口不愿再提他看到的情景。听了这样讲述的当天晚上,雅克本人就躺在床边,免得碰着睡在一起的哥哥,蜷缩着身子,回味着听人讲的和自己想象的细节,一再吞咽因恐惧而感到的恶心。那些影像追随他一生,一直追到他的梦境,夜晚有个爱做的噩梦,隔三岔五就要光顾一次,很有规律,形式有所变化,但主题一成不变——有人在追捕他,雅克,要处决他。醒来许久,他才能摆脱惶恐不安的情绪,回到平安的现实,松了一口气,现实绝没有处决他的可能性。直到他长大成人,纠缠他的这个故事则发生了根本变化,处决人不再是莫须有了,反而回到可以观察到的事件当中,而现实也不再安慰梦境,却在一些非常确切的年头,反而得到了同样的恐惧感的滋养,须知正是这种恐惧感,当年震撼了他的父亲,再由父亲留给他,作为唯一显而易见又确实的遗产。的确,这是一条神秘的纽带,将他同圣-布里厄那个陌生的亡灵(他自己也无论如何没有想到他会死于非命)连在一起,越过了他母亲。她当时倒是知道这件事,看见丈夫呕吐了,可是那天早晨就忘掉了。正如她始终不知道时代变了。对她而言,总是同样的岁月,不幸的事件出其不意,随时都可能袭来。

## 外　婆

外婆则相反①,她对事物总有一种更为准确的判断。

"你迟早会上断头台的。"她经常对雅克重复这句话。为什么不可能呢,这已经不算什么稀奇事了。她并不了解世情,正因为如

① 过渡。

此，出什么事儿她都不会吃惊。她身穿黑色长衣裙，腰板坚挺，一无所知而又固执己见，好似一位女先知，至少，她从来就不认命。她比谁都专横，掌控了雅克的童年生活。她父母是马翁人，在萨赫勒的一座小农场把她养大，年龄尚小就把她嫁给另一个马翁人，一个敏感而脆弱的男子，他的弟兄们于 1848 年祖父悲剧性毙命之后，就迁徙到阿尔及利亚定居了。祖父当时是诗人，骑着驴在岛上菜园的石砌矮围墙之间游荡，沉吟作诗。正是在这样一次寻诗漫游中，一个受骗的丈夫见他的身影和大檐儿黑帽，误以为就是那情夫，便实施惩罚，从背后开枪，射杀诗歌和家庭道德的一个典范。诗人无端送命，什么也没有给孩子们留下。这场误杀的悲剧深远的后果，就是目不识丁的一大家族人，来到阿尔及利亚沿海一带定居，繁衍生息，远离学堂，只会在炎炎的烈日下卖死力干活儿。不过，外婆的丈夫，从照片上看，还保存了祖父的一点灵气，清瘦的脸庞，线条分明，一副沉思遐想的眼神，宽阔的额头，这种相貌特征，分明意味他不会违拗他那年轻、漂亮又能干的妻子。她给丈夫生了九个孩子，有两个早夭，还有一个女孩保住了命，却落下了残疾，最小的一出生就是聋儿，几乎也成为哑巴。在那个生活暗淡的小农场，她不间断地分担共同的重活累活，同时拉扯大一群子女。她坐到桌子一端的时候，身边放着一根长棍，这就免得费口舌，捣蛋的孩子当头就会挨一棍子。她掌管家，要求子女必须尊敬她和她丈夫，要求子女按照西班牙人习惯，对他们称呼“您”。可惜这种尊敬，她丈夫没有安享多久：他英年早逝了，被阳光和辛劳耗尽，也许还有婚姻，雅克始终未能获知他死于什么病。孀居的外婆处理了小农场，带领几个年幼的孩子，来到阿尔及尔定居，其他孩子一到学徒年龄就开始干活了。

等长大一些，雅克便能观察出来，无论穷困还是逆境，都没有把外婆难倒。她身边只剩下三个孩子：卡特琳①·科尔梅里，在外

---

① 此前，雅克的母亲名叫“露茜”，此后改为“卡特琳”。

面做帮佣，有残疾的老儿子成为壮实的箍桶匠，而老大没有成家，在铁路上工作。三个人的工资都少得可怜，可是放在一起，足以养活五口之家。家里的钱由外婆掌管，因而，雅克印象最深的头一件事，就是她的严厉，并不是说她吝啬，或者至少她那吝啬，就像吝惜人呼吸并赖以生存的空气那样。

孩子的衣服全由她去买。雅克的母亲每天晚上回家都晚，也就是随便瞧瞧，听听说什么，精神头儿远不如外婆，什么事也都撒手撂给了她。这样一来，雅克整个童年时期，就得穿过长的外套了，只因外婆买衣服要他穿得长久，先把孩子长个儿的自然规律算进去，总会追上衣服的尺寸。哪知雅克长个儿慢，直到十五岁才猛地蹿高了，结果未等合身，衣服就穿破了。新买一件，还是遵循同样的节省原则，雅克被同学嘲笑为奇装异服，他别无他法，就只能化可笑为独特，将长衣襟掖进腰带，变成灯笼衣了。况且，这种短暂的丢脸面，在班上很快被人忘记，他又夺回了优势，而且在操场上，足球又是他的王国。然而，这个王国却成为禁区。因为操场浇了水泥，鞋底磨损得太快，外婆就不准雅克在课间休息时踢足球。她亲自给外孙买鞋，挑结实、厚底的高帮鞋，希望永远也穿不破。不管怎样，为了延长鞋的寿命，她还让人给鞋底打上锥形的大掌钉，这就有双重好处：先磨平掌钉才能磨损鞋底，还能查验是否违禁踢足球了。的确，在水泥地面上奔跑，掌钉磨损得快，新磨得光亮平滑了，从而揭穿了该受惩罚的人。每天傍晚回家，雅克必得先去厨房，卡桑德拉[①]正在黑铁锅上忙活着，他就得屈膝撩起小腿，出示朝天的鞋底，就像马要钉铁掌的那种姿势。当然，同学们的召唤和他最喜爱的运动的诱惑，他也很难抵御。这样，他的全部用心，不是修炼不可能达到的一种德行，而是放在修饰过错上。从上小学到后来上中学，放学后他要好长时间在湿土上磨鞋底。这种伎俩一时还能得逞。可是，久而久之，磨损的掌钉便成了大麻烦，

---

① 卡桑德拉是希腊、罗马神话中特洛伊的公主，阿波罗的祭司，因神蛇以舌为她洗耳或阿波罗的赐予而有预言能力。这里借指雅克的外婆。——本版编者注

有时甚至殃及了鞋底,临末了,甚而酿成大祸:一脚踢歪,蹭到地面或者碰着护树的铁栅栏,鞋底和鞋帮就分了家,雅克回到家,张口的鞋只用一段绳子捆住。这样的夜晚,躲不过一顿牛筋鞭子了。母亲对哭号的雅克只是用这种话劝慰:“这真的很贵。你干吗不小心点儿呢?”但是她本人,从来就不动孩子一手指头。第二天,雅克就穿绳底帆布鞋上学,皮鞋送到修鞋匠那里,两三天后钉满了新掌钉,鞋底又滑又不稳当,他就得重新学会掌握平衡。

外婆还能做得更绝。这么多年过去,雅克一想起这段经历,就不由得恼羞成怒。他们哥俩收不到一点儿零花钱,除非他们有时同意去看看一位做买卖的舅舅,或者一位嫁到好人家的姨妈。去看舅舅很痛快,因为他们很喜爱舅舅。但是姨妈相对有钱,总爱炫耀,而两个孩子宁肯没钱,宁肯不要那点儿钱带来的快乐,也不愿意受那份儿屈辱。不管怎么说,虽然大海、阳光和街区的游戏,全是不要钱的乐趣,可是炸薯片、水果香糖、阿拉伯糕点,对雅克来说,尤其是某些足球赛,这些都需要点儿钱,怎么也得几个苏。一天傍晚,雅克买东西回来,手臂上托着从街区面包房取回烤好的苹果甜点(当时家里没有煤气,也没有炉灶,只能用酒精灯做饭,因此也就没有烤箱。有需要烘烤的食品,就准备好料送到面包房,花几苏钱,请人家放入烤箱照看着做好),糕点的热气透出抹布,罩上抹布既可遮挡街上的灰尘,又垫着盘边沿儿以免烫手。他的右臂肘挎的网兜里,装着买来的那点儿食品(半斤白糖、八分之一块黄油、五苏钱的奶酪丝,等等),东西不沉,雅克嗅着糕点的香味,走路脚步灵活,躲避着此刻这个街区人行道上熙熙攘攘的行人。这时,一枚两法郎的硬币从口袋的破洞漏出去,当啷一声掉到人行道上。雅克拾起硬币,查看一下完好无损,便揣进另一个口袋里。“我真可能就丢了。”他猛然想道。第二天那场球赛,他一直打消去看的念头,现在又回到他的脑海。

实际上,从来就没人教过孩子什么是善,或者什么是恶。有些事禁止做,违犯就受到严惩。另一些事则不然。只有小学老师们,在教学计划给他们留出时间的情况下，有时才对学生讲讲道德，但是课堂上讲的禁忌同样非常具体，而解释道德却流于空泛。在道德方面，雅克所能看见和感受到的，仅仅是这个工人家庭的日常生活，显而易见，在这个家庭，任何人都从来没有想过，除了最笨重的劳动之外，还有别的路子可以挣钱谋生。然而，这还是勇气的教育，而非道德说教。不过，雅克也知道，藏起这两法郎的行为很不好。因此，他不想这么干，他也不会这么干。也许他可以像上次那样，从练兵场那老体育场的两块木板缝儿之间溜进去，不花钱看了那场比赛。这是为什么，他自己也弄不明白，他怎么没有把带回来的钱立即交出去，怎么过了一会儿，他从厕所出来就声称，他提裤子时，一枚两法郎硬币掉进蹲坑里了。这个砌在唯一楼层平台上的狭小空间极脏，称为厕所还是太高抬了。不通风，没有电灯，又没有水龙头，只是在门和里墙之间，砌了个半高台的蹲坑，用过后必须倒进去几桶水。但是，怎么冲也免不了臭味满楼道。雅克的这种解释还说得过去①，这就免得雅克被打发上街，去寻找丢失的钱币，还免得节外生枝了。不过，雅克报这个坏消息时，却感到一阵揪心。他外婆正在厨房切大蒜和芹菜，刀下那块旧菜板已经用得凹陷发绿了。她停下手，注视雅克，而雅克就等着她大发雷霆了。可是，她却一言不发，只用她那清亮冷峻的目光审视他。“你能肯定吗？”她终于说道。“能啊，我感觉到掉下去了。”她仍然凝视他。“那好吧，”她说道，“我们就去看看吧。”雅克见她挽起右边的袖子，露出大骨节的白净手臂，走上楼层平台，他不禁惊恐万分，赶紧跑到厨房，恶心得要吐了。外婆叫他时，正站在水池前，胳臂上全是擦的灰色肥皂沫，开大龙头冲洗呢。“什么也没有，”她说道，“你说谎。”他结结巴巴地说：“很可能给冲下去了。”外婆迟疑了。“也许吧。不过，你若是撒了谎，可没有你好果子吃。”不错，这不是什么好果子，因为他当即明白，外婆决意去淘粪坑，并不是

① 不对。就因为他已经说过钱币在街上丢失了，不得不另编一套解释。

出于吝啬，而是因为极度贫困，两法郎在这个家里是一笔钱啊。他明白了，也终于看清，他偷了家人辛劳挣来的这两法郎，心里不免羞愧难当。到了今天，雅克看着坐在窗前的母亲，还是无法解释，他怎么就未能把那两法郎交出去，第二天还高高兴兴去看球赛了。

回忆外婆的事，也关联一些说不过去的羞愧。她坚持让雅克的哥哥亨利上小提琴课。雅克阻断了这种课外活动，提出增加了负担，就难以保持学习好成绩。就这样，他哥哥只学会从一把冷漠的小提琴中拉出一些刺耳的声音，但不管怎样，还能拉出走点儿调的流行歌曲。雅克五音挺全，学会了同样的歌曲，却不承想这种无心的营生，导致多么难堪的后果。的确，通常星期天，外婆接待出嫁的女儿们[1]回娘家，其中两个是战争寡妇，或者接待她那一直住在萨赫勒农场、坚持讲马翁方言也不肯说西班牙语的妹妹时，在那张铺上漆布的桌子上摆好大碗黑咖啡之后，她就叫来外孙子，临时举办一场音乐会。他们都一副受罪的神情，搬来金属乐谱架，将乐谱翻到著名乐段的那两页。好歹也得演奏了。雅克勉勉强强跟上亨利吱吱嘎嘎的小提琴伴奏，唱着《拉莫娜》："我做了一美梦，拉莫娜，我们俩一起出行。"还有"起舞吧，我的佳尔美，为我起舞，今晚我要爱你。"再有东方情调的"中国之夜，欢情之夜，爱恋之夜，陶醉之夜，温柔之夜……"还有几次，特别要求为外婆唱唱写实的歌曲，雅克便演唱起："难道真的是你，我的男人，我无比爱恋的你，上天明鉴，你对我发过誓，永远不惹我哭泣。"而且，唯独这首歌曲，雅克能带着真实的情感演唱，因为，在她那挑剔的情人的刑场上，曲中的女主人公在围观的人群中，又重复演唱了这一催人泪下的唱段。不过，外婆更爱听另一首歌，想必歌中忧伤和温存的情调，是在她那天性中难以寻觅的。这便是托赛利的《小夜曲》，亨利和雅克演唱得感情饱满，相当入情入味，尽管有阿尔及利亚口音，实在不大符合歌中陈述的迷人时刻。在阳光明媚的午后，四五个身

---

① 她的侄女们。

穿黑衣裙的女人，除了姨姥之外，都解掉了西班牙黑头巾，在家具简陋、刷白的粗灰泥墙的房间里，围坐在一起，轻轻地摇头晃脑，赞赏词曲抒发的感情，直到从来就分不清“do”和“si”，甚至不识音阶的外婆发话，喝止了念咒一般的歌唱：“你唱错了一个地方。”打断了两位音乐家。等难对付的部分过了关，外婆满意了，她才说：就从“那儿”接着唱。于是，大家又摇头晃脑，最后则为两个演艺高手鼓掌，而这两位却急速收起乐谱架，跑去会合街上的伙伴们。在演唱过程中，只有卡特琳·科尔梅果待在角落里，没讲一句话。雅克还记得那个星期天的午后，他拿着乐谱正要出去时，听见一个姨妈对着他母亲夸他，母亲回答说：“是啊，他表现挺好。他很聪明。”就好像唱得好和聪明两个评语之间有种关联似的。不过，他转身一看，便明白了这种关联。母亲的目光闪烁，温柔而又热烈，那么深情投在他身上，孩子不由得后退，犹豫了一下，便撒腿逃开了。“她爱我，她是爱我的呀。”他在楼梯上想道，同时也明白了，他狂热地爱她，并且全心全意地希望得到她的爱，而在这一点上，此前他一直怀有疑虑。

看电影也是孩子一大乐趣……放映的时间，也是安排在星期天午后，有时放在星期四。社区影院离家几步远，起了个浪漫派诗人的名字，同影院所在的街道一样①。要进电影院，先得穿过阿拉伯商贩摆摊的曲折通道，摊位上食品庞杂，有花生、咸味鹰嘴豆、羽扇豆、绘成色彩鲜艳的麦芽糖，以及黏糊糊的“酸味糖”。另一些商贩则卖炫目的糕点，有覆盖粉红色糖粒的奶油金字塔糕，还有滴着油和蜜汁的阿拉伯炸糕。受糖果的吸引，摊位前聚了成群的苍蝇和儿童，嗡嗡声和追逐欢叫汇成一片，商贩们怕挤倒摊子，一边咒骂着，挥臂驱赶苍蝇和孩子。有几个商贩抢到好位置，躲在影院一侧玻璃棚下支起摊位，其他商贩只能将黏性食品摆在烈日下，暴露在孩子嬉戏扬起的灰尘中。雅克跟在外婆身边，而外婆为了这

---

① 即缪塞电影院，拉马丁街。[译者补注：缪塞（1810—1857），拉马丁（1790—1869），都是法国著名浪漫派诗人。]

种场合，将她那头白发梳得溜光，终生穿着的黑色长裙也用一根银别针扣上。她严肃地推开堵在门口狂呼乱叫的一群孩子，走到唯一窗口买“定座”票。老实说，也只有两种选择：一是定座，即一些吱咯作响的破扶手木椅；二是长条凳，放映前才开侧门放进来的孩子争抢的座位。长条凳两侧各立一人，手持牛筋鞭子，负责维持管辖片的秩序：过分捣乱的一个孩子或者成年人，被赶出去的现象也不少见。那时放映的还是无声影片，先放新闻片，接着一段滑稽短片、一部正片，最后放映系列片，每周演一集。外婆特别爱看系列片，每一集结尾都有悬念。例如，显示肌肉块的男主人公抱着受伤的金发女郎，跑上峡谷间的藤桥，下面就是湍急的河流。本周演的这集最后的镜头，表现一只文了图案的手，握着一把原始砍刀，正在砍那座悬桥的藤条。男主人公不顾长凳观众的大声警告，若无其事地继续行进。问题并不在于这一对能否脱险，这是毫无疑问的，而只想了解是如何脱险的，这就不难理解，那么多观众，有阿拉伯人也有法国人，下周为何又来观看，那对恋人从高空坠落必死无疑，却有天助，被一棵大树托住了。放映一场电影，自始至终都有钢琴伴奏。弹琴的那位老小姐，精瘦的脊背酷似矿泉水瓶，盖着一个花边领口的瓶盖，她那沉稳宁静的神态，同长凳上观众的嬉皮笑脸形成鲜明的反差。雅克当时就认为，那位给人强烈印象的小姐在酷热中，还戴露指的手套，正是高雅的标志。而且，她的角色也并非人想象的那么简单。尤其是新闻片的配乐，她不得不根据放映事件的性质而改变旋律。她弹着欢快的四组舞曲，为春季时装表演伴奏，无须过渡，就转到肖邦的葬礼进行曲，用以衬托中国的水灾，或者国内外某个重要人物的葬礼。总之，无论什么曲目，她弹起来都那么得心应手，就好像那是十根干巴巴的小机件，始终接受精确齿轮的指挥，在发黄的旧钢琴上完成操练。不管怎么说，影院四壁光秃秃的，地上满是花生壳，弥漫着消毒水和强烈的人体味的混杂气味，正是她一踩脚踏板，弹出前奏曲，便立时煞住闹哄哄的喧哗，演奏出前奏曲，从而营造出日场电影的气氛。接着，巨大的嗡嗡声响，则宣告放映开始运转，雅克也进入受难的时刻。

影片是无声的，自然要配上许多书写的字幕，投放出来，旨在说明情节，由于外婆不识字，雅克的角色就是念给她听。外婆虽然上了年纪，耳朵却一点儿也不聋。不过，读的声音首先得压过钢琴声和放映厅扩大的回音。此外，字幕尽管特别简单，许多词外婆并不熟悉，有的甚至很陌生。雅克这边，一方面不希望妨碍邻座，尤其担心让全影院的人都知道他外婆不识字。（她本人有时出于羞耻心，在电影开演前，还大声对他说："你给我读字幕，我眼镜忘带来了。"）因此，雅克读字幕的声音就不是那么大，结果外婆听得半懂不懂，要求他声音大些，再重复一遍。雅克试着提高声音，便招来"嘘"声，弄得他尴尬得要命，说话也结巴起来，外婆就申斥他很快，下一段字幕又出现了，可怜的老太婆前面的未懂，后面的就越发糊涂。这样就乱上添乱，直到雅克灵机一动，用两句话就概括了《佐罗的标志》[①]的关键时刻，例如同道格拉斯·费尔班克斯老爹那段。"那坏蛋想要从他手中夺走姑娘。"雅克抓住钢琴或场内的一点间歇，清晰地说道。一下子全明白了。电影继续放映，这孩子也松了一口气。通常，麻烦也就到此为止了。不过，像《两个孤女》[②]这类的一些影片，情节实在太复杂，雅克便陷入两难境地，一边是外婆的苛求，另一边是邻座火气越来越大的指责，他最后干脆默不作声了。他还记忆犹新，有那么一场电影，外婆怒不可遏，终于离场，他哭着跟在后边，心里难过到极点，想到不幸的外婆难得有此好兴致，却让他破坏了，白花了冤枉钱。[③]

至于他母亲，从不去看那些电影。她同样不识字，而且还半聋。还有，比起她母亲来，她懂得的词更加有限。时至今天，她的

---

① 费雷德·泥伯洛(Niblo)摄制的影片，1920年公演。

② 莫里斯·图尔纳(Tourneur)摄制的电影，1932年公演。

③ 补充穷困的征象——失业——在米利亚纳的夏令营——军号声——被赶出门——不敢讲这事儿。说吧：那好，今晚就喝咖啡。隔三岔五变一变。他注视她。他常读受穷的故事，写女人多么有勇气。他没有跟随。她又去了厨房，勇气十足——并不屈服。

生活还是没有娱乐消遣。四十年间，她总共进过两三回电影院，什么也没有看懂。为了不辜负人家邀请的盛情，只好凑趣说说那些衣裙很漂亮，那个留胡子的男人样子很凶。她也不能听广播，就连报纸，有时也只翻翻带插图的，让儿子或孙女们给解释一下，便断定英国女王一副愁苦相，然后合上杂志，重又守着同一扇窗户，凝望同一条街道她观赏了半辈子的场景。

## 艾蒂安[①]

从一定意义上讲，她参与生活不如她兄弟埃奈斯特[②]。他完全失聪，和他们一起生活，同时靠象声词和手势，也靠他掌握的百十来个词，就能表达思想。不过，埃奈斯特少小时，还不能让他干活，就马马虎虎让他上了学，学会了认字。他有时去看电影，回来复述内容，挺让看过的人惊诧，只因他想象力丰富，弥补了他的无知。此外，他又机灵又狡黠，有一种本能的聪慧，能引导他行走在一个无声的世界，穿越对他始终沉默的人群。也正是这种聪慧允许他每天看报，辨识出各条大标题，这样，他至少就略知天下大事。例如，雅克长大成人后，他对外甥说："希特勒呀，哼，不是好东西。"的确，不是好东西。"那些德国佬，始终是那路货。"舅舅又补充一句。不对，不能这么说。"对，还是有好人，"舅舅表示赞同，"不过，希特勒，不是好东西。"紧接着，他又上来逗趣的那股劲儿："莱维(街对面服装店老板)，他可怕得要命！"说着哈哈大笑。雅克尽量解释。舅舅又恢复严肃的神态："为什么要残害犹太人呢？他们同样是人啊。"

他按照自己的方式，始终喜爱雅克，赞美雅克的学习成绩。他那双使用工具、干重活儿的手，布满硬硬的老茧，时常揉搓着孩子

① 引入埃奈斯特舅父，年迈的，从前的——在雅克和他母亲所待的房间里摆的他的照片。或者以后安排他出场。

② 雅克的老舅，时而称艾蒂安，时而称埃奈斯特。——译者注

的脑门儿。“好脑袋瓜，这小子。倔强（他还用大拳头敲打自己的头），但是好用。”有时，他还加上一句：“像他爸爸。”有一天，雅克便趁机问他，他那父亲是否聪明。“你爸爸，脑袋倔强。想干什么就干什么，总是那样。你妈就总是说，对，对。”雅克再也没有追问出别的什么。不管怎样，埃奈斯特常带孩子出去玩。他身强力壮，精力充沛，不能用话语表现出来，也不能参与社会生活的复杂关系，便在体能生活和感受事物中大力迸发。早晨一醒来就进入状态，等有人摇晃他，把他从聋子的沉睡中拉出来，他懵懵懂懂一起身，就连声吼道：“哼，哼。”犹如史前动物，每天醒来，就要处于陌生而敌对的世界中。然而，一醒来就不同了，他的躯体，只待他那躯体一启动，就稳稳立足于大地了。箍桶匠的活儿虽然又重又累，他还是喜欢游泳和打猎。雅克幼年时[①]，他就带着去细沙海滩，让孩子爬到背上，驮着立刻奔向深海，只会简单的蛙泳，但是击水十分有力，还发出含混不清的叫声，先是表示一入冷水有点儿吃惊，随后便在水中游动得欢快，或者迎头遭受一道恶浪冲击的愤慨[②]。隔一会儿他就对雅克说：“别怕。”嗳，他害怕，但是嘴上不说，他被这种孤独感所震慑。他们身处同样辽阔的海天之间，他回头望去，觉得海滩就像一条看不见的线，立时，一种恐惧搅痛他的肚子，便开始惊慌了，想象下面的海水深不见底，一片黑暗，只要舅舅一松开，他就会像石头似的沉下去。于是，孩子更紧地搂住游泳者粗壮的脖子。“你怕了？”对方马上问他。“不怕，还是回去吧。”舅舅顺从地掉头，停下稍微喘口气，便重又起程，在水中如履平地那样把握十足。他游回海滩，也并没有怎么气喘，又大笑着用力揉搓着雅克的身子，接着便转身撒起尿，哗哗声音很响，一直笑声不止，他很满意自己膀胱的强健功能，拍着肚子，连声说“好，好”。这是伴随他所有愉悦感觉的声音，也不分排泄还是进食，都毫无区别地怀着同样的天真，同样执意地从中取乐享乐，还总渴望跟亲人们分享这

① 九岁。

② 海滩，泛白的木头、瓶塞、腐烂的碎片……芦苇浮子。

种乐趣。这在饭桌上惹起外婆的异议,外婆当然允许谈论这种事,她自己也会讲讲,但是“在饭桌上不行”,正如她这样制止,只有西瓜单算,她还能够容忍。西瓜公认有利尿作用,埃奈斯特又特别爱吃,他先演示一遍吃相,嘻嘻哈哈调笑,朝外婆狡狯地眨起眼睛,发出吮吸、反胃、咀嚼的各种声响,这才拿起一块西瓜,咬了几口之后,又开始模仿一系列动作,用手比画好几次,这种粉白相间的美丽水果,从入口到小便大致运行的路线,同时脸上洋溢着快意,频频瞪眼睛,做鬼脸,伴随着“好,好。冲洗。好,好”,越来越难以抵制,逗得所有人开怀大笑。这种亚当式的单纯,也让他过分担心不少瞬间的疼痛,他呻吟着,皱起眉头,目光反视体内,仿佛在他五脏六腑的神秘黑夜中探寻。他声称有一个痛“点”,位置却不断变化,有一个“球”,差不多浑身到处滚动。后来,雅克上了高中,他确信唯独科学对所有人都同样适用,于是,他就指着腰眼儿问雅克:“这儿,扯着疼。有毛病吧?”没有,什么事儿也没有。于是他放心走了,小急步下楼,到街区咖啡馆去会伙伴们,而到吃晚饭的时候,雅克常去叫他,那里都是木质桌椅、锌皮吧台,有一股茴香酒和锯末的味道。孩子看到这个聋哑人被伙伴们围在中间,正谈论得气喘吁吁,一片笑声也毫无嘲弄的意味,他见此情景一点儿也不感到吃惊,因为埃奈斯特有好性情,为人又慷慨大方,深受伙伴们的爱戴[①]。

---

① a. 他存起钱,就给雅克。

b. 中等身材,有点儿罗圈腿,脊背肌肉厚实,略微显得驼,他尽管瘦溜儿,却彰显出异乎寻常的阳刚之气。他一直保持那青春的面容,还会保持很久:清秀、端正,有点儿(辨认不清的词)。同他姐姐一样,有一对美丽的深栗色眼睛,鼻子挺直,眉弓光秃秃的,下颏儿很匀称,头发浓密而漂亮,不,还有点卷曲。单从他漂亮的外貌就足以解释,他虽有残疾,却还是有过几次艳遇,当然都很短暂,不可能达到谈婚论嫁的程度,但是总归有点儿通常所说的爱情的色彩。就譬如,他跟本街区一个已婚的商妇的关系,星期六晚上,他有时就带雅克去朝向大海的布雷松广场听音乐会。军乐队在亭子里演奏《科尔讷维尔城的钟声》,或者《拉克梅》乐曲,人群在夜色中在(辨认不清的词)周围走动,身穿节日服装的埃奈斯特总能设法同一身柞丝绸衣裙的咖啡馆老板娘相遇,他们交换友好的微笑,那位丈夫有时也会对埃奈斯特讲几句简短友好的话,从未把他视为潜在的情敌。

c. 拉穆纳洗衣间(复活节摆上的橘花香奶油球蛋糕,最好在海边)。

舅舅带着他和伙伴们一道去打猎时，雅克就深切地感受到这种爱戴。他们这伙人全是箍桶匠、港口和铁路工人，大家相约拂晓起来。舅舅睡在餐室，什么闹钟都不可能把他从沉睡中吵醒，雅克负责叫他。雅克一听闹钟响就起来，哥哥嘟囔着在床上翻过身去，而妈妈睡在另一张床上，微微动了动并没有醒。他摸黑爬起来，划着火柴，点亮放在两张床之间共用的床头柜上的小油灯。（啊！这间卧室的陈设：两张铁床，一张是母亲睡的单人床，另一张是孩子睡的双人床。两张床之间摆一个床头柜，床头柜对面立着一个镶镜子的衣柜。卧室只有一扇朝院子的窗户，在母亲的床脚下。窗户下面放着一个藤条大箱子。雅克很长一段时间个头儿矮，要关百叶窗就得登上藤条箱。屋里没有椅子。）接着，他去餐室，摇醒舅舅。埃奈斯特看着眼睛上方的灯光，先是恐惧地吼叫，终于醒过神儿来，他们穿好衣服。雅克去厨房，在小酒精炉上热一热剩下的咖啡，舅舅则准备背包，里面装满了食物，有一块奶酪、辣味猪肉香肠、椒盐西红柿，以及切成两半的半个面包，面包里夹着外婆煎的大荷包蛋。然后，舅舅还要最后检查一遍两响的猎枪和子弹，而验枪的重大仪式，头天晚上已经举办过了。晚饭后，桌子上的东西全撤掉，还仔细擦拭了漆布。舅舅在桌子的一端坐定，在煤油大吊灯的灯光下，郑重其事地将拆卸仔细上了油的猎枪零件摆在眼前。雅克坐在桌子另一端，等待轮到自己上手。猎犬布里昂也在一旁。是的，有一条狗，是一条杂种长鬈毛猎犬，无比善良，都不肯残害一只苍蝇。这是有凭证的：它捕捉到一只飞蝇，就赶忙吐出去，一副恶心的样子，舌头用力卷出来，还直吧嗒嘴。埃奈斯特和他的狗形影不离，彼此十分默契，让人不由得想到是一对（只有不识狗性也不爱狗的人，才会把这话理解为嘲弄）。狗对人要听话和温驯，而人也肯为狗操点儿心。人和狗共同生活，从不分离，睡在一起（人睡在餐室的沙发床上，狗就趴在床前磨损露线的脚垫上），一道去上班（狗就守在工作台下专为它铺的刨花床上），也一同进咖啡馆，狗就待在主人的腿间，耐心地等待讲演结束。人和狗用象声语进行交流，都喜欢对方的气味。不要对埃奈斯特说，他的狗不常洗澡，气味太大，尤其是下过雨之后。

“它呀，”埃奈斯特说道，“就没什么味儿。”他还爱怜地嗅着猎犬颤动的长耳朵里面。打猎是他们俩重大节日，犹如大公车驾出行。只要埃奈斯特一取出背包，狗就开始在小餐室里狂跑，屁股撞得椅子乱转，尾巴抽到碗柜边上啪啪响。埃奈斯特嘿嘿笑。“它明白，它明白。”随后，他让狗消停下来，狗就将大嘴搭在桌子上，观看细致的准备工作，时而小心翼翼地打个呵欠，绝不离开，一直看完这美妙的场景①。

舅舅把枪重又装好，便交给雅克。雅克恭敬地接过枪，拿一块旧呢抹布，将双筒枪管擦亮。趁这工夫，舅舅又准备子弹。他先取出装在背包里的色彩鲜艳的铜底硬纸管，摆在眼前，再取出一些葫芦形的金属小瓶，里面装着火药和铅弹，以及棕色毛毡丝。他十分细心地将火药填满硬纸管，用毛毡丝塞住。接着，他又掏出一个小机械装置，将火药管嵌在里面，摇一个小手柄，将雷管插进火药管里，直到与管口齐平。子弹做好一些，埃奈斯特就一颗一颗递给雅克，雅克就虔敬地装进摆在面前的子弹袋里。清晨，埃奈斯特将沉重的子弹袋围在加穿两件厚毛衣的腰上，这便是出发的信号了。雅克从身后给他扣住子弹袋。布里昂也是教养有方，从醒来就默默地来回走，控制自己的欢快情绪，以免吵醒别人，只是将它的兴奋传递给身边之物，还立起身子，前爪搭到主人的胸上，挺背伸长脖子，要大舔特舔所喜爱的这张脸。

在已渐稀薄的夜色中，还飘浮着榕树的清新气味，他们急忙赶往阿加②火车站。猎犬跑在前头，呈之字形飞奔，在夜露打湿的人行道上时而打滑，不见了主人的踪影显然慌了神儿，又同样飞速返回来。艾蒂安倒背着装进粗布套里的猎枪、一个背包和一个小猎

---

① a. 打猎？可以取消。
b. 书籍也应该有沉甸甸的物品和肉体。

② 阿加是阿尔及尔的中心街区。

物袋，雅克双手插进裤兜里，斜挎着一个大背包。赶到火车站，伙伴们到齐了，他们带的猎犬只是跑到同类身后探察一下，急速嗅嗅尾巴根儿，随即又回到主人身边。伙伴有达尼埃尔和皮埃尔两兄弟，他们是埃奈斯特车间的工友。达尼埃尔总是笑呵呵的，充满了乐观精神；皮埃尔则更为严谨，做事更有条理，对人对事总有许多看法，很有洞察力。还有乔治，在煤气厂干活，不过也时常参加拳击表演赛，挣点儿外快。还有两三个常来，全是棒小伙子，至少在打猎这样的场合，大家都兴致勃勃，终于这一整天逃脱了车间，逃脱了窄小拥挤的住房，有时也逃脱了妻子，几个男人相聚，为了一场短暂而激烈的行乐，完全放松了身心，充分体现出男人所特有的饶有情趣的宽容。他们欢快地登上一节车厢，而每个包厢开门都有脚踏板，背包一个一个传上去，再让猎犬上车，大家落了座，终于感到并排而坐，身处同样的温度，心情终于欢畅了。雅克在这样的星期天体会到了男人一起活动十分有益，能够增加感情。火车启动了，逐渐加速，呼哧呼哧喘息急促，沉睡的汽笛时而短促地鸣叫一声。列车正穿行在萨赫勒的一端，一驶进田野，说来也怪，这些吵吵嚷嚷的健壮男人都肃静下来，望着升起的曙光照亮精耕细作的农田，晨雾在分隔田块的干苇芦墙篱上拖曳着轻纱。一片片树林时而滑过车窗，护拥着刷成白墙的农场，一切都还在沉睡。突然，一只鸟儿从路堤边的壕沟一冲而起，达到他们的高度，便与火车相向飞行，好像要跟火车拼速度，继而，猛然一拐，与火车行进路线呈直角的方向，真像一下子从车窗上甩开，被疾驰的列车带起的风抛向后面。绿色的地平线渐成粉红色，继而，骤然化为红色，太阳露头，眼看着冉冉升空，吸干了辽阔田野的雾气，越升越高，车厢里一下子热起来，几个男人脱掉一件毛衣，随后又脱下一件，还让躁动起来的猎犬趴下不动，相互开起玩笑，埃奈斯特也以自己的方式开讲，说起吃饭、生病的那些事儿，也说起他总占上风的打架斗殴。不时，也有伙伴问问雅克学习的情况，接着又聊起别的事儿，或者，让他证实一下，埃奈特斯比画一阵的意思。“你舅舅啊，真是好样的!”

途中景色变了,满目石头多起来,不见了榕树,取而代之的是橙树了,而小火车喘息越来越短促,时而喷出大股蒸汽。唰的一下冷下来,只因高山插到太阳和旅客之间,这时大家才发觉,才不过七点。火车最后一次鸣叫,终于减速,缓慢地驶过一个急转弯道,抵达山谷中一个孤零零的小站,这里只连接几处遥远、荒僻而寂静的矿区,车站周围栽植桉树,非常高大,镰刀形树叶在晨风中沙沙作响。下车也同样一片喧闹,猎犬从包厢里蹿出,跳下两级陡陡的车踏板,而男人们重又排列,一件件传出背包和枪支。一出车站,就直接对着山坡,荒野自然的寂静,逐渐淹没了感叹和欢叫声,这一小队人终于默默地攀登,几条猎犬欢实起来,在周围不厌其烦地兜圈子。雅克勉力爬坡,不让几个强壮的同伴把自己落下。他最喜爱的达尼埃尔,不顾他一再推让,还是把他的背包抢过去了,不过,他还得照样加快脚步,才跟得上其他人,早晨清冷的空气却烧灼他的肺部。走了一小时,终于爬上一大片高原,只见地面覆盖着矮小的橡树和刺柏,冈峦起伏不大,在万里明净的青天淡淡阳光的照耀下,显得十分广袤。这便是狩猎区了。猎犬似乎警觉起来,都集中到主人的周围。大家商量好,下午两点到一片小松林边①相聚用餐,小松林正好位于高原的边缘,视野开阔,能眺望山谷和远处的平原。他们对准了表。猎人两人一组,吹口哨召唤猎犬,分头走开,埃奈斯特和达尼埃尔组合。雅克接过猎物袋,小心地斜挎在肩上。埃奈斯特远远地向其他人宣告,他带回来的野兔和山鹑,要比哪个人的都多。大家嘻嘻哈哈,挥手告别,身影消失不见了。

于是,对雅克来说,开始了陶醉的时刻,至今他还深深怀恋令人惊叹的场面:两个男人间隔两米,并排推进,猎犬在前面搜寻,而他始终在后面跟随,舅舅的目光突然变得狂野而狡黠,不断地察看

---

① 那里有一小眼泉水。

他是否保持距离，就这样无休无止，静静地往前走，穿过一片片灌木丛，枝叶间忽然尖叫着飞出一只不值一顾的鸟儿，下到芳香弥漫的小谷，沿谷底走一段，重又上坡，面向阳光灿烂的天空，越来越热了。气温升高，很快晒干他们动身时还潮湿的土地，细谷的另一侧响起枪声，这边被狗赶出来，扑棱棱飞起一群土灰色山鹑，紧接着两声连发枪响，猎犬冲上去，瞪着疯狂的眼睛，满嘴是血叼回一团羽毛，由埃奈斯特或者达尼埃尔从狗嘴里夺下猎物，随后雅克便接收，油然而生又兴奋又恐怖的混杂情绪。继续寻找猎物，一看见打落下来，埃奈斯特的尖叫和布里昂的狂吠，有时就很难分辨。重又往前搜寻，而雅克尽管戴着他那顶小草帽，这回却被太阳晒得打蔫儿了，这阵子，高原四周开始隐隐震颤，仿佛是太阳重锤下的一块铁砧，时而又响起一两声枪响，不会多打了，因为，猎手中只有一人看见跑出一只野兔。如果是在埃奈斯特的射程之内，那就必死无疑，他总像猴子一般灵活，这回几乎跟他的狗跑得同样快，也像狗一般叫唤，抓住死兔的后腿拎起来，老远给达尼埃尔看，雅克也狂喜，上气不接下气赶到，大大地张开猎物袋的口，接收回去之前的新的战利品。就这样一连几小时，没有界限，在太阳的暴晒下踉踉跄跄，奔波在无边无际的大地上，他的头沉浸在天空持续不断的阳光和浩阔的空间里，雅克感到自己是天下最富有的孩子。往回走了，去午餐会合的地点，猎手们一路还在寻觅机会，但是已经心猿意马了。他们拖着两条腿，擦拭额头的汗水，肚子都饿了。他们陆续到达，远远就炫耀自己的战利品，嘲笑一无所获者，证实总是同一些人无所收获，大家都同时讲述他们猎获的过程，每人都有特殊的情节加以补充。不过，主讲者还是埃奈斯特，他最终把持话语权，模拟当时的情景，动作极为准确，雅克和达尼埃尔都是最好的证人，他用手势比画着山鹑如何飞起，蹿出的野兔两个急转弯，身子缩成一团，就地打个滚儿，酷似橄榄球赛手冲进对方球门线，带球触地的动作。这工夫，做事有条理的皮埃尔集中每人的金属大口杯，倒些茴香酒，再拿到小松林脚下细流的小泉，每杯都加满清泉水。他们用抹布拼成一张大餐桌，每人拿出所带的食物。埃奈斯特还具有厨师的才能（夏季出去钓鱼，他总是就地先做一锅海鲜鱼汤，放作料从不手软，能辣得人舌头哇啦哇啦叫），他准备好削尖的木签，插进他带来的香辣肠里，放到木柴的微火上烧烤，直到香辣肠开裂，红油滴到炭火上，吱啦作响而燃起火苗。等吃第二块面包时，他将滚烫喷香的辣肠分给大家，众人大口吃着都叫好，再佐饮在泉水中镇过的玫瑰酒。之后，又是欢声笑语，讲起干活中的故事，大开玩笑，而雅克嘴巴双手黏糊糊的，浑身脏兮兮的，已经精疲力竭，困得不行，就不怎么倾听了。其实，所有人都昏昏欲睡，失神地望着远处笼罩一层热气的平原，或者像埃奈斯特那样，脸蒙上一块手帕，干脆睡觉。然而，四点就必须下山，乘坐五点半的火车。现在都在包厢里安顿下来，大家都累得散了架，狗也困乏，就睡在座椅下或者主人的腿间，沉睡中还穿插着血淋淋的梦境。火车刚近平原，太阳就开始下山，随后便是非洲短暂的黄昏，没有序幕，夜色就开始弥漫，而高山大川的夜景总是令人惶恐不安。到站之后，大家都着急回家吃饭，早点儿睡觉，第二天还得干活。他们在昏暗中匆匆分手，几乎没有话语，只是热情地相互拍一下。雅克听见他们的脚步声渐行渐远，还听着他们粗声大气热烈的声音，他真爱他们。接着，他要跟上埃奈斯特，舅舅总是健步如飞，而他却拖着沉重的腿。快到家了，埃奈斯特转过身，在昏暗的街道上问他：“高兴吧？”雅克没有应声。舅舅笑起来，打口哨召唤他的猎犬。不过，刚走了几步，孩子就将小手伸进舅舅那结了硬茧的大手中，他紧紧握住。他们就这样回家，不再讲话。

然而①，埃奈斯特的恼怒，也会像他的快乐那样突如其来，同

---

① a. 从这种环境引出托尔斯泰或者高尔基。（Ⅰ）“父亲”出自陀思妥耶夫斯基。（Ⅱ）“儿子”寻根，产生当时的作家。（Ⅲ）“母亲”。［托尔斯泰：《童年》、《少年》、《青年》（1852—1856），高尔基：《童年》（1913）］

b. 热尔曼先生——中学——宗教——外婆去世（Ⅱ）。

样不掺半分假[1]。无法跟他说理,就连跟他讨论都不可能,这就使得他的愤怒完全像一种自然现象了。一场暴风雨,只能看着它形成,等待它爆发。不可能有任何作为。埃奈斯特同许多失聪的人一样,嗅觉特别灵敏(只是比不过他的狗)。这种特殊功能给他带来许多乐趣。譬如,他闻到了豌豆泥汤味儿,或者他最爱吃的菜:炖鱿鱼、香肠炒鸡蛋,或者牛心和牛肺炖杂碎(在穷人家,炖杂碎相当于红葡萄酒洋葱炖牛肉大菜,这是外婆的拿手菜,由于价钱便宜,就经常端上餐桌)。再如星期天,他洒上点廉价科隆水,或者所谓"蓬佩雅"花露水(雅克的母亲也使用),清香味儿跟香柠檬一样持久,总飘浮在餐室和埃奈斯特的头发间,他深深嗅着花露水瓶,一副心驰神往的样子……不过,嗅觉灵敏也同样给他带来烦恼。有些味道,他就不能容忍,而常人的鼻子却闻不到。例如,饭前他有嗅一嗅餐盘的习惯,有时就嗅出他声称的一股生鸡蛋味儿,便气得涨红了脸。外婆拿过去可疑的餐盘,凑近了嗅一嗅,则声言什么味儿也没有,随手递给她女儿,以便有个旁证。卡特琳·科尔梅里用她灵敏的鼻子在瓷盘上扫了扫,甚至连嗅都没有嗅,就语调温和地宣称:"没有,没什么味儿。"再闻闻别人的盘子,以便更好地坐实最终的判断,但是孩子吃饭用的铁饭盒除外(出于秘而不宣的原因,也许是餐盘不够用,或者如外婆有一天所说是怕打破,而其实雅克和他哥哥手脚都不笨。按说,家庭的传统往往没有立得住脚的根据,那些人种学家要追本求源,解释那么多神秘的常规习俗,实在让我觉得好笑。真正的神秘,十有八九根本就毫无道理)。随后,外婆就宣判:"这没有味儿。"老实说,她绝不可能做出别种判断,尤其头天晚上是她洗的餐具。事关家庭主妇的荣誉,她是寸步不让的。于是,埃奈斯特的怒火就真正爆发了,特别是他言语有障碍,无法表达他的断定[2]。必须任由暴风雨爆发,要么他最终赌气不吃晚饭,要么一副厌恶的样子,在外婆撤换的盘子里挑挑拣拣,

---

① 结束在埃奈斯特手上?

② 微型悲剧。

甚或愤然离座，冲出家门，扬言去下饭馆。而饭馆是他从未涉足的地方，家里人也都一样，尽管饭桌上有谁表示不满，外婆必会呛这么一句："你去下馆子吧。"此话一出，在全家人看来，饭馆便是表面诱人，实则害人的场所：只要付钱，似乎可以享尽口福，然而，美味佳肴是罪孽的享用，终有一天，肠胃要付出沉重的代价。不管怎样，外婆从不跟她这个老儿子斗气。一方面因为她心里清楚争也没用，另一方面也是对他总有一种特别的偏爱，而雅克一看了点儿书，便把这种偏爱归咎为埃奈斯特的残疾（可是，却有大量与这种成见相反的事例，父母抛弃有残疾的孩子），很久之后，他才有了更深的理解：有一天，他意外发现外婆清亮的目光，突然变得他从未见过的那么温柔，转身望去，只见舅舅正穿上那件节假日的外套。深色料子的西装，穿着更显得瘦溜儿，清秀而年轻的脸刚刮过胡子，头发梳得溜光，特意换上新洗的衬衣假领，扎上领带，真有盛装打扮的希腊牧人的风采，在他眼里，埃奈斯特就该这个样子，也就是说非常英俊。于是他明白了，外婆从体貌上爱她的儿子，她像所有人一样，爱上埃奈斯特的优雅和力量，在他面前表现的特殊的心软，总归是人之常情，这种常情或多或少，能使我们所有人变得温和，而且有赏心悦目的感觉，从而也促使世界变得可以承受了，这就是对美的偏爱。

雅克也记得，埃奈斯特舅舅的另一次发火，那一次更严重，险些跟约瑟凡舅舅动起手来。约瑟凡就是在铁路上工作的那个舅舅，不住在母亲家里（的确，家里哪还有他住的地儿）。他在这个街区有一间住房（不过，他从不邀请家里人去那里，拿雅克来说，他就从来没有去过），但是在母亲家吃饭，交一小笔饭费。约瑟凡和他弟弟的差异，要多大有多大。年龄相差十岁，他留着短短的胡须，头发也剪得短短的，身体块头儿更大，性格更为内向，尤其更爱计较。埃奈斯特平常就指责他吝啬。其实，他表达得更为简洁："他，姆扎博人。"在他看来，姆扎博人就是这个街区的食品杂货商。他们确实来自姆扎博[1]，许多年间，省吃俭用，也不找女人，就住在他们店铺弥漫着油味儿和桂皮味儿的后间，省下钱来养活他们分散在姆扎博五座城市的家人。姆扎博坐落在大沙漠中，几百年前，一个伊斯兰清教部落被正统教派视为异端，迫害得没有活路，便迁徙到那里，他们选择了那个地方，是因为他们确信不会有人来争夺，那里只有石头，距离沿海的半文明世界之遥远，不亚于从一个地表坚硬而没有生命的星体到达地球。他们就在那里安家落户，以有限的水源为中心，创建了五座城镇，臆想出这种奇异的苦行生活方式，将健壮的男子派往沿海城市去做生意，以便维持这种精神的创业，也仅限于精神的创业，直到他们可能被别人所取代，再回到他们用泥土加固的城市，回到他们终于为自己的信念征服的王国里享受生活。因此，这些姆扎博人压缩到极点的生活，他们的艰苦卓绝，只能根据他们深层的目标来判断。然而，社区的工人大众不了解该伊斯兰部落，只看到表面现象。埃奈斯特跟所有人一样，将他哥哥比作一个姆扎博人，就等于把他比作阿巴贡[2]。确实，约瑟凡的钱看得相当紧，埃奈斯特则相反，拿外婆的话说，他"把心捧在手上"。（不错，外婆被他气急了，也会讲反话，说那同一双手是"漏斗"。）不过，除了天性的差异，约瑟凡倒是比艾蒂安挣得多些，而人越穷困出手总是更大方。一旦攒了点儿钱，就很少继续挥霍了。这样的人就成为生活的王者，应该向他们表示敬意。约瑟凡当然不是躺在了金山上，除了他计划控制支出的工资（他采用所谓信封储蓄法，不过，他精打细算到极点，不会真的买信封，而是用报纸或购物包装纸自己糊），他还设法弄点儿外快，他思考出来的小手段，就是利用铁路工作之便，每半个月可免票乘车一次，他就每隔一个星期天，乘车去一趟"内地"，即偏僻的乡村，跑一些阿拉伯农户，廉价买鸡蛋、瘦鸡和兔子，带回来合理地加点儿价，将

---

① 撒哈拉南部五个绿洲的总称，尤其加尔达雅绿洲，居住着柏柏尔人后裔姆扎博人。阿尔贝·加缪于1952年12月的旅行中，发现了姆扎博。

② 阿巴贡是莫里哀喜剧《吝啬鬼》中的主人公，守财奴。

这些货物卖给邻居。他生活的方方面面，都安排得井然有序。不见他找过女人。平日上班干活，星期天又用来跑小买卖，他显然没有闲暇时间寻欢作乐。然而，他一直宣称到四十岁，一定找个有条件的女子结婚，在那之前，他就过独身生活，攒着钱，还继续在母亲那里搭伙。别人认为他缺乏魅力，说来不管显得怎么怪异，他还真说到做到，实施了自己的计划，娶了一位钢琴教师，容貌也绝不丑陋，还给他带来家具，至少让他过上几年有产者的幸福生活。不错，约瑟凡最终保住家具而没有保住妻子。但这是另一段故事了，而约瑟凡唯一没有料到的事，就是跟埃奈斯特吵架之后，他再也不能到母亲家吃饭了，只好花钱下馆子了。雅克不记得吵架的起因了。理不清的争吵有时就会拆散他的家庭，其实谁也不可能理出头绪来，尤其所有人都不记事，就更想不起事因了，只是机械地维持着一旦接受就永远回味的后果。雅克只记得那天，正在用餐时，埃奈斯特霍地站起来，吼着一通斥骂，除了"姆扎博人"一句也听不懂，而他哥哥坐着未动，还照旧吃饭。接着，埃奈斯特扇了他哥哥一个耳光，约瑟凡站起来往后一躲，随即扑向他。可是，外婆已经抱住埃奈斯特，而雅克的母亲惊得面失血色，从身后拉住约瑟凡。"别理他，别理他。"她连声说道。两个孩子脸色煞白，张大了嘴巴，一动不动，只是瞪眼看着，听着怒骂的潮流朝单一方向滚动，直到约瑟凡阴沉着脸，说了一句："就是一只野兽，拿他没办法。"他绕过桌子离去，外婆则拖住势欲追上去的弟弟，房门砰的一声关上了，埃奈斯特还不依不饶："放开我，放开我。别说我弄疼了你。"可是，她已经揪住他的头发，连连摇晃他："你，你，你还要打你母亲?"埃奈斯特一屁股坐到椅子上，哭道："不，不，不会打你，你在家里，对我就像仁慈的上帝!"雅克的母亲没吃完饭就回房睡下了，第二天头疼了。从那天起，约瑟凡就不再来了，只是偶尔确知埃奈斯特不在家时，他才回来看望母亲。

另外还有一次[①]恼怒，雅克不愿意回忆，只因他毫无意愿弄明白起因。有一段时间，一个叫安托万的先生，市场卖鱼的商贩，似乎是埃奈斯特的一个熟人，总在晚饭之前到家里串门。他原籍是马耳他人，高挑身材，仪表相当像样，总戴着一顶颇为怪异的深色圆礼帽，同时脖子上围一条方格巾，掖进衬衣领里面。后来再想想，雅克倒忆起了当初并未留意的情况，那就是他母亲的衣着比往常俏丽一点儿了，换上了浅色罩衫，甚至还看到她面颊上浅浅地擦了红。那个时期，也正开始流行妇女剪短发，原先一直留长发，雅克也爱看母亲或外婆梳理长发的过程。肩头披上一条毛巾，满嘴衔着发卡，那头长长的白发或者棕发，她们要梳理很久，然后卷起来，两鬓的长发拉得很紧，直到在颈后盘成发髻，再用发卡别住，这时嘴唇微张，从咬紧牙齿的口中一个一个取出发卡，逐个插进厚厚的大发髻中。而时兴的短发，在外婆看来，既可笑又是种罪过，但她小看了时尚的真正力量，也不管合不合乎逻辑，就断言只有“过放荡生活”的女人，才肯这样糟践自己。雅克的母亲听了也没在意，然而过了一年，差不多就是安托万经常登门的那段时间，一天傍晚，她剪了短发回家了，显得年轻而容光焕发，内心惴惴不安，却装出欢快的样子，声言想要给他们一个惊喜。

外婆的确有惊，却无喜，她打量着女儿，仔细端详业已铸成的灾难，只是当着她儿子的面对她说，现在她这样子像个婊子，说罢转身去了厨房。卡特琳·科尔梅里收起笑容，脸上呈现出无限的凄苦和极度的沮丧。接着，她碰见儿子凝注的目光，还想勉力冲他笑一笑，可是嘴唇颤抖起来，她哭着冲进卧室，倒在床上，这是她休息、孤独和忧伤的唯一藏身之所。雅克不知所措，凑到她近前。她的脸埋在枕头里，短短的卷发裸露出了因哭泣而抖动的脖颈和瘦瘦的后背。“妈妈，妈妈，”雅克说着，怯怯地伸手碰碰她，“你这样很漂亮。”可是她没听见，只摆了摆手让他出去。他退到门口，扶在

① 外婆去世后，埃奈斯特、卡特琳的家庭。

门框上，也开始哭了，因为爱而又无能为力。

总归一连几天，外婆都不跟她女儿说话。而在此期间，安托万上门来，则遭到了冷遇，尤其埃奈斯特，总板着那张脸。安托万虽然颇为自命不凡，能说会道，也明显感到了这种变化。出什么事儿了呢？雅克多次发现母亲那美丽的眼中有泪光。埃奈斯特往往一言不发，甚至推开他的狗布里昂。夏天一个傍晚，雅克注意到他在阳台上似乎守候着什么。“达尼埃尔要来吗？”孩子问道。不知对方嘟囔了一句什么。突然，雅克看见多日未来的安托万来了。埃奈斯特冲了出去，几秒钟之后，就从楼梯传上来沉闷的声响。雅克跑出去，看见两个男人不发一声，在黑暗中对打。埃奈斯特不顾挨的拳头，两只铁拳猛打猛捶，片刻之后，安托万就滚到楼梯脚下，他爬起来，满嘴是血，掏出手帕擦着血污，眼睛一直盯着疯子一般离去的埃奈斯特。雅克回到屋里，瞧见母亲僵坐在餐室，一动不动，表情木然。他也坐下，什么话也没讲①。继而，埃奈斯特回来了，嘴里还骂骂咧咧的，愤愤地瞟了他姐姐一眼。晚饭还像往常一样，只是他母亲没有吃饭。“我不饿。”她这么简单地回答执意让她吃点儿东西的母亲。晚饭一结束，她就回了房间。雅克夜里醒来，听见母亲在床上辗转未眠。从第二天起，她重又换上黑色或灰色衣裙，她穷困到极限的衣着。雅克觉得她同样漂亮，而且还要漂亮，只因从此更添一层魂不守舍、心不在焉的神态，现在她永远栖止在穷困、孤独和将至的暮年中了②。

很长一段时间，雅克都怨怪他舅舅，却又弄不大清楚，究竟有什么可指责他的。不过，他同时也知道，别人不能怪他，须知贫困、残疾、全家生活的基本需求，这些如果还不足以宽恕一切的话，那么无论如何，身受其害者总该因此免遭任何责难。

---

① 移到前面——同吕西安的打架？

② 因为老年将至——那时，雅克觉得母亲已经年迈，而其实她也刚到他本人现在的年龄，不过，青春，首先是各种机遇的一种汇聚，按说生活对他，一直是慷慨的……（画掉部分）

他们是在不情愿中彼此伤害，只因他们每人对另一个人来说，都是他们累死累活所过的残酷生活的需求者。不管怎么说，他不能怀疑他舅舅首先对外婆，其次对雅克的母亲及其孩子，表现出了近乎动物般的眷恋。这一点，他在制桶工场出事的那天就体会到了①。每逢星期四，雅克早早放学总去制桶工场。如有作业，他就迅速打发掉，随后匆匆赶往工场，那种兴高采烈的样子，就像从前跑上街头去找伙伴们。工场位于练兵场旁边，是一个大院子，堆满了碎木块、旧铁箍、煤渣和灰烬。院子一侧用砖砌起一个大棚，由间隔均匀的砌石柱支撑。有五六名工人在这大棚下干活，原则上，每人都专有一块作业场地，即靠墙安一张工作台，台前是一块空地儿，可以组装各种木桶和酒桶，而两个作业场地中间用一条长凳隔开。长凳面上预制了一条颇宽的长口子，桶底能嵌入，用一种类似剁肉刀②的工具将桶底削薄，这种刀具的利刃朝向手握两边把柄的操作工。老实说，乍一看这种划分并不明显。自不待言，这是当初划定的，可是后来，长凳逐渐移动了位置，铁箍堆在各工作台之间，装铆钉的箱子也拖来拖去，因此初来者要观察许久，换言之，只有常来常往的人，才能看出每个工人操作总是在同一块场地上。雅克给舅舅送午饭，还未走到工场，就听到锤子敲打凿子的声响，那是在箍酒桶，用铁箍套住拼好板的酒桶，工人用锤子击打凿子的顶端，而下端边击打边沿着铁箍快速地运走，或者听到更响、间隔长些的敲击声，就能猜出那是在工作台虎钳上铆铁箍。他一到达工场，进入一片锤声中，便受到大家欢快招呼的接待，随后锤子重又舞起来。埃奈斯特穿一条打补丁的旧蓝布裤，脚下一双沾满锯末的帆布鞋，上身穿一件无袖灰色法兰绒罩衫，头戴一顶褪了色的伊斯兰旧圆帽，保护他的美发免遭刨花和灰尘的侵袭。舅舅吻了他，让他帮把手。雅克有时就扶住由铁砧开缝夹死而竖立的铁箍，舅舅便抡起大锤将铆钉砸扁固定，铁箍在雅克手中震得直颤，每一

① 将工场出事一段移到发怒之前，甚至置于塑造埃奈斯特的形象之初。

② 核对工具的名称。（其实是一种刨，称为轴刨、线刨。）

锤下去，都像吃进手掌肉里。还有时候，埃奈斯特骑在长凳一端，雅克则骑在另一端，紧紧抓住将二人隔开的桶底，埃奈斯特就将桶底边缘削薄。不过，他最喜爱干的活儿，还是去院子里取来桶板，由埃奈斯特用铁箍拦腰套住，将桶粗略地组装起来。然后，在两头透空的木桶里，埃奈斯特塞进刨花，雅克来点火。经过火烤，铁比木头热胀的幅度大，埃奈斯特就利用这种差异，在呛得他们流眼泪的浓烟中，用铁锤猛力击打凿子，往桶正中推进铁箍，直到嵌入槽内。于是，雅克拎两只大木桶，到院子尽头的机械水井汲满水提回来。等大家闪开，埃奈斯特猛然将凉水浇到桶上，铁箍淬火而收缩，更紧地咬住遇水变软的桶板，大量的水蒸气向四面扩散[①]。

大家撂下手里的活儿，吃点儿东西，工人们冬天就聚在刨花碎木点起的火堆周围，夏天则躲到大棚阴凉下。有一个粗工，是阿拉伯人，名叫阿卜德尔，他穿一条阿拉伯长裤，裤脚有褶，裤腿只到小腿，上身穿一件非常破旧的针织短外衣，戴一顶阿拉伯小圆帽，他口音怪怪的，称雅克为“我的同事”，因为他给埃奈斯特打下手的时候，跟雅克干的是同样的活。老板，布鲁塞洛（原文难以确认）先生，其实也是一名老桶匠，他和助手们经营一个更大的匿名工场。这个意大利工人，总是愁眉苦脸，而且终年感冒。尤其快活的达尼埃尔，总把雅克拉到一边，逗他乐，还喜欢地爱抚他。雅克跑开，在工场游荡，他的黑罩衫满是锯末，天热时就赤脚穿着粗劣的皮条编的凉鞋，也沾满了泥土和刨花。他惬意地嗅着锯末的气味，尤其更为清新的刨花味道，再回到火堆旁边，细品那还在冒的好闻的烟味，或者拿一块木头，放在虎钳上卡紧，小心地试用削薄桶底的工具，他双手非常灵巧，赢得工人们的赞扬。

正是在这样的一次间歇，他那双鞋湿漉漉的，却愚蠢地登上长凳。突然，脚朝前滑去，而长凳向后翻倒，他整个人重重摔到长凳上，右手被压到长凳下面。他当即感到手一阵剧痛，但是在跑过来

---

① 结束制桶这一节？

的工人面前,他还是一翻身笑着起来。然后,不待他收住笑容,埃奈斯特已经扑向他,一把抱起来,冲出工场,奔跑得喘不上来气,还结结巴巴地叨咕:“看医生,看医生。”这时他才看见,自己的右手拇指头压坏了,肿得像块变形的脏面团,血水还在往外冒。他顿时没了勇气,晕了过去。五分钟后,他们赶到住在他们对面的阿拉伯医生诊所。

“没事儿吧,大夫,没事儿吧,嗯?”埃奈斯特问道,他那张脸像床单一样苍白。“到一边等着吧,”大夫说道,“他会很勇敢的。”到今天,雅克那根草草治疗的拇指还怪怪的,就能证明那个事件。处理了伤口,包扎好了,大夫还送给他一服滋补药,奖励他勇敢。埃奈斯特还非要抱着他过马路,到了家的楼梯上,他呻吟着搂住孩子,搂得紧紧的,甚至把他弄疼了。

“妈妈,有人敲门。”雅克说道。

“是埃奈斯特回来了,”母亲答道,“去给他开门。现在有强盗,我总锁上门。”

在门口一发现是雅克,埃奈斯特就惊喜地叫起来,发声类似英语的“how”,往上挺身子拥抱他。埃奈斯特尽管头发全白了,面孔却年轻得惊人,还十分端正而和谐,不过,罗圈腿弯得更厉害,背也完全驼了,现在走路挓挲着胳膊,撇着两条腿。“还好吧?”雅克问他。不好,有几个痛点,得了风湿病,实在糟糕。雅克呢?是的,一切都好,长得很健壮。她呀(用手指着卡特琳),又见到他真高兴。自外婆去世,孩子也都离开之后,姐弟二人一起生活,甚至可以说相依为命。他呢,需要有人照顾,从这一角度看,她就相当于他的妻子,做饭,给他洗熨衣服,有个病灾还得照看他。她需要的不是钱,因为有两个儿子供养,但是需要一个男人的陪伴,而多年来,他们一起生活,他以其特有的方式守护着她,不错,如同丈夫和妻子,不是肉体上的,而是血缘的关系,相互扶持,度过他们因为残疾而尤为艰难的一生,继续着时而用片言只语点明一下的无声的交流,但是比起许多正常的夫妇来，彼此更为默契也更加了解。“是啊，是啊，”埃奈斯特说道，“雅克，雅克，她总念叨。”“我这不是回来了吗。”雅克接口道。的确，还像从前一样，他又回到他们二人中间，不能对他们说什么，始终如一地珍爱他们，至少对他们，要竭尽一切可能去爱，因为世上那么多值得爱的人，他都错失了尽其爱意的机会。

“达尼埃尔怎么样？”

“他很好，像我一样老了。他兄弟皮埃尔入了狱。”

“为什么？”

“说是工会。我却认为，他跟阿拉伯人打得火热。”

突然，他不安地问道：

“你说，强盗，真是吗？”

“不是，”雅克说道，“另一些阿拉伯人，是的；说强盗，不是。”

“好哇。我对你母亲说过，那些老板心太狠，就是疯子。不过，说（那些阿拉伯人）是强盗，也不可能。”

“就是这样，”雅克说道，“不过，总得为皮埃尔做点什么。”

“好，我去跟达尼埃尔说。”

“还有，多纳[1]（煤气厂工人，业余拳击手）呢？”

“他死了。癌症。大家都老了。”

是啊，多纳死了。还有玛格丽特姨妈，他母亲的姐妹，也死了。当年，每星期天下午，外婆就带他去姨妈家，大家坐在幽暗的餐室里，喝着铺着漆布的饭桌上的黑咖啡，他觉得无聊透了，除非车老板米歇尔姨父在家，他也觉得这种交谈十分无聊，就带他去旁边的马厩。就在午后的太阳烧灼着外面的街道时，马厩里却半明半暗，他首先嗅到好闻的马的皮毛、麦秸和马粪味儿，听见辔头的铁链挂碰木食槽的声响，马儿那长长睫毛的眼睛便转向他们，而又高又瘦、蓄留长长两撇胡须的米歇尔姨父，浑身也一股草料味儿。他把

---

① 与前文第66页的乔治当为同一人。——本版编者注

雅克牵到一匹马背上，那马平静地抬起头，随即又埋头食槽，继续吃着燕麦，这时，姨父给孩子拿来角豆树果，他就津津有味地嚼着，吮吸着，他对这个一心扑在马身上的姨父，真是满心喜欢。复活节的星期一，全家人也正是跟这位姨父一起，去西迪菲鲁克①森林野炊，为此米歇尔租了一辆马拉公交车，是跑他们居住的街区和市中心的区间车，车上安装了棚栏笼和背靠背的长凳，而一匹头马是米歇尔从自己的马厩里选用的，一清早，几只大筐就装上车，筐里塞满了叫作苜纳的粗面包圈，以及俗称猫耳朵的酥脆小甜点。这些食物，是所有女人在玛格丽特姨妈家忙乎两天才做得的：先要在漆布桌上倒一堆面粉，和成面团，再用擀面杖擀成桌子一般大的饼，然后用黄杨木柄的轮状刀切成小片，孩子们用餐盘装好送过去，由大人投进翻滚的大油锅里炸，最后倍加小心在大筐里码得整整齐齐。于是，从筐里散发出来的香草味儿，伴随他们一路，一直到西迪菲鲁克，美味儿中还掺进从海边吹到海滨大道的浪花飞沫味儿，而四匹驾车的马也大口尽享这美味儿，米歇尔②手握催马的响鞭，不时交给身边的雅克，雅克则在一片铃铛声中，着迷地凝注在眼前摆动的四匹马的肥臀，有时还看到马尾一撅，诱人的马粪蛋儿便滚落到地上，马掌踏着石头迸出火花，而马频频仰头，马铃声响就愈加急促了。进了森林，其他人在树林之间摆好食品筐，铺上垫布，雅克就帮着米歇尔用草把给马擦身子，再把饲料袋系到马脖子上，几匹马便不停顿咀嚼，友善的大眼睛时闭时睁，一只蹄子不耐烦地驱赶着苍蝇。森林里全是游人，大家从这堆吃到那堆，在手风琴或吉他演奏的乐曲声中，都翩翩起舞，从这里跳到那里，海浪涛声近在咫尺，这个季节水还不够暖，不能下海游泳，但是水温总还是可以赤脚踏几道波浪。其他人就都睡午觉了，阳光在毫无察觉中变得柔和了，天空看上去更加辽阔，实在太辽阔了，孩子感到眼里漾

① 西迪菲鲁克是阿尔及尔西部三十公里处的半岛。1830 年 6 月 14 日，法国军队就是从那半岛登陆，开始征服阿尔及利亚。

② 在奥尔良城地震时，再补述米歇尔。

出泪水，同时向美好的生活发出一声欢快而感激的呼喊。是的，玛格丽特姨妈去世了，当年她那么漂亮，总爱打扮，有人说她臭美，然而她没有错，须知后来，她患了糖尿病，坐在扶手椅上动弹不得，乱糟糟的房间没人收拾，她开始浮肿，身体肥胖得喘不上来气儿，模样丑得吓人。女儿们和当鞋匠的跛足儿子围着她，看着揪心，观察她是否就要断气①。她注射了大量胰岛素，还继续发胖，最后果然一口气没上来便死了②。

外婆的妹妹，雅娜姨婆也去世了，就是参加周日午后音乐会的那位，她是抵制了许久才去的，固守在白灰墙的小农场里，带着三个成为战争寡妇的女儿，总讲她那久已去世的丈夫③，姨公约瑟夫，只会讲马翁话。雅克特别欣赏他那头白发，搭配一张漂亮的红脸膛，欣赏他那顶吃饭也不摘下的阔边黑毡帽，具有一种难以模仿的贵族之气，一副乡村族长的真正派头，然而有时他正吃着饭，便微微欠起身，放一个响屁，面对他妻子相当克制的责备，他彬彬有礼地表示歉意。外婆的邻居，马松那一家人，也都全去世了。老太太先死了，随后便是大姐，高个子亚历山德拉，以及（辛辛），长着两只招风耳的弟弟，做过柔体表演的杂技演员，上午也在阿尔卡扎尔影院④唱歌。全死了，对，甚至包括那个小女儿玛尔特，他哥哥亨利曾向她献过殷勤，还不只献殷勤呢。

再也没人提起他们了。无论他母亲还是他舅舅，都不再念叨去世的亲人。既不谈论他正寻觅其遗迹的父亲，也不谈论其他人。他们继续过着艰苦朴素的生活，尽管他们不差钱了，但是已经养成了习惯，同时也深知生活不得不防，他们像动物一般热爱生活，可

---

① a. 第二部第六节。b. 弗朗西斯也去世了（见最后的注释）。

② 德尼丝十八岁离开他们，去闯荡生活——二十一岁发财回家，卖掉自己的首饰，将她父亲——被流行病夺走了性命——所留下的马厩翻整一新。

③ 女儿们呢？

④ 阿尔卡扎尔影院位于市中心，像当年所有影院一样，也是举办音乐会的场所，或者兼为音乐厅。

是又从经验获知，生活往往毫无征兆，定期地孕育灾难[①]。再说，他们二人现在这种状态，围坐在他身边，弯腰驼背，身子蜷作一堆，静如止水，空无记忆，仅仅忠实地记得几个朦胧的场景，他们现在生活在死亡的边缘，也就是说，始终生活在现实中。从他们口中，他绝不可能了解他父亲，即便如此，仅凭他们在场，他们就能重新打开来自穷苦而幸福的童年记忆的清泉，他不能确信，这些如此丰富，从内心喷涌而出的记忆，真的符合他童年的实况。反之，他对保存在脑海中的三两个特定场景，恐怕更有把握：正是这几个场景，把他同他们连接起来，把他同他们融合在一起；也正是这几个场景，消释了他多年来力求的安身立命，终于又把他打回无名而盲目的原形，而这种原形也正是在多少年间，通过他的家庭存活，造就了他的真正高贵气质。

那些炎热的夜晚，就有这样的场景：吃过晚饭，全家人搬椅子下楼，坐到门前的人行道上，从灰尘仆仆的榕树降下夹杂尘埃的热气。街区的居民们在他们眼前来来往往。雅克的椅子稍微后仰，头靠在母亲瘦弱的肩膀上，透过树枝凝望夏夜的星空[②]。

再如另一个场面：那是圣诞节之夜，午夜过后，他们几个，除了埃奈斯特，从玛格丽特姨妈家回来，走到离家不远的一家饭馆门前，看见一个男人躺在地上，另一个男人围着他跳舞。那两个男人喝醉了酒，还想喝下去。老板，一个瘦弱的金发青年打发他们走，他们就用脚踢怀了孕的老板娘。老板开了枪。子弹正中那人右太阳穴。现在，他的头就枕在伤口上。另一个醉汉吓傻了，就围着他跳起舞来，饭馆趁机就关了门，众人赶在警察到来之前逃散了。在街区的这个僻静角落，他们紧紧靠在一起，两个女人搂住了两个孩子。刚下过雨，路面打滑，又照不到灯光，汽车刹车时滑出好远，而间隔隆隆驶来的灯火通明的有轨电车，满载着欢乐的乘客，他们对另一个世界的这种场景无动于衷。这在雅克惊恐万状的心上，铭

---

① 怎么，他们实际都是魔鬼？（不然，他才是魔鬼。）

② 为黑夜的美景自豪的卑微的主宰。

刻的一幕图景，迄今比所有其他场景都存留得长久：这个街区白天，一整天都笼罩在单纯和热望的氛围中，呈现温馨祥和的景象，而白天一结束，就顿时变得神秘而令人不安。街上开始人影幢幢，更为确切地说，一个单独的无名身影，不见人只闻沉重的脚步和模糊的说话声，有时突然出现在药店圆球灯的红光中，罩上血淋淋的光环，孩子立时恐惧万分，跑向贫苦的家，回到亲人中间。

# （附） 六 学校

这个人[1]并不认识他父亲，但是常以近乎神话的形式向他提及，不管怎么说，在特定的一个时间段，他善于取代这位父亲。因此，雅克从未把他忘记，就好像由于他从未真正感到缺失一位他并不认识的父亲，他就在无意识当中，起初是孩提时期，继而整整一生，把干预他童年生活的那种既深思熟虑，又具有决定意义之举，看作是唯一父爱的举动了。因为，贝尔纳尔先生，他念高小的老师，在那段特定时间，以其全部的人格力量，责无旁贷，要改变这个孩子的命运，他也确实做到了。

贝尔纳尔先生此刻就在雅克对面，在自家的小套房里，位于罗维戈弯道[2]，几乎就在卡斯巴赫的脚下，这个街区俯临市区和大海，聚居着各个种族、不同宗教的小商贩，所有住房都散发着香料和贫穷的气味儿。他就在面前，人老了，头发更加稀薄，起了皱纹的面颊和手上出现了老人斑，动作比以前迟缓了，又能在藤椅上坐下来显然很高兴。摆在窗前的藤椅正对着商业街，窗边有只金丝雀啾啾鸣叫。上了年纪也易动感情，心内的激动会表露出来，与从前大不相同，但是身板儿还很挺直，声音响亮而坚定，一如当年站在全班学生面前那样，他说道："两人一排。两个人！我没有讲五个人！"于是，学生不再乱挤了，大家既畏惧又敬重贝尔纳尔先生，在二楼走廊顺着教室的外墙壁排好队，直到队列整齐，孩子们都静止不动了，他这才一声令下："现在，进去，一帮机灵鬼。"行动的信

---

① 随第六节转换？

② 罗维戈街，沿着卡斯巴赫弯弯曲曲，久而久之，整个街区就称为"罗维戈弯道"了。

号解放了他们，动作都更加规矩了，贝尔纳尔先生一旁站定，以和蔼而严肃的表情监视着，一身衣着始终很讲究，五官端正的脸显出魄力，有点儿稀薄的头发梳得溜光。

学校位于这个老街区相对新开发的地段，周围布满两层三层的小楼，都是1870年战争后不久建造起来的，那些货栈建造的年头更近，一座接着一座，最终将雅克家住的街区主要街道同阿尔及尔运煤码头内港连接起来。雅克到这所学校上学，每天步行往返，从四岁起，便就读于这所学校的幼儿班，不过对此已没什么印象了，只记得带篷的操场尽头有一长条黑石盥洗池，有一天他头朝下栽在上面，爬起来时满脸是血，眉弓开了口子，围上来的女教师都吓坏了。而这一次，他倒是见识了创口夹子，刚刚给他取下来，又得给他安到另一道眉弓上了，接下来是他哥哥别无心裁，将一顶旧瓜皮帽扣到他头上，遮住了他的双眼，又给他穿上一件旧大衣，绊住了他的双腿，结果一跤摔下去，脑袋磕到脱落的地砖碎块上，又流了满脸血。那时，他就跟皮埃尔一道去幼儿班。皮埃尔比他大一岁左右，住在邻近一条街上，母亲也是战争寡妇，后来进邮局当了职员，还有两个舅舅跟他们住在一起，都在铁路上干活。他们两个家庭是不远不近的朋友，这些街区的人家大抵都是这种关系，也就是说，大家彼此敬重，却几乎从不往来，他们都真心诚意想要互助，但是几乎从来没有这种机会。唯独孩子成为真正的朋友，从那一天起，雅克还穿着婴儿罩衫，被托付给了意识到自己穿上短裤、要尽到当哥哥的责任的皮埃尔，两个孩子便一道去幼儿班了。随后，他们就一年一年升级，一道升到高小毕业班，雅克年满九岁了。五年间，同一路线，他们每天要走四趟，一个金发，另一个棕发，一个沉稳，另一个爱闹，但终归是同出身共命运的兄弟，两个全是好学生，同时又是不知疲倦的玩伴。雅克在某些学科更加出色，可是他爱冲动，冒冒失失，又好出风头，结果干出许多蠢事，反而让考虑周到、不显山露水的皮埃尔占了先。就这样，他们在全班轮流成为第一名，但是想都不想从中取得虚荣的乐趣，同他们的家人正相反，他们自有别样的乐趣。清晨，雅克在家楼下等皮埃尔。在街道清扫工，准确点儿说，由一位阿拉伯老人赶的一匹戴头饰的马拉大车经过之前，他们就动身了。人行道还因下的夜露而潮湿，海风送来一股咸味儿。皮埃尔家住的街道通市场，路边摆一溜垃圾桶，拂晓时分，饥饿的阿拉伯人或摩尔人，时而也有个把西班牙老流浪汉，用铁钩挨个垃圾桶翻找，还真能在连节俭的穷苦人家都废弃之物中找出可食用的东西。垃圾桶通常是盖住的，翻找的衣衫褴褛的人前脚一走，街区健壮的瘦猫后脚就跟上，而两个孩子也蹑手蹑脚正好走到，猛地关上垃圾桶盖子，将猫扣在里面。这种壮举不易成功，因为，这些猫是在穷人区生长起来的，都非常警觉和机敏，是惯于保护自己的生存权的动物。不过，有时猫发现美味不肯罢口，一时又难从废弃物上剥离开，贪恋中就被逮个正着。桶盖砰的一声扣住，猫吓得嗷嗷叫，撑爪弓背一并用力，终于顶开锌质的牢笼盖，全身毛倒竖，惊恐万状，一路逃窜，就好像有一群狗在后面追赶[①]。

老实说，这些刽子手的行为，也是自相矛盾的，因为他们恨透了那个套狗人，被本街区称作“加卢法[②]”（它在西班牙语……）的家伙。那个市政职员差不多定时来扫荡，不过，根据需要，有时下午再来一轮。那是个一身西装打扮的阿拉伯人，通常站在一辆怪异的两驾马车后面，赶车的是位阿拉伯老人。怪异的车身是一种长方形的木头，两侧排列安装了双层笼子，总共十六只笼子，每只可容一条狗，栅栏柱很牢固，狗一圈进去，就卡在栏杆和笼底之间。套狗人就站在马车后身的一个小踏板上，鼻子与笼顶正好齐平，从而可以监视他的狩猎区。马车缓慢地行驶在路面湿漉漉的街道，行人开始多起来，多为上学的孩子、身穿鲜艳大花绒布睡袍去买牛奶面包的主妇，以及重返市场的阿拉伯商贩：他们肩挎折叠小货架，另一只手拎着装货物的草编大筐。突然，套狗人叫了一声，阿

---

① 异国风情，豌豆汤。

② 加卢法是第一个套狗人的实名，后变成操此行业者的通名。

拉伯老人便勒住缰绳，停下马车。套狗人瞄上了他的一个可怜猎物，一条狗，正匆忙地翻腾垃圾桶，不时向后投去惊恐的目光，或者正顺着墙根疾步小跑，具有总挨饿的狗那种惶遽的神色。于是，加卢法从车顶操起牛筋鞭子，那鞭梢系着一条铁链，而铁链头有个圆环则套在鞭杆儿上，可以滑动[1]。这个狩猎者走向猎物，脚步轻快，悄无声息，快到近前，如果看清它没有家庭豢养标志的项圈，他便以惊人之速猛然冲上去，用他那铁链皮条套索式的武器，一下子套到狗脖子上。突如其来，狗脖子被勒住，狂乱地挣扎，发出哀号声。那人迅速地将狗拖到马车一侧，打开一个笼门，将狗提起来，脖子也越勒越紧，将狗投进笼子时，也顺手将鞭杆儿从笼子柱间退出来。狗入囚笼，他再拉回铁环松套，还狗脖子以自由。至少可以说，狗若是得不到街区孩子们的保护，这样的情况就会发生了。要知道，所有孩子都联合起来，齐心对付加卢法。他们了解，被捉走的狗全送到市政待领场，保管三天，过了期如无人认领，狗就要被处死了。即使他们不了解狗被捉走后的下场，那死亡之车扫荡一圈，猎获那么多，满载各种毛色、大小不一的狗，而那些可怜的动物在笼子里惊恐万状，一路呻吟哀号不已，惨不忍睹的场面就足以引起孩子们的义愤。因此，那囚车一出现在这个街区，孩子们便相互发出警报，他们抢先行动，分头到本区各条街驱赶狗，但是为了把狗赶到城里其他地方，远离可怕的套狗索。即便采取了这样措施，套狗人还会发现流浪狗，皮埃尔和雅克就碰见过好几回，那套狗人总是用同样的手法。雅克和皮埃尔不待猎人接近猎物，就大喊大叫："加卢法，加卢法。"声调特别尖厉，特别骇人，那条狗便一溜烟逃掉，几秒钟工夫，就逃脱抓捕的范围。这时，两个孩子就得发挥自己的飞跑才能了，因为倒霉的加卢法每捉住一条狗就拿一笔奖金，他简直气疯了，举着牛筋鞭索就追赶孩子。大人们一般都会协助他们逃跑，有的故意阻碍加卢法，有的干脆拦住他，恳求他顾惜

---

① 这种套狗鞭类似大草原上的套马杆。——译者注

顾惜狗。这个街区的劳动者无不喜欢打猎，平常很爱狗，对这一奇怪的职业没有半点儿好感，正如埃奈斯特舅舅所说："他是懒鬼！"赶马车的阿拉伯老人，超然于混乱的全场之上，无动于衷，一言不发，如果争吵时间拖长，他就不慌不忙，卷一支纸烟抽。

孩子们无论是扣了猫还是放了狗，随后就急忙上学，冬天迎风跑得披风飘，夏天凉鞋跑得咔咔响。穿过市场时，瞥一眼水果，都是应季的时鲜，堆成山似的枇杷、橙子、杏子、桃子、橘子（原文如此）、西瓜、甜瓜，真是琳琅满目，他们只能挑最便宜的，少量买点儿尝尝鲜；经过彩釉大喷泉池时，背着书包玩两三个鞍马动作，再沿着梯也尔大街的仓库跑去，迎面扑来浓浓的橙子味道，那是从剥橙皮制作橙汁饮料的工厂飘过来的，他们又爬坡走上一条花园和别墅小街，终于到奥梅拉街，已经聚集了大群孩子，大家聊天，呼喊，玩耍，只待开校门了。

然后，便是课堂。有了贝尔纳尔先生，这间教室上课就总是趣味盎然，原因很简单，他酷爱这一行。室外，烈日尽可以烧烤淡紫色的墙壁，就是教室里，虽有黄白宽格遮帘的阴影，热浪还是侵袭进来，瓢泼大雨也尽可以像阿尔及利亚其他地方那样，一直下不停，把街道变成昏暗积水的井，全班也几乎没人分神。只有下暴雨天的苍蝇，有时会转移孩子们的注意力。抓住苍蝇，就丢进墨水瓶里，死得很难看，淹没在紫色泥浆里，装紫墨水的锥体小瓷瓶，就嵌在书桌上的小洞里。但是，贝尔纳尔先生的教学法，就是在引导上寸步不让，反而要使他的教学既生动又有趣，甚至胜过了苍蝇。他总能在最恰当的时候，从他的百宝柜中取出收集的矿石、腊叶标本、蝴蝶和昆虫标本、卡片或者……当即重又唤起学生开始低落的兴趣。全校教师中，唯独他争取到了幻灯，每月放映两次幻灯片，讲解自然历史或地理。算术课上，他组织心算比赛，促使学生加速头脑的运转。他让全班学生叉起手臂，他抛出试题，有除法和乘法，时而也有较为复杂的加法题。例如，1267 + 691 等于多少？第一个算对了的学生加一分，是月评比中有效分。此外，他应用教材也十分内行、十分精当……在宗主国,学校教材总是通用的。而这些孩子只知道西罗科风、尘土、急风暴雨、海滩沙子,以及烈日下熊熊火焰的海洋,他们认真地朗读,逗号和句号都很分明,感到那些故事很神秘。故事中的孩子都戴软帽,围着羊毛围巾,脚穿木屐,冒着寒风,走在白雪覆盖的路上,拖着沉重的柴捆,终于望见家里积雪房顶,烟囱冒着炊烟,就知道炉灶上正炖着豌豆浓汤。在雅克看来,这些故事讲的就是异国风情,他幻想着那种地方,在作文中净描述他从未见过的一个世界,总是追问外婆,阿尔及尔地区二十年前那场雪,足足下了一小时的情景。这些故事构成了他学校生活富有诗意的部分,而这种诗意也汲取了尺子和文具盒的清漆味儿、他用心学习时久久咬噬背包带的甜美味道、紫墨水苦涩粗拉的气味,尤其轮到他灌墨水的时候,他接过一个深色的大瓶子,瓶塞里插着一根折弯的玻璃管,他就快意地嗅着倒出墨水的管口,这种诗意还汲取了雅克轻轻触摸某些平滑冰冷书页的感觉,以及散发的油墨和胶水气味,再就是下雨天时,汲取了从教室后面厚呢外套飘来的潮湿的羊毛味儿,就仿佛预示那个伊甸园的天地,头戴软呢帽、脚穿木屐的孩子,踏着雪地跑回温暖的家。

只有学校向雅克和皮埃尔提供了这种种快乐。他们如此深爱学校的地方,无疑是他们家中寻觅不到的东西:贫穷和无知,使得家庭生活愈加艰难,愈加苦闷,好似处于自我封闭的状态。贫穷是一座没有吊桥的堡垒。

情况还不仅仅如此,因为到了暑假,雅克才感到自己是最可怜的孩子。外婆为了摆脱这个没有老实时候的顽童,就打发他去假期夏令营,同五十来个孩子一起,由几个辅导员带领,前往米利亚纳[①]的扎卡尔山区。他们住进一所寄宿学校里,吃住都不错,终日玩耍散步,由几位和蔼的女护士照看,这一切都好,可是夜晚一到,暗影飞速地爬上山坡,邻近的兵营传来军号声,这就给这个坐落在

① 米利亚纳起于阿特拉斯山脉的分支上,位于阿尔及尔西部一百多公里。

深山寂静中，距离任何真正文明之地都有百公里之遥的小镇，平添了宵禁的忧伤色调，孩子感到内心萌生一种无限的绝望，他无声地呼唤他童年那个一无所有的穷家[①]。

不，学校向他们提供的，不仅仅是逃离家庭生活的场所。至少在贝尔纳尔先生的课堂上，学校培育着他们身上孩童比成人更至关重要的渴求，即渴求发现。在其他课上，当然教会他们许多东西，不过那种灌输总有点像填鸭。做好的饭菜摆到他们面前，要求他们都囫囵吞下去。可是，在热尔曼先生[②]课上，他们第一次感觉出自身的存在，感觉出他们受到极大的尊重：老师认为他们有能力发现世界。他们的老师敬业，也不仅仅是为领取的报酬而教授他们，他直截了当接纳他们进入自己的生活，同他们一起度过自己的生活，向他们讲述他的童年，讲述他所了解的一些孩子的经历，向他们阐明他的观点，而不是强调自己的思想，例如，他跟许多同事一样，是反教权者，但是在课堂上，却未讲过一句反对宗教的话，也没有反对过任何可能是一种选择，或者一种信念的态度，反之，他更加激烈地谴责不容置辩的行为：盗窃、诬告、口是心非、卑鄙下流。

不过，他尤其对孩子讲述还历历在目的战争。他曾打过四年仗，向他们讲述士兵们遭的罪，以及表现出来的勇敢和坚忍，停战后的欣喜。每学期末，在放假之前，如果时间安排得开的话，他总是按照自己的习惯，不时给他们读一长段多热莱斯[③]的《木十字架》。雅克认为，这种阅读又为他打开异国风情的大门，但这是一种游荡着恐惧和不幸的异国风情，除了假设的情况之外，他倒还未联想过他并不认识的父亲。他只是全心全意倾听老师全心全意诵读的一个故事，而这个故事再次向他讲述大雪和那可爱的冬天，也

---

① 延长并赞扬世俗学校。

② 在这里，阿尔贝·加缪无意识中，写上了他自己的小学教师的名字，正是这一位，而不是“贝尔纳尔先生”，对他的成长起了至关重要的作用。

③ 罗兰·多热莱斯的长篇小说《木十字架》于1919年出版，获费米纳文学奖，当时反响巨大，后来，1931年，由雷蒙·贝尔纳尔拍成电影，于次年公演。作品的主要人物都是皮埃尔·布朗夏尔身边的老战友：夏尔·瓦奈尔、安托南·阿尔托。

谈到一些奇怪的人：他们穿着厚重的衣服，沾满泥浆而冻成硬邦邦的，讲一种奇特的语言，生活在地洞里，头上是炮弹、火箭和子弹纷飞的天棚。他和皮埃尔每次听完诵读，就更加急切地等待下一次。这场战争，大家还在谈论（而雅克一声不吭，却全神贯注，倾听达尼埃尔每次以他的方式讲述他打过的马恩战役，他还是弄不清自己是怎么回来的，他说当时，他们朱阿夫兵，奉命排成散兵线，随后进攻，攻到一个小山谷，眼前却不见一个敌人，他们往前推进，到了半山腰，他们的机枪手突然一排一排倒下，谷底一片血泊，大家都哭爹喊娘，景象可怕极了），活下来的人无法忘却的战争，其阴影仍然笼罩在世人的头顶，影响着围绕他们的一切决定，为一个迷人的故事所做的全部计划，比起课堂上换成读童话故事来，这个故事更为奇妙。如果贝尔纳尔先生居然改变了阅读计划，他们听那些童话故事会感到失望而厌倦的。好在他还读下去，有趣的场面接连不断，充满了骇人听闻的描绘，而非洲孩子们渐渐认识了属于他们这个社会的 x、y、z……他们之间谈论起来，就像是老朋友似的，无不近在身边，栩栩如生，至少雅克连一闪念都没有想象过，他们既然生活在战乱中，就可能成为战争的牺牲品。年底那一天，书读到结尾了，贝尔纳尔先生声音更加低沉，念了 D 的死亡，他默默地合上书，仍在面对他的激动与回忆，然后他抬眼，扫视全班，看见坐在第一排的雅克凝视着他，已经泪流满面，还在不断地抽噎，仿佛永远也停不下来了。“好了，孩子，好了，孩子。”贝尔纳尔先生说道，声音细微得几乎听不见，随后他起身，把书放回柜子里，背对着全班学生。

## 惩　罚

“等一等，孩子。”贝尔纳尔先生说道。他吃力地站起身，食指的长指甲插进了金丝鸟笼里，小鸟叫得更欢了。“唔！卡西米尔，肚子饿了，跟父亲要吃的。”他移向屋子紧里头壁炉旁的一张小学生课桌，翻找一个抽屉，关上了，再拉开另一个抽屉，从里面取出点什么来。“喏，”他说道，“是给你的。”雅克接过来一本书，是用杂货店棕色包装纸包的书皮，没有写上书名。还未翻开，雅克就知道这是《木十字架》，正是贝尔纳尔先生在课堂上诵读的那本。“不行，不行，”雅克说，“这太……”他本想说，这太美了，却一时没有想起好词儿。贝尔纳尔先生那年迈的头摇了摇。“最后那天，你哭了，还记得吧？从那天起，这本书就非你莫属了。”说着，他就转过身去，以掩饰他突然发红的眼圈。他走向课桌，然后，他背起双手，又朝雅克走回来，将一把短粗的红戒尺举到他鼻子下面，笑着对他说：“你还记得麦芽糖吧？”“噢，贝尔纳尔先生，”雅克说道，“这您还保留着！您也知道，现在禁止用了。”“呸！当时就禁用。然而，你可以做证，我就是用了！”雅克是见证。贝尔纳尔先生主张体罚。不错，平时惩罚，仅仅是罚分，到月评时从学生所得的总分中扣除，致使在班上总排名中名次下降。不过，碰到严重的情况，贝尔纳尔先生却毫无顾忌，他并不像同事们通常的做法，将违章者打发到校长那里去。他遵循不变的规矩，亲手施罚。“我可怜的罗贝尔，”他平静地说道，总保持着好心情，“还得尝尝麦芽糖棒了。”全班任何人都没有反应（除非窃笑，按照人心的常态，惩罚一些人，给另一些人的感觉类似一种享受①）。受罚的孩子站起来，面失血色，不过，大多情况下，还能沉得住气（有的人离座时，泪水就往肚子里咽，走向黑板前面贝尔纳尔先生在旁边已经站定的讲桌）。始终按照规矩，这其中掺进点儿虐待的意味，罗贝尔或者约瑟夫要亲手从讲桌上拿来“麦芽糖”，交到祭司的手中。

麦芽糖是一把短粗的红木尺子，沾满了墨迹，因刻痕和残损而变了形，是贝尔纳尔先生很久以前，忘记从哪个学生手中没收来的。贝尔纳尔先生接过学生交来的戒尺时，通常面带嘲弄的神色，他随即叉开双腿。学生要把脑袋伸进老师的双膝之间，老师收拢两条腿，就把脑袋紧紧夹住了。就要在这样撅起的屁股上，贝尔纳

---

① 或者说：惩罚一些人，快活另一些人。

尔先生视违规的程度，施以数量不等的惩罚，戒尺均衡地打在左右屁股蛋上。学生对这种惩罚，反应各不相同。有的还未等挨板子就开始呻吟，而无所畏惧的老师只是注意到，呻吟之声未免提前了。另一些人则相当天真，用手去护住屁股，贝尔纳尔先生就若不经意，将两只小手扒拉开。还有的人，挨了几下觉得疼痛，就拼命挣扎。当然也有包括雅克在内的少数人，挨打能挺住，一声不吭，只是身子微微颤抖，回到座位则暗吞大滴的眼泪。不过，总体上来说，这种惩罚，大家都接受了，并无怨艾，首先因为，这些孩子在家里，几乎个个都挨过打，他们觉得体罚也算是一种正常的教育方式；其次因为，老师绝对公正，大家事先都清楚，哪方面违规了，招致这种惩罚的仪式，违规的标准总是那同样几条，所有行为越界的人只能得负分，心里明镜似的冒了什么风险，而惩罚自始至终，都一视同仁，也一丝不苟。雅克显然是贝尔纳尔先生非常喜爱的学生，也得跟别人一样受罚，甚至贝尔纳尔先生公开表示偏爱他的第二天，他该受罚也受了罚。那天，雅克站在黑板前，回答得很出色，贝尔纳尔先生抚摩了他的脸蛋儿，教室里有人窃语“宝贝”，贝尔纳尔先生认为是冲他来的，就十分庄严地说道：“是的，我偏爱科尔梅里，也同样偏爱你们当中所有在战争中失去父亲的孩子。我曾跟他们的父亲一起打过仗，而我还活着。我至少在这里，要尽力替代我那些死去的战友。现在，哪个想要说我有‘宝贝’。那就说吧！”这番话一出，全班一片肃静。下课出了教室，雅克就问谁叫他“宝贝”。受到这样的侮辱，如果毫无反应，确实会丢了脸面。“是我。”米诺斯应道，是个高个子金发男孩，面无血色，相当懦弱，极少出头露面，但是对雅克一直表示反感。“好哇，”雅克说道，“那你妈就是婊子[①]。”这也是一种惯常的辱骂，当即就能挑起打斗。自古以来，在地中海沿岸，这是对母亲和死去的亲人最严重的侮辱。米诺斯倒是犹豫不决。然而，传习就是传习，其他人都替他应战。

---

① 以及你祖宗八辈都是婊子。

"走哇,去绿场。"绿场离学校不远,是一大片空地,疤瘌头似的长着细草,堆满了旧铁箍、罐头盒和烂木桶。这就是"交手"的地方。简单说来,交手就是决斗,只是拳头取代剑,但是遵循同样的规则,起码是在思想上。决斗的目的,就是了结一场争执,只因争执的一方名誉受损,对方要么辱骂了他的父母或祖先,要么藐视了他的民族或种族,或者被揭露、被指控这么干了,偷窃或者被指控偷过东西,再就是为了更加模糊的缘由,这是在孩子圈儿里每天都会发生的情况。当某个学生认为,尤其别人设身处地替他认为(他本人也明白),他受到极大冒犯,必须雪耻时,惯用语便是:"四点,绿场见。"此言一出,争吵立即平息,别人也不再议论,对手撤离,各自带着自己的一伙人。在随后的课堂上,决斗的消息,以及决斗者的姓名,就不胫而走,同学们都用眼角余光瞟着他们,而他们也因此装出男儿应有的镇定和决心。内心则是另一码事儿,最有勇气的人,听课也分神了,眼看必须面对暴力的时刻到来而惴惴不安。然而,绝不能让对方阵营的同学嘲笑,指责他这个决斗者,拿惯用语说,就是"夹起了尾巴"。

雅克尽了男儿的本分,挑战了米诺斯,不管怎么说,也还是大大方方地夹起了尾巴,一如他每次身处要以暴制暴的境地。但是,他既然下此决心,那么在他的思想上,就不可能有一闪念退却的苗头。这是事物的规则,他也清楚,行动之前让他心里难受的这种轻微的恶心,到了战斗时刻就会消失,被他自己的暴力压下去,况且,这种反应,在策略上既扯他后腿又帮了他忙,非常值得(在手稿上句子这样中断)。

同米诺斯决斗的那天傍晚,一切都依照规矩进行。决斗者由各自的支持者簇拥着,首先到达绿场,而支持者都成为护理人,为其提着书包了,后面跟来一帮观战看热闹的人,最后围成一个圈儿,两个对手在圈儿中心,已经脱掉风衣和外套,交到护理人手上。这次,雅克心里把握不大,凶猛帮了他大忙,他先行攻击,逼得米诺斯慌乱地后退，笨拙地抵挡着打来的勾拳，他倒歪打正着，击中雅克的脸颊。疼痛已经使他怒火中烧，喊声、笑声和观众的鼓励声，也激发他更加盲目了，他扑向米诺斯，拳头像雨点一般打过去，打得对手毫无招架之力，而一记勾拳，又恰好重重地打到倒霉蛋的右眼上，使他完全失去平衡，摔了个大腚墩儿，真是一副惨状。一只眼流泪，另一只当即肿起来。眼睛肿成黑奶酪，这一拳真出色，非常老到，让对手挂彩好几天，彰显胜者的威风，首先就引发了全场苏人[①]一般的狂呼乱叫。米诺斯没有马上爬起来，雅克的密友皮埃尔立刻权威判定雅克获胜，给他穿上外套，披上风衣，带着他离去，周围跟着一帮拥趸；而米诺斯已经站起来，还一直啼哭，穿好了衣服，身边一小伙人都垂头丧气。雅克没有期望如此全胜，又速战速决，一时昏了头，没怎么注意听周围人的祝贺，以及已经美化了的决斗过程的讲述。他本想高兴起来，而且他的虚荣心也一定程度上得到满足，可是，他走出绿场的当儿，转身望了望米诺斯，看到那张被他打得变了形的脸，一种黯然神伤猛然袭上心头。他由此认识到，打仗并不好，因为战胜一个人还是被人战胜，都同样是件苦涩的事。

为了完善他的教育，还不失时机地让他认识到，失败紧随荣耀之后[②]。果然，第二天，他受到了同学们的欢呼，自认为必得充当好汉，摆出一副神气活现的样子。上课开始点名时，由于米诺斯未到，雅克邻座的同学就发出讥笑之声，还朝胜者挤眉弄眼，雅克也忘乎所以，回应同学，半眯起眼睛，鼓起腮帮子，做了个粗俗的鬼脸，他却没有意识到，贝尔纳尔先生正在注视他，全班突然肃静下来，他的表演也戛然而止，响起老师的声音。“我可怜的宝贝，”冷面滑稽的老师说道，“你跟别人一样，也有权尝尝麦芽糖。”这位胜家不得不站起身，去取刑具，进入贝尔纳尔先生身上清新的花露水

---

① 苏人，北美一个印第安人部落。——译者注

② 原文直译应为“塔贝耶纳悬岩就在卡皮托利山丘旁边”。古罗马卡皮托利山丘为朱庇特神殿所在地，而背叛罗马的塔贝耶纳就在那里被推下悬岩。——译者注

气味范围，终于摆出受刑的屈辱姿势。

这堂实践哲学课，还不能了结米诺斯事件。这个男孩两天未来上课，雅克隐隐感到不安，尽管表面上还若无其事，到了第三天，一个高年级的学生来到教室，通知贝尔纳尔先生，校长叫科尔梅里同学去一趟。只有出现了严重情况，才会被叫到校长办公室，小学教师挑起浓重的眉毛，仅仅说了一句："去吧，小不点儿。但愿你没有干蠢事。"雅克两腿发软，跟着高年级同学沿长廊走去，铺了水泥的院子虽栽植了淡紫花的牡荆，淡荫还抵挡不住酷热，走到长廊尽头便是校长办公室。雅克走进去，第一眼就瞧见米诺斯，站在校长办公桌前，身边夹护着面带愠色的一位太太和一位先生。他那同学眼睛肿得完全合了缝儿，虽然面目全非，雅克看到他还活着，便松了一口气。然而，不待他品味这种轻松的感觉，校长就发问了："是你打了你的同学吗？"矮个儿秃顶的校长面色红润，说话声音很有力道。"是我。"雅克声调平淡地回答。"我对您说过，先生，"那位太太说道，"安德烈不是流氓。""我们打架了。"雅克说道。"我用不着了解事情的经过，"校长说道，"你清楚，我禁止一切斗殴，即使跑到校外去打架。你打伤了同学，甚至有可能伤得更重。第一次作为警告处分，一周期间，所有课间休息，罚你站墙角。如果再出这种事，那就要把你开除。对你的惩罚，我会通知你的家长。你可以回教室了。"雅克愣在原地，一动不动。"去吧。"校长说道。"怎么着，方托马斯[①]？"贝尔纳尔先生见雅克回到教室，便问道。雅克就哭起来。"好了，你说说吧。"孩子还抽抽搭搭，首先讲了受到的惩罚，接着说是米诺斯的父母告的状，随后又透露了决斗的情景。"你们为什么打架呢？""他叫我宝贝。""又叫第二次？""不，是在这儿，课堂上。""哦，是他呀！那你就认为，我对你的保护还不够。"雅克深情地望着贝尔纳尔先生。"嗳，不是！嗳，不是！您……"他这才真正放声哭出来。"去坐下吧。"贝尔纳尔先

---

① 1911年由马塞尔·阿兰和皮埃尔·苏维斯特塑造的侠盗形象，由路易·菲雅德拍成电影（1913—1914），名噪一时。——译者注

生说道。“这不公正。”孩子抹泪说道。“不对。”语气温和地对他说(手稿上的句子如此中断)。

第二天课间休息时,雅克在操场的尽头罚站,背对着院子和同学们的欢叫声。他两条腿轮换支撑①,心里极度渴望也去又跑又跳。他不时朝身后瞥一眼,望见贝尔纳尔先生在院子一角正和同事散步,一眼也不朝他这儿望一望。可是第二天,雅克却没有瞧见老师走到他身后,轻轻拍了拍他的颈部:“不要这副样子,垂头丧气的。米诺斯也罚站呢。喏,我允许你望一眼。”果然,在院子的另一边,米诺斯也独自罚站,一副愁眉苦脸。“在你罚站的这一周,你的同伙都不肯和他一起玩了。”

贝尔纳尔先生笑起来。“你瞧,你们两个全挨罚了。这就合乎规则了。”他还俯下身子,对孩子亲热地笑着说:“说说看,小不点儿,还真看不出来,你的勾拳这么厉害!”说得受罚者一股温情涌上心头。

如今,正跟他的金丝雀说话的这个人,他已四十五岁还叫他“孩子”,雅克也始终不渝地爱他,即使远离他,天各一方的年头。后来,最终第二次世界大战,先是部分地,接着完全把雅克同他分开,没有音讯。一直到 1945 年,他反而像孩子一样高高兴兴,一个上了年纪的本土保卫军,身穿士兵军大衣,来敲雅克住巴黎的房门,正是贝尔纳尔先生,他再度入伍。“不是去打仗,”他说道,“而是反对希特勒,而你也是的,孩子,参加了战斗,唔,我早知道你是有种的,希望你也没有忘记你母亲,多好,你有个世上最好的妈妈。现在,再回阿尔及尔,你要来看我。”十五年来,雅克每年都去看他,每年,都像今天这样,临走在门口拥抱老人,老人也激动地拉住他的手,正是他,将雅克抛出去闯荡世界,独自承担起责任,让他背井离乡,走向更为重大的发现②。

学年快结束了,贝尔纳尔先生留下雅克、皮埃尔、弗勒里,都是

---

① 先生,我长了一条腿。

② 奖学金。

各种成绩同样优异的佼佼者。“他有念综合工科学校的脑袋。”老师说道。还有桑迪亚哥，一个漂亮的男孩，欠缺点儿天赋，但是学习勤奋，也获得好成绩。“是这样，”等班上其他学生都走了，贝尔纳尔先生说道，“你们是我最好的学生。我决定推荐你们去考取初中和高中的奖学金名额。你们若是考上了，就能获得奖学金，完成中学学业，直到通过高中毕业会考。小学是学校中最好的。但是，小学不能引导你们走上任何道路。中学给你们打开所有大门。我更愿意让你们这样穷苦人家的孩子走进这些大门。为此，我需要得到你们家长的同意。都回去吧。”

他们都颇为愕然，甚至都没有商量就分手了，各自回家。雅克看到家里只有外婆一人，正在餐室桌子的漆布上挑滨豆。他犹豫一下，还是决定等母亲回来。母亲回来了，显然疲惫得很，她系上围裙，来帮外婆挑滨豆。雅克主动帮把手，大人就给他一个白色粗瓷盘，这样更容易从滨豆里挑出石子儿。雅克埋头挑豆，宣布了这一消息。“这又是怎么回事儿啊？”外婆问道，“多大年龄通过中学会考？”“六年之后。”雅克回答。外婆推开盘子。“你听见啦？”她问卡特琳·科尔梅里。她没有听见。雅克缓慢地向她重讲一遍这条消息。“嗯！”她说道，“这是因为你聪明。”“聪明不聪明，来年也该让他去学徒了。你完全清楚，咱们没有钱。他每周得挣回来工资。”“这倒是。”卡特琳说道。

户外天色渐晚，热气也开始消散。此刻，工场车间正全速运转，街区还空荡荡的，一片寂静。雅克望了望街道，他只想服从贝尔纳尔先生，除此不知道还想干什么。不过，他才九岁，不可能也不懂如何违抗外婆。显而易见，外婆倒是还在犹豫。“将来你要干什么？”“不知道。也许当小学老师，像贝尔纳尔先生那样。”“对，那要等六年！”她挑豆子的动作慢下来。“唉！”她又开了口，“还是不行，咱们太穷了。你就告诉贝尔纳尔先生，我们上不起学。”

第二天，另外三个同学告诉雅克，他们家都同意了。“你呢？”“不知道。”他回答，心头猛然一紧，感到自己比他的几个朋友还要贫困。课后，他们四个全留下。皮埃尔、弗勒里、桑迪亚哥都给了肯定的答复。“你呢，小不点儿？”“我不知道。”贝尔纳尔先生注视他。“好了，”他对其他人说，“放学后，晚上还得跟我一起学习。这事儿我来安排。你们可以走了。”等他们出去，贝尔纳尔先生就坐到他的扶手椅上，将雅克拉到跟前。“究竟怎么回事？”“我外婆说，我们太穷，来年我得去干活。”“那你母亲呢？”“家里外婆说了算。”“知道了。”贝尔纳尔先生说道。他略微思索一下，随即将雅克揽在怀里。“听我说，应当理解你外婆。对她来说，生活很艰难。她们两个人，将你哥哥和你抚养大，把你们培养成现在这样的好孩子。到这一步，她有点怕了，这也是难免的。拿到奖学金，也还总得供给你一点儿钱，而且不管怎样，这六年间，你不能给家里挣钱。你理解她吗？”雅克没有看老师，只是用力点头。“好吧。不过，也许还可以给她解释解释。背上你的书包，我跟你一起走！”“去家里？”雅克问道。“当然了，再去见见你母亲，我会很高兴的。”

过了半晌，面对雅克惊愕的眼神，贝尔纳尔先生敲响了他家的房门。外婆来开门，用围裙擦着双手，而围裙系得太紧，鼓出来老妇人的肚子。她见是小学教师来了，还下意识地拢了一下头发。“唔，外婆，”贝尔纳尔先生说道，“跟往常一样，还正忙着呢？哈！您可真了不起。”外婆请客人进屋，要穿过卧室才能到餐室，请老师坐到桌子旁边，取出杯子和茴香酒。“您就别忙乎了。我来就是要跟您说几句话。”他先是问了问两个孩子的情况，接着又询问她在农场时的日子、她的丈夫，他还说起自己的孩子。这时，卡特琳·科尔梅里进来，立时慌了神，称贝尔纳尔先生为“老师先生”，又赶紧回自己的房间，梳了梳头，穿上件干净的罩衫，回来坐到椅子边上，还稍微离开点儿桌子。“你呢，”贝尔纳尔先生对雅克说道，“你到街上等我下去。您明白，”他对外婆说，“我要讲他的好话，他听了会信以为真的。”雅克出了屋，飞快跑下楼梯，守在了街门口。整整待了个把小时，街道已经热闹起来，透过榕树的枝叶，天空变绿了，这时，贝尔纳尔先生下了楼梯，出现在他的背后，搓了搓他的脑袋。“好啦!”他说道,“讲妥了。你外婆是位勇敢的女人。至于你母亲……唔！永远也不要忘记她。”“先生,”外婆突然出现在走廊,她一只手撩起围裙擦眼睛,“我忘记了……您对我说,还要给雅克上辅导课。”“当然了,”贝尔纳尔先生回答,“请相信我,他可没时间玩了。”“可是,我们付不起您的费用啊。”贝尔纳尔先生凝视着她。他抓住雅克的肩膀。“您不必操心了,”他摇晃着雅克,“他已经付给我了。”话音未落,他已经走了,外婆抓住雅克的手,上楼回房间,这是她头一回握住他的手,握得紧紧的,表露出一种绝望的深情。她说道:“我的孩子,我的孩子。”

一个月期间,每天放了学,贝尔纳尔先生都留下这四个孩子,接着学习两小时,雅克晚上回家,又疲惫又兴奋,在家还得做功课。外婆看着他,脸上呈现悲伤和自豪的复杂表情。“他脑袋瓜儿好使。”埃奈斯特很有把握地说,同时用拳头敲着自己的脑壳儿。“对,”外婆也说道,“可是,咱们怎么办呢?”一天晚上,她惊跳起来:“他还有初领圣体的事儿呢①?”老实说,在这个家里,根本没有宗教的位置。谁也不去做弥撒,谁也不祈求或者教授戒律,同样,谁也不提及彼界的善报和惩罚。如果有人当着外婆的面,说某某人死了,她就会应声说:“好哇,他再也放不了臭屁了。”假如死者是一个她至少觉得还有点感情的人,她就说:“可怜的人,他还年轻啊。”哪怕死者过了天年又在世上混了很长时间。她这样讲并非失去了判断力。要知道,她眼见周围的人死去的太多了。她的两个孩子、她丈夫、她的女婿,以及她那些死于战争的侄子。死亡对她来说,恰恰跟劳动或者贫穷一样,已经习以为常了,她不用去想,可以说死亡就是她生活的一部分,再说了,当下生活的需求,对她而言,远比一般阿尔及利亚人强烈得多,而一般阿尔及利亚人的那种忧虑、他们的共同命运,已经剥夺了他们对葬礼的虔敬——盛开在文明顶峰的花朵。

---

① 唯独学习成绩优异决定她产生的念头……也可能受到……连累……

# 死亡在阿尔及利亚

对他们一如对他们的前人，死亡是一种必须面对的考验，他们从不谈论，经受考验时则力图表现出勇气来，并将这种勇气视为人的主要美德，而在那之前，就必须竭力忘却并排除死亡。（这就是为什么，一切葬礼都有滑稽好笑的一面。莫里斯表兄?）这样普遍的心态，如果再加上各种斗争和日常操劳的艰辛，还不算具体到雅克的家庭，贫穷的巨大耗损，那么要给宗教找到位置，就变得难上加难了。拿舅舅埃奈斯特来说，他本来生活在感觉的层面，他所目睹的宗教，也就是本堂神父和仪式。他运用自己滑稽的天赋，不失时机地模仿弥撒的场面，伴随着表示拉丁语的（拖长音调的）象声词，最后还同时扮演在钟声中低首祷告的信徒，以及利用这种姿势偷喝弥撒酒的神父。至于卡特琳·科尔梅里，她是唯一性情温柔的人，能让人联想到信仰，然而温柔，恰恰是她的全部信仰。她看着弟弟模仿取笑，也不免笑一笑，但是不置可否，而遇见教士，她总说“神父先生”。她从来就没讲过“上帝”。老实说，这个词，雅克整个童年就从来没有听人说过，他本人也并不在意，而生活，又神秘又五光十色，就足以占满他的身心了。

此外，在他的家庭里，如果谈起一场世俗的葬礼，外婆或者舅舅还往往一反常态，抱怨起神父不到场。“就像死一条狗。”他们说道。这是因为对他们，跟对大多数阿尔及利亚人一样，宗教成为社会生活的一部分，也仅仅存在于社会生活中。一个人是天主教徒，就如同是法国人一样，必须遵从一些礼仪。其实，这些礼仪，确切来说只有四次：洗礼，初领圣体，婚礼（如果结婚的话），以及临终圣事。这些仪式之间，势必相隔很长时间，世人就忙碌别的事儿，首先就是生存。

雅克要去初领圣体，像亨利先前做过的那样，就是自然而然的事了。给亨利留下极坏的记忆的，并不是仪式本身，而是其社会后果,主要是随后一连数日,他不得不戴着神章,去走访亲戚朋友,他们坚持要给一小笔礼金,孩子不好意思地收下,然后总让外婆收走,只留给亨利极小部分,因为初领圣体是"要花费的"。不过,这种仪式一般安排在孩子十二岁左右,学完两年教理课之后。按说,雅克初领圣体,只能等上中学二年级或三年级的时候。可是,外婆恰恰突然冒出这个念头。她对上中学概念模糊,想想有点吓人,好像到了那地方,学习负担要比社区小学增加十倍,既然学完那些课程就能有更好的前程,而这在她的头脑里,物质上的任何改善,不加倍付出辛劳就不可能办到。另一方面,她又衷心期望雅克获得成功,不辜负她刚刚接受准备做出的牺牲,可是想象上教理课会剥夺做功课的时间,她就说:"不行,你不能又上中学,又上教理课。""那好,我就不去初领圣体了。"雅克这么说,主要想逃脱走访亲友的苦差事,他也受不了接受礼金的那份屈辱。外婆定睛看着他。"为什么?事在人为。你穿好衣服。我们去见见本堂神父。"她站起身,态度坚决地回卧室,再出来时,已经脱掉短上衣和干活的裙子,换上她唯一出门料户的(黑)长袍,纽扣一直扣到脖领,又系上一条黑丝头巾,只露出两鬓的白发,而目光明亮,双唇紧闭,完全是一副毅然决然的神态。

圣查理教堂,一座丑陋的现代哥特式建筑,外婆坐在圣器室里,拉着站在身边的雅克的手。坐在对面的神父,年纪约有六旬,是个肥胖的老头,圆圆的脸,面颊有点儿软塌塌的,鼻子很大,厚嘴唇泛着和善的微笑,头顶一圈儿银发,合拢的双手放在因双膝分开而绷紧的教袍上。外婆说道:"我想让孩子参加初领圣体的仪式。""很好哇,太太,我们要把他培养成好基督徒。他几岁了?""九岁。""您做得对,让他提前上教理课。有三年时间,他一定能为这隆重的日子完全做好准备。""不,"外婆生硬地说,"他必须马上做了。""马上?要知道,初领圣体仪式,要一个月后才举行,而且,至少还得上两年教理课之后,才可以登上祭坛。"外婆解释了现在的处境。然而,不可能同时上中学又上宗教课的说法,本堂神父绝不认同。他耐心而和蔼地讲他自身的经历，还举出一些事例……外婆站起身。“既然如此，他就不初领圣体了。走吧，雅克。”她拉着孩子朝门口走去。本堂神父急忙追上来。“等一等，太太，等一等。”他轻轻地又把老太婆让回座位，还试图跟她讲道理。外婆则连连摇头，就像一头老母犟驴。“马上做。要不就算了。”最终，还是本堂神父让步了。双方说定，雅克要接受速成宗教教育，一个月后参加仪式。本堂神父摇着头，把他们送至门口，在那里抚摩了一下孩子的脸蛋儿。“好好听给你讲的课。”他说道。他瞧着孩子，脸上带着一种忧伤的神色。

于是，雅克就两头忙活，要上热尔曼先生的辅导课，每星期四和星期六晚上还得上教理课。奖学金考试和初领圣体仪式同时临近了，每天都安排得满满的，完全挤掉了玩的时间，尤其是星期天，他一丢下作业本，外婆又让他干家务活儿，上街买东西，总说为了他的教育，全家人同意要做出牺牲了，一连几年他再也不能为家里做任何事了。“可是，”雅克说道，“我也许还考不上呢。考试很难。”他在一定程度上，有时倒希望考不上，家里总跟他说做出这么大牺牲，他觉得这分量太重了，他这小小的好胜心承担不了。外婆愣愣地注视他。她还真未想过这种可能性。随后，她耸了耸肩膀，也不考虑自相矛盾，说道：“我也劝你这么干。到时候看不把你的屁股打开花。”堂区第二神父给上教理课，他个头儿很高，鼻子干瘦，穿着长长的黑教袍，甚至一眼望不到顶，他的脸颊凹陷，长一只鹰钩鼻子，他那严厉的态度，同老神父的温润和善恰成反比。他的教学法就是背诵，虽然很初级，可是他的任务，就是对这些粗鲁执拗的孩子进行精神教育，这也许是唯一行之有效的方法。必须教会问答：“上帝怎么[①]……？”从严格意义上讲，对初学教理的这些孩子，这些词都毫无意义。不过，雅克记忆力突出，根本不懂，却背得滚瓜烂熟。别的孩子背诵时，他就胡思乱想，张着嘴发呆，或者

① 见教理课本。

跟同学做鬼脸。有一天，他正这样做鬼脸，被大个子神父逮个正着。神父以为是针对他的，就认为必须惩戒，让人尊重他所体现的神圣性，便把雅克叫到所有孩子面前，也不做什么解释，扬起他那瘦骨嶙峋的长手，抡着扇了孩子一个耳光。雅克遭此猛烈一击，险些跌倒。“现在，回到你的座位去。”神父说道。雅克瞪眼看着神父，没流一滴泪（他这一生，只有被仁慈和爱感动得落泪，而恶行或迫害，非但不会逼他哭泣，反而使他的心、他的意志更加坚强），他回到座位，只觉得左脸颊火辣辣的，嘴里有股血腥味儿。他用舌尖舔了舔，发现嘴里侧被打破了，流了血。他将自己的血吞咽下去。

在接下来的教理课上，他已心不在焉了，神父跟他说话时，他的神态很平静，既无责怪也不友善，关于基督的神圣性及其牺牲的问答，他都毫无差错地背诵出来，可是心却飞走了，远在上千公里之外，想象这两场考试最终不过是一种而已。沉浸在学习中，犹如沉浸在持续的同一梦想里，在冰冷难看的教堂里繁多的早晨弥撒，他有些感动，但仅仅是一种模糊不清的感觉，第一次听到管风琴奏出的音乐，而此前听到的全是些愚昧的老曲调。于是他更厚重地、更深切地梦想，在圣职服饰和物品半明半暗中的一种梦境，处处金光闪闪，终于遇见了神秘，却是一种无以名状的神秘，丝毫也不牵涉、也不关联教理课本命名并严格界定的神圣人物，仅仅延展了他生存的这个赤裸裸的世界，是他沐浴其中的温暖而影影绰绰的神秘；仅仅扩延了他母亲那审慎笑容或沉静的日常神秘，即到了晚上，他走进餐室时，只见母亲独自一人，没有点亮煤油灯，让夜色渐渐侵入室内，而她本人，看似一个更加黝黯、更为厚实的形体，正若有所思，望着窗外忙碌的，但是对她却是寂静的街景。而孩子这时停在门口，觉得一阵揪心，对他母亲，对母亲身上不属于，或者不再属于这个世界和尘世生活的那种特质，满怀着一种绝望的爱。随后，便是初领圣体的仪式，给雅克留下的印象，也无非是前一天的忏悔，他承认了别人说他唯一做错的那几件事，也就是说，小小不言的事儿。“你就没有过罪恶的念头吗？”“有过，神父。”孩子随口回答，尽管他不甚了了，一种念头怎么可能就是罪恶的。直到第二天，他还惴惴不安，唯恐无意中流露出一种罪恶的念头，或者，他更为明确的是，说出一句充满他这小学生词汇的粗话。一直到举行仪式的那天早上，他好歹总算忍住了，那类粗话没有上口。他穿了一身海员服，戴上袖章，拿着一小本经书、一串小白球念珠，全套都是家境稍好一点儿的亲戚提供的（玛格丽特姨妈等），举着一支大蜡烛，排在手持大蜡烛的其他孩子队列中，走在正中的通道上。两侧椅子间的亲友都站起来，投来无限欣喜的目光。而音乐奏起，声如雷鸣，使他全身僵冷，心里充满恐惧和一种异常的激情：他这是第一次感到自己的力量，感到自己有无限的能力生活，无往而不胜。寓于他心中的这种激情，贯穿仪式的全过程，令他心不在焉，根本不注意身边发生的事情，也包括领圣体的瞬间。这种状态持续到回家，和亲戚一起吃饭，应邀的亲戚们围坐的餐桌比平时（丰盛）一些，吃喝一贯节俭的客人也渐渐兴奋起来，直到兴高采烈的气氛渐渐笼罩全屋，终于破坏了雅克的激情，让他十分败兴。而这时大家正吃甜点，兴奋达到高潮，他不禁放声大哭。外婆便问他：“你怎么啦？”“我不知道，不知道。”外婆气极了，扇了他一个耳光。“挨个嘴巴子，”外婆说道，“你就会知道为什么哭了。”其实，他是明白的，隔着桌子，他望见母亲冲他忧伤地微笑，心里明白为何哭泣。

“这事顺利通过，”贝尔纳尔先生说道，“好啦，现在，好好用功吧。”还有几天，必须刻苦学习。最后几天课，就在贝尔纳尔先生家里上了①。一天早晨，在雅克家附近有轨电车站上，四名学生都带着垫板、尺子和文具盒，围着热尔曼先生站了一圈，而雅克望见在自家的阳台上，他母亲和外婆俯着身子，正用力向他挥手。

安排考场的中学②正好遥遥相对，位于沿海湾建造的弧形城区的另一端。从前那是个富裕而了无生气的街区，由于迁入大量

---

① 描述这一套房？

② 当时的布若中学，位于梅尔莫兹街。

西班牙移民，现在成为阿尔及尔最有人气，也最富生气的一个社区了。这所中学俯临街道，是一座方形的巨大建筑。要进学校大楼，可登两侧的台阶，以及正面宽阔壮观的台阶，两侧翼有瘦小的园子，种植了香蕉树和(空白)，安装了护栏，以防学生损坏。中央台阶上面有一条走廊，连接两侧的台阶，正对着有重大活动才开启的宏伟的校门，而旁边一扇校门，小得多，平时通行，要经过看门人的小玻璃室。

头一批到达的考生，正是聚集在这条走廊上，大部分都装出轻松的样子，掩饰内心的怯场；少数人则脸色苍白，一声不吭，暴露了心中的惶恐。在紧闭的大门前等待的考生中间，就有贝尔纳尔先生和他的学生，清晨还挺凉爽，眼前还潮湿的街道，过一会儿太阳一升起，就会覆盖一层尘土了。他们提前半个多小时到达，紧紧围着老师，默不作声，老师也想不出什么话要对他们讲，他突然离开，说马上就回来。过了片刻，他们果然望见老师回来，始终穿得那么漂亮，头戴卷檐儿帽，这天还穿上了护腿套。他每只手拿着两个螺旋形薄绵纸包，顶端打结可以拎着，等他走近了，他们看纸包透出油迹。“这是羊角面包，”贝尔纳尔先生说道，“现在吃一个，另一个留到十点再吃。”他们谢了老师，吃起面包，可是嘴里嚼着咽不下去。“你们不要惊慌，”小学老师重复道，“试题和作文题，先要看仔细了，多看几遍。时间够用。”对，他们是要多看几遍，听老师的话，老师无所不知，在他身边，生活就没有障碍，由他引导就行了。这时，小门旁边一阵喧哗，六十多名考生一齐拥过去。一名办事员打开校门，开始念名单。呼叫的头几名考生就有雅克的名字，他还拉着老师的手，有点儿迟疑。“去吧，我的孩子。”贝尔纳尔先生说道。雅克战战兢兢，朝校门走去，在跨进门的当儿，他又回头望望老师。老师还站在那儿，高大，结实，他平静地冲雅克微笑，点了点头①。

---

① 核对奖学金规则。

中午时分，贝尔纳尔先生在门口等他们。他们拿草稿给他看。唯独桑迪亚哥做错了题。“你的作文非常好。”他很干脆地对雅克说。一点，他又陪他们来了。直到四点，他还等在那里，检查他们的答题。“好了，”他说道，“就得等结果了。”两天后，上午十点，他们还是五个人，一起来到小校门前。校门打开，办事员又念名单，这回名单短多了，是录取名单。在欢呼声中，雅克没有听见自己的名字，不过，他的后颈被人愉快地拍了一下，听见贝尔纳尔先生对他说：“真棒！小不点儿，你被录取了。”只有讨人喜欢的桑迪亚哥没有考上，他们带着一种心不在焉的伤心看着他。“没什么，”他说道，“没什么。”雅克有点昏头，弄不清身在何处，发生了什么事。他们四个同学回到有轨电车站。“我去见见你们的家长，”贝尔纳尔先生说道，“我先去离得最近的科尔梅里家。”寒酸的餐室里，现在坐满了女人，有他外婆、为此特意请了一天假的母亲，以及邻居马松家的女人们。雅克偎在老师的身边，最后一次嗅着花露水的味道，紧贴着这个结实身体的温暖的感觉。而在女邻居面前，外婆也容光焕发。“谢谢，贝尔纳尔先生。谢谢。”她连声说道。贝尔纳尔先生爱抚着孩子的头，说道：“你再也不需要我了，你要有更有学问的老师。不过，你知道我住在哪儿，需要我帮助的时候，就去找我吧。”他走了，雅克单独留在这些女人中间，他猛然冲向窗口，望见老师最后一次向他招手，从此就让他独自闯荡了。孩子考取了，非但没有喜悦，反而感到揪心的一阵巨大痛苦，就好像他预先知道了，这一成功刚刚把他拉出无辜而热情的穷人世界，贫困取代了家庭和友爱的世界，从此这个世界闭合了，在社会中宛若一座岛屿，自己被抛进一个陌生的世界，不再是他那个世界了。他不可能相信比起这个心灵无所不知的老师来，那些老师会更有学问，从此，他必须在无助中去学习，去理解。总之，没有了唯一给过他帮助之人的助力，他照样要成为一个男儿，总之要独自成长壮大，付出极大的代价。

# 七　蒙多维:殖民化与父亲

现在[①],他长大了……从波尼前往蒙多维的路上,雅克·科尔梅里乘坐的车,迎面遇见一辆辆缓慢行驶的吉普车,车上长枪林立。

"韦亚尔先生吗?"

"是啊。"

那男人站在小农舍的门框里,注视着雅克·科尔梅里,他矮个儿头,长得很敦实,一副滚圆的肩膀。他左手拉着打开的房门,右手紧紧抓住门框,虽然敞开了进屋的通道,他却挡在路上。他的头发稀疏花白,倒像个罗马人,看样子有四十来岁。他肌肤晒得黝黑,但是五官端正,眼睛明亮,身上虽稍显僵硬,可浑身既不见赘肉,扎着土黄色长裤的肚子也没有发福,而且脚穿皮编凉鞋,上衣只穿着带口袋的蓝衬衣,就更显得年轻了。他岿然不动,听着雅克的解释,随后一声"请进",便闪开了路。雅克举步走进刷白墙的小走廊,只见仅仅摆放一口棕色的箱子,以及一支弯顶头的木头伞架。忽听农场主在他身后笑道:"总之,一次朝圣!好哇,坦率地说,正当其时。""为什么?"雅克问道。"请进餐室吧。"农场主回答,"这是最清凉的房间了。"餐室半边是阳台,所有草编软帘子,除了一片外全放下了,里面摆放一张桌子、一个现代风格的浅色木餐具柜,此外还有藤椅、折叠式帆布躺椅。雅克回过身,发现他独自一人。他走向阳台,透过帘子之间留下的间隔,望见院子里栽种了淡紫花牡荆,枝叶间停着两辆鲜红色的拖拉机,闪闪发亮。再往远看,便开始一排排葡萄架,在十一点尚可忍受的阳光下。片刻之后,

① 马车——火车——轮船——飞机。

农场主进来了，用托盘端上来一瓶茴香酒、杯子和一瓶冰镇清水。

农场主举起斟满乳白色液体的杯子。“您若是再迟些来，到这儿很可能就什么也找不见了。不管怎么说，再也没有一个法国人能向您提供什么情况了。”“是那位老医生告诉我，我就出生在您这座农场里。”“不错，这座农场属于圣·阿波特尔垦区，不过，我父母是在战后买下的。”雅克环视周围。“您肯定不是出生在这里。这里，我父母全部重建了。”“他们战前认识我父亲吗？”“我想不可能。原先，他们住在突尼斯边境附近。后来，他们想要接近文明的地方。当时在他们眼里，索尔弗里诺就是文明之地了。”“他们没有听说过原来经营的人吗？”“没有。既然您是当地人，就该知道是怎么回事儿。这里，什么都不保留，全部推倒重建。大家都考虑未来，其余的全忘掉了。”“好嘛，”雅克说道，“我白白打扰了您。”“哪里，”主人说道，“来客人总是高兴的事儿。”他冲雅克微笑。雅克干掉杯中酒。“您的父母留在边境那边啦？”“没有，那一带是禁区，附近就是封锁线[①]。可见您不了解我父亲。”他也一口喝下杯中酒，就好像一提起这话茬儿又来了兴致，他放声大笑，“他可是个老移殖民。老派儿的。您知道，是巴黎人辱骂的一类人。也确实，他一直那么严厉。六十岁的人了，细高个儿，干瘦干瘦的，像一个勤劳刻苦的清教徒。您明白，族长类型。他雇用的阿拉伯工人，都得给他卖苦力，不过，说句公道话，他的儿孙们也得出大力。因此，去年，必须撤离时，局面真是失控了，这个地区难以安生了，一定得枕着枪睡觉。拉斯齐尔农场遭到攻击的时候，您还记得吧？”“不记得了。”雅克回答。“忘不了，父亲和两个儿子被人抹了脖子，母亲和女儿长时间遭强奸，然后被打死了……总之……事情坏就坏在省长对聚集的农民说，必须重新考虑（殖民地）的问题、对待阿拉伯人的方式，这一页现在已经翻过去了。可是，我们家的老头子却扬言，谁也休想在他家里发号施令。可是，从那以后，他

---

① 指莫里斯封锁线，1957 年 9 月拉起来的通电铁丝网，封锁阿尔及利亚和突尼斯的边界，防止在突尼斯一侧训练营训练出来的阿尔及利亚解放阵线的战士从边境潜入。

就再也不开口了。夜间，他有时就爬起来出去。我母亲透过百叶窗观察，望见他在自己的田地走来走去。等撤离的命令一下达，他什么话也不讲。葡萄已经收完了，酒也装桶酿造了。他把酒桶打开放掉，然后又去盐水泉，当初他亲手改的水道，现在又改回来，让盐水径直流入他的田里。他还给拖拉机安上深耕犁铧，自己光着脑袋，握着方向盘，一言不发，整整干了三天，整个农场的葡萄连根翻出来。想想看，一个干瘦的老人，在拖拉机上颠簸，当犁铧被特别粗的葡萄藤挂住时，他就猛推加速杆，该吃饭了甚至都不停下来。我母亲就给他送去面包、奶酪和辣味香肠，他大嚼大咽，像他做任何事情那样，扔掉最后的硬面包头，又抓紧干起来。这一切，从一出太阳就开始，一眼也不望望天边的高山，也不看闻讯起来的阿拉伯人。那些阿拉伯人站在远处，望着他毁掉葡萄园，都同样默默无语。一名年轻的上尉，不知接到谁的通知，赶来要求他做出解释，他就对上尉说：'年轻人，我们在这里的所作所为，既然是种罪过，那就必须清除掉。'等这一切全干完了，他就回到农舍，穿过院子时，满地都是从桶里放出的葡萄酒，他开始收拾行李。阿拉伯工人都在院子里等着他。（也有一支巡逻队，是上尉派来的，不大清楚为什么，带队的是一名和气的中尉，等待着命令。）'老板，接下来怎么办呢？''我若是您的话，'老人说道，'我就进丛林打游击去。他们要取胜了。法兰西没有男子汉了。'"

农场主笑起来："嗯，说话直筒筒的！"

"他们跟您在一起的吗？"

"不。他再也不愿意听人提起阿尔及利亚了。他在马赛，住进一套现代的公寓房里。妈妈写信告诉我，他在自己的房间里兜圈子。"

"那您呢？"

"唔，我嘛，我留下来，坚持到底。不管发生什么情况，我也要留在这儿。家里人我都打发到阿尔及尔了，要死我也死在这儿。巴黎那里的人不理解这一点。您知道除了我们，唯一能理解这一点的是什么人吗?”

“阿拉伯人。”

“完全正确。人生来就能相互理解。我们再怎么愚蠢,再怎么粗野,但是同样流着男子汉的血。还会相互残杀一阵,还会相互阉割,相互稍微折磨折磨。然后。人与人之间,重又开始共处了。这地方就是要这样。再来点儿茴香酒?”

“少来一点儿。”雅克说道。

片刻之后,他们走出农舍。雅克问这地方还有谁可能认识他父母。可是,韦亚尔却认为,除了曾给他接生,如今就地在索尔弗里诺退休的老医生之外,就再也找不出第二个人了。圣·阿波特尔垦区两次易手,在垦区干过活儿的阿拉伯工人,许多死于两次大战中,也出生了许多人。“这里全变了,”韦亚尔重复道,“变得很快,非常快,随即就被人忘却了。”然后,很可能老塔姆扎尔……圣·阿波特尔的一座农场看管人,1913 年,他二十来岁。不管怎么说,雅克总可以看看他出生的地方。

这个地区除了北面,远处三面群山环绕,正午暑热熏蒸,山峦轮廓模糊,宛如巨大的岩石,而山峦的豁口弥漫着明亮的雾气。从前的沼泽地,如今的塞布兹平原,在热得泛白的天空下,向北一直延展到海边的葡萄园,那一排排齐整的葡萄,因用硫酸铜杀菌而叶子发蓝,葡萄珠串也已经变黑,葡萄园之间时而有一排柏树或桉树灌木林相隔,树荫遮蔽着一些房舍。二人沿着农场一条小路走去,每踏一步,都会溅起红色的尘土。他们面前一直到山峦,这空间在不断抖动,太阳也嗡嗡作响。他们走到一簇梧桐树丛后面的小房屋,已是满身大汗了。一只看不见的狗,狂吠着迎接他们。

小房屋相当破旧,桑木房门紧紧关闭。韦亚尔上前敲门。汪汪的狗吠声倍加凶猛,好似来自房屋后面封闭的小院。可是,房里没有人的动静。“这就是所谓的信任。”农场主说道,“他们在家。但是他们还在等待。”

“塔姆扎尔,”他嚷道,“是韦亚尔。”

“半年前，有人来找他那女婿，是要了解他女婿是否向游击队基地提供物资。后来再也没有他的消息。一个月前，有人告诉塔姆扎尔，大概他想要潜逃，结果被打死了。”

“哦，”雅克问道，“他向游击队基地提供物资？”

“也许有其事，也许莫须有。有什么办法呢，这就是战争。不过，这也就好解释了，在好客的地方，为什么迟迟敲不开门。”

正说着，房门打开了。塔姆扎尔，小个子，满头（白）发，戴一顶宽檐儿草帽，穿一身打了补丁的蓝色工装裤，他冲韦亚尔微笑，看了看雅克。“是朋友。他在此地出生。”“请进，”塔姆扎尔说道，“进去喝茶。”

塔姆扎尔什么也不记得了。对，有可能，他听一位叔父说起过，有个经营者待了几个月，那是战后的事儿了。“是战前。”雅克说道。或许是战前，有可能，他那时很年轻。他那位父亲，后来怎么样啦？在战争中被打死了。“这就是命啊，”塔姆扎尔说道，“不过，战争就是不好。”“可是，战争连年不断。然而，人又很快习惯了和平，于是就认为，和平是正常的。不然，战争才是正常的①。”“在战争中，人都发了疯。”塔姆扎尔说着，走过去从一个女人手上接过茶盘。那女人站在另一间屋里，头扭过去了。他们喝了滚热的茶，道了谢。重又踏上晒得更热的小路，穿过葡萄园。“我要坐我那辆出租车回索尔弗里诺，”雅克说道，“医生邀请我吃午饭。”“我也去凑热闹。等一等，我去拿些吃的来。”

晚些时候，在返回阿尔及尔的飞机上，雅克试图理一理他收集到的情况。老实说，情况就那么一点点，而且没有一条直接关系到他父亲。说来也怪，夜色，似乎从大地冉冉升起，其速度几乎是可以测量的，最终吞噬了飞机，而飞机径直飞行，非常平稳，犹如一颗螺丝钉，一直钻进浓厚的夜色中。黑暗又增添了一层不适，雅克感到自身受飞机和黑暗双重禁锢了，呼吸都有些困难。他又看到了

---

① 进一步阐述。

户籍簿和两个证人的名字，是地道的法国人姓名，如巴黎路牌上能见到的那样。老医生向他讲述了他父亲到达当地，以及他出生的情景，然后又告诉他，那是两个商人，是第一批到索尔弗里诺的定居者，他们同意给他父亲帮忙，为他的出生做证，他们的姓名具有巴黎郊区人的特点，不错，是有点儿怪，因为索尔弗里诺是1848年革命党人[①]兴建起来的。“是啊，”韦亚尔也说，“我的曾祖父母就是革命党人。正因为如此，我们家的老爷子也是一颗革命种子。”他还具体说明，最早到达的祖先当中，他的曾祖父是巴黎圣德尼区的木匠，曾祖母是洗衣女工。当年，巴黎居民大量失业，社会动荡，制宪会议就投票通过决议，拨款五千万法郎，派出一大批移殖民，许诺向每人提供一处住房、二至十公顷土地。“您想想看，当时有多少应征者，超过上千人。所有人都梦想乐土，尤其是男人。女人嘛，总是害怕陌生的事物。男人则不然。他们闹了一场革命，总不能一无所获。这好有一比，就如同相信圣诞老人。在他们看来，圣诞老人披一件阿拉伯呢斗篷。果然！他们得到了他们的圣诞礼物。1848年，他们出发了；1854年第一栋房屋建起来。而在那期间……”

雅克呼吸现在顺畅些了。起初弥漫的黑暗沉淀下来，如同大潮退去，留下了一片星云，现在是繁星满天了。唯独下面的发动机震耳欲聋的嗡嗡声，还搅得他头晕。他试着回想那个卖角豆树果和草料的老商人，老人认识他父亲，还有些模糊的印象，反反复复讲：“不爱说话，他不爱说话。”可是，噪声吵得他头昏脑涨，使他陷入麻木不仁的状态，怎么也无法回想，也无法想象他父亲，如何消失在这片辽阔而敌对的国度，如何融入这座村庄和这片平原匿名的历史中。在老医生家里谈话的一些细节，以医生所讲驳船运送巴黎移殖民到索尔弗里诺的同样速度，又一齐缓缓进入他的脑海。同样速度，当时没有火车，不对，不对，有火车，只通到里昂。于是，

---

① 1848年2月22至24日，巴黎爆发革命运动，导致路易－菲利普国王退位，宣布成立法兰西第二共和国。这场革命运动震动了全欧洲。

六只驳船由马匹拉纤，在《马赛曲》和《出征之歌》，当然由市府管乐队演奏的乐声中，还接受了神父在塞纳河岸上的祈祷祝福，而河岸飘扬着的旗帜上，还绣着尚不存在的村庄的名字，只待船上的乘客满心欢喜地去创建。驳船已经漂流，巴黎向后滑去，变得模糊，即将消失了，让上帝保佑你们的事业吧，即使革命中巷战的那些坚定者，那些硬汉，此刻都沉默了，心情沉重了，他们心惊胆战的妻子还完全依赖他们的力量，在底舱不得不躺在窸窣作响的草垫上，看着和自己脑袋齐平的脏水流。首先，女人还有脱衣服的问题，她们联手拉着床单遮起来。在整个过程中，他父亲在哪儿呢？哪儿都没有。然而，一百年前，那些拉纤的驳船，行驶在秋末的运河上，又沿着落满枯叶的江河漂流一个月，在灰蒙蒙的天空下，两岸所见只有光秃秃的榛树和柳树。每到一座城市，都受到官方铜管乐队的热烈欢迎，再新上来一批人，向一个陌生的地方迁徙。这一切比起他去寻觅那些老人杂乱无章的记忆来，让他了解圣－布里厄那个年轻逝者的情况要多得多。发动机现在变速了。下面那些黑黝黝的形体，那些支离破碎而锋利的夜的块状，便是卡比利亚①，这个国度最野蛮、最血腥的部分，长久野蛮和血腥，而一百年前，1848年的那些工人，就拥挤在一艘军舰上，正是向这个地区进发。“是猎犬号，”老医生说道，“这就是军舰的名号，您想象一下，猎犬，扑向蚊虫和太阳。”不管怎样，“猎犬号”螺旋桨所有叶片飞旋，击打着冰冷的海水，迎着密史脱拉风掀起的惊涛骇浪，而甲板被北极风扫荡了五天五夜，远征者们都躲进底舱。船晕得要死，止不住呕吐，也顾不得吐到谁身上，真是生不如死。直到驶抵波尼港，全体居民都来到码头，在音乐声中欢迎这些脸色发绿的冒险者，不远万里，从欧洲的首都出发，携着妻子儿女，带着家具来到这里，漂泊了五个星期，脚步踉踉跄跄，踏上这片远处发蓝的大地，惴惴不安地嗅到怪异的气味，混杂着粪肥、香料和（一个无法辨认的词）的气味。

---

① 卡比利亚是阿尔及利亚东北部地区。——译者注

雅克在座椅上转了个身，他处于半睡眠状态。他看到了从未见过，甚至不知其身高的父亲，看见他在波尼码头众多的移民中间，这时，复滑车正从船上卸下航行中幸存的简陋家具，又爆发起争吵声，抱怨遗失了家具。他站在那里，神态坚决，脸色凝重，紧紧咬着牙关，归根结底，他还不是走的同一条路吗？四十年前，在同样秋季的天空下，乘坐马车，从波尼赶往索尔弗里诺吗？然而，当初移民到来的时候，根本就没有路，妇女和孩子们都胡乱挤在军队的辎重车上，男人步行，大约莫抄着近道，穿越大片沼泽地和荆棘灌木丛。不时有聚集的阿拉伯人投来敌视的目光，他们远远望着，身边总带一群卡比尔[①]狗。一直到傍晚，他们才抵达他父亲四十年前所到的地方，一马平川，山峦远远环绕，没有一户人家，也没有一块耕地，只有为数不多的土黄色军帐篷，四周光秃秃的，无非一片荒漠，真是天荒地险。在他们看来，到了世界的尽头。黑夜里，女人都痛哭流涕，因为劳累，因为恐惧，也因为失望。

同样是夜晚，来到敌对的穷乡僻壤，同样是男子汉，接下来，接下来……噢！雅克不知道自己的父亲如何，但是其他人，恐怕是同样境遇。在嘿嘿笑的士兵面前，还得打起精神，住进帐篷里。房屋嘛，以后会有的，大家动手建起来，然后就分土地，劳作，神圣的劳动能拯救一切。“还不能说干就干……”韦亚尔说道。下雨了，阿尔及利亚下起雨来，又大又猛，下起来没完，一连下了八天。塞布兹河水漫溢了，帐篷周围成了沼泽地，大家都出不去了，兄弟对头全都拥挤杂居在肮脏的大帐篷里，而篷布噼啪作响，无休无止受到暴雨的击打。他们还为了排除臊臭味，就割来空心芦苇，从帐篷里撒尿能流到外面。等雨一停，果然动手干起来，在木匠的指挥下，开始搭建简易棚屋。

“啊！那些人真有勇气，”韦亚尔笑道，“春天，他们就建起了一间间小棚屋，接着，他们当然也躲避不了霍乱。听我家老爷子

---

① 卡比利亚地区居民称卡比尔人，也指在阿尔及利亚的柏柏尔人。——译者注

说，我那位木匠曾祖父，就丧失了女儿和妻子，当初计议这次远行，她们犹豫是有道理的。”“就是嘛，”老医生说道，他坐不住，总是走来走去，裹着绑腿，腰板始终那么挺直而得意扬扬，“每天都得死掉十来个人。天气热得早。棚屋跟蒸笼似的。而且谈不上卫生，对不对呀？总之，每天总得死十来个人。”他那些同行军医，应付不了局面了。好奇怪的同行，所有的药都用光了。于是，他们想出了个主意，要用跳舞的方式活血。就这样，那些移殖民，每天干完活儿之后，夜晚在埋葬死人的间歇，就伴着小提琴的乐曲跳舞。还别说，这主意不赖。那些勇敢的人跳得身子发热，能排泄的都随着汗排出来了，传染病也就止步了。“这主意，不挖空心思还真难想出来。”对，是个好主意。夜晚潮湿闷热，生涩的小提琴手，就坐在患者睡觉的棚屋之间的木箱上，身边挂着一盏灯笼，引来嗡嗡鸣叫的蚊虫，而身穿长袍布衣的征服者们就手舞足蹈，围着熊熊燃烧的荆棘大篝火，一个劲儿地出汗。同时在营地四周布置了岗哨，保卫被围困在这里的人，防备黑鬃毛狮子、牧畜的盗贼、阿拉伯匪帮，有时还得防备法国其他垦区的人为寻开心或者掠夺物品。后来，终于分配了土地，非常零散，又远离棚屋村。再后来，村庄建成了，还垒起土围墙。然而，垦殖者死去了三分之二，这与整个阿尔及利亚的情况相同，连镐和犁都没来得及碰一碰。余下的人在田地里，仍不失巴黎人的范儿，头戴高筒大礼帽，肩背长枪，嘴上叼着烟斗。当地只允许抽带盖的烟斗，绝不准抽卷烟，是防火灾。兜里总揣着奎宁片，奎宁是当作日常消费品在波尼各家咖啡馆、在蒙多维的食堂都有售，为了您的健康，身边还有他们穿绸裙的妻子陪伴。但是总背着枪，周围还有士兵守卫，即使到塞布兹河洗衣服，也得有士兵护卫，而从前她们在巴黎档案馆街洗衣处时，边干活还能和和气气地交际。就是村庄本身，夜间也常遭袭击。例如1851年，在一场暴动中，有数百名身披阿拉伯呢斗篷的骑手，绕着村子的围墙兜圈子，最后发现被围者对着他们支起炉筒佯装的大炮时，才总算纷纷逃离。在敌对的国度建设与劳动，而敌方拒绝占领，有机可乘就要报复。在飞机起飞而现在又要降落的时候，为什么雅克想到他母亲呢？脑海里又浮现那辆陷在波尼路上泥坑的马车，移殖民留下一名孕妇去寻求帮助，回来时却看到女人肚子被剖开，乳房被割掉。“这就是战争。”韦亚尔说道。“平心而论，”老医生则补充道，“也曾经把他们一家老小封死在洞穴里①，当然，他们也曾经阉割了第一批来的柏柏尔人，而那些柏柏尔人也……这样，就追溯到第一个犯罪的人，您知道，他就叫该隐②，从那以后，便有了战争，人实在残忍，尤其在烈日下。”

吃过午饭，他们穿过村子。这座村庄类似于全地区数百个村庄，由数百幢小房舍组成，都是19世纪末的小市民居建筑风格，分布在几条街面上，每条街道都同一栋大楼，如合作社、农业信用社或节庆大厅形成直角，而所有街道又都趋向同一点：一个用金属框架建造的音乐亭，好似旋转木马游乐场，或者一个地铁大站的入口。多年来，乡政乐队或军乐队，庆祝节日都在这里举办音乐会。身穿节日盛装的夫妇，在暑热和飞扬的尘土中，边剥着吃花生，边绕着圈儿散步。今天正是星期天，不过，军队心理研究部门在音乐亭上安装了扩音器，现在聚集的大部分是阿拉伯人了。但是，他们并不绕着广场转悠，而是站在原地不动，倾听着插入讲话的阿拉伯音乐。人群中的法国人彼此相像，神色沉郁，思虑未来，一如当初乘坐“猎犬号”来到这里的人，也像踏上别处土地的那些人，都处于同样境况，遭遇同样的痛苦，要逃避穷困或迫害，又遇上痛苦和岩石。从马翁来的那些西班牙人就是如此，雅克的母亲就是他们的后裔。那些阿尔萨斯人也同样，1871年，他们拒绝德国人的统治，选择回到法国。当局就把1871年被杀被关押的暴乱分子的土地分配给他们，拒绝外国统治的人，接受了造反者留下的烫人的位

① 指1844—1845年，法国远征军采取烟熏的办法，在洞穴口点起烟火，逼使逃进洞里的阿拉伯人出来，而阿拉伯人情愿窒息而死。

② 据《圣经·旧约》，该隐是亚当和夏娃的长子，因耶和华欣赏他兄弟亚伯及其供物，他出于嫉妒杀害兄弟。——译者注

子，既是受害者又是迫害者，雅克的父亲就是他们的后代。四十年后，他父亲来到这地方，神情同样沉郁，同样倔强，完全转向未来，如同不喜欢或者否认过去的那类人。他同样是一个移民，如同所有在这里生活和曾经生活过的人，没有留下什么痕迹，唯有殖民者小小墓地上那些破损发绿的石碑，正如韦亚尔告辞之后，雅克和老医生去参观的那块墓地。一方面是最时髦的殡葬，新型而丑陋的构造，同时大大增添了跳蚤市场和珍珠市场的小玩意儿，当代人虔敬丧失殆尽；另一方面，在古老的柏树下面，在落满松针柏果的小径之间，或者靠近潮湿的墙壁，而墙根长出开小黄花的浆草，那些旧墓石板几乎与土混同，已经辨认不清了。

一个多世纪以来，成批成批的人来到这里，开垦，耕耘。有些地方越犁越深，另一些地方却越折腾越浅，最后地面只剩下一层薄土，结果整个地区又荒草丛生了，而他们生儿育女，随后也消逝了。他们的子孙也无非如此。那些人的子子孙孙，也同他本人一样，曾经在这片土地上生存过，没有过去，没有伦理，也没有教导，没有宗教，但是乐得如此生存，乐得生活在阳光之中，面对黑夜和死亡而惶惶不安。所有这几代人，所有这些来自多少不同国家的人，在这已经预示暮色的灿烂天空下，没有留下痕迹就消失了，自生自灭。他们已经完全湮没无闻了。实际上，这正是这片土地的功能，这是随着夜幕从天而降的。而这三个人又走上村子的道路，看到夜色逼近而心情紧张，充满了惶恐。当暮色飞速地降临海面，降临起伏的高山和高原，这种极度的惶恐，就会占据非洲所有男人的心，也正是同样的极度惶恐，夜晚在德尔斐城①腰制造了同样效果，建造起了神庙和祭坛。然而，在非洲的大地上，神庙已然拆毁了，仅仅剩下这份难以承受的温馨重重压在心头。是的，如同他们逝去！如同他们还要逝去！悄然离开，抛却世间万物，如同他父亲，死于一场不可思议的悲剧中，远离他出生的故乡，过了完全不能自主的

---

① 德尔斐城，古希腊名城，坐落在帕尔那索斯山的西南坡上，建有阿波罗等神庙。

一生，从孤儿院开始，中间经过不可避免的婚姻，直到受伤死在医院，围绕着他，由不得他构建的一生，直到战争夺走他的生命，埋葬了他，从此永远成为他家人和儿子的陌路人，他也皈依了无边的遗忘。遗忘便是他这类男人的最终家园，是始于无根的一种生命的归宿。在那个时期的图书馆，有多少回忆录就是记述这个国家殖民地上找到的孩子，是啊，这里全都是找到而又失去的孩子，他们建起了短命的城池，然后死去，他们自身和在别人心中永远死去了。就好像人类的历史，这部不停地行进在其最古老的土地上留下极少印迹的历史，在不落的太阳的烧灼下，连同真正创造它的人们的记忆一起蒸发了，仅仅浓缩为暴力和杀戮的肆虐，仇恨的熊熊烈焰，急速涨满又急速干涸的鲜血湍流，犹如这个地方的季节河。现在，夜色从地面冉冉升起，开始淹没一切，逝去者和活着的人，在亘古永在的奇妙天空下。不，恐怕他永远也难了解他父亲，父亲继续长眠在那里，面容永远消失在灰烬中。这个人身上有其神秘性，这种神秘他很想洞悉。可是到末了，也只有这层穷困的秘密。是穷困造就了无名无姓也没有身世的人，又把他们打回默默无闻的芸芸死者，他们创建了世界，自身却分解，永世消失了。要知道，这正是他父亲与“猎犬号”上那些人的共同之处。谢赫勒的马翁人、高原上的阿尔萨斯人，连同现在重又被无边沉寂笼罩的这座沙与海之间的巨大岛屿，这一切，也就是说，在血统层面上、勇气层面上、劳动层面上，在既残忍又令人同情的本能层面上，统统湮没无闻了。而他，想要摆脱这无名的国度，摆脱无名的人群和一个无名的家庭，但是他身上还有一个人，固执地不断求索，渴望弄清这种默默无闻与无名无姓。他也属于这个部落，此刻正盲目地行走在夜色中，身右侧并行着气喘吁吁的老医生，倾听着广场上传来的一阵阵音乐，眼前又浮现音乐亭周围阿拉伯人深不可测的冷峻面容、韦亚尔那张倔强的脸和笑声，也怀着令他揪心的一种柔情和忧伤，重又看见那次爆炸时，母亲那张绝望无助的脸庞。在岁月之夜中行走在遗忘的土地上，这里每个都是第一人，而他本身，没有父亲，不得不独自成长，从未经历过父亲呼唤儿子，等他长到懂事的年龄好对他讲述家庭秘密的时刻，或者讲述往昔的艰辛、他本人的生活经验。而这样的时刻，即使可笑而讨厌的波罗尼乌斯，在对拉厄耳忒斯[①]讲起时，也一下子变得高大了。可是他，长到十六岁，继而长到二十岁，却没有任何人给他讲解，他必须独自学习，独自成长，增长力量，增强能力，独自找到他的道德和他的真谛，最终诞生为一个男子汉，为以后更为艰难的诞生，即开始关心其他男人，关心女人，就像所有在这地方出生的男人一样，有一个算一个，都试图学会没有根基、没有信仰地生活。而如今他们全算上，无不有可能最终成为无名者，丧失其经过这片土地的唯一神圣的印迹。墓地上夜色现在重又笼罩那些无法辨认的墓盖石板，应该教会他们关心别人，关心现在被排除掉的那些征服者群体，那些先行的前辈，现在他们应该承认，与那些征服者同一种族，同一命运。

飞机现在向阿尔及尔降落。雅克想到圣－布里厄的那座小墓园，士兵们的坟墓比蒙多维的坟墓维护要好些。在我[②]心中，地中海隔开了两个世界：一个世界在有限的地域，前尘往事和姓名都保存下来；而另一个世界，风沙在广袤的大地抹掉了人的踪迹。他曾力图逃脱湮没的命运，逃脱那种无知顽固的贫困生活，他不能生活在这种盲目忍耐的水平，不能这样直截了当，只顾眼前而毫无计划地生活。他跑遍了世界，曾感化、塑造、激发过人，他每天都忙得不可开交。然而，他现在从内心深处知道了，圣－布里厄及其象征，对他从来就不是毫无意义的，他想到他不久前离开的破旧、长了绿苔的坟墓，怀着一种奇特的喜悦，接受了这样的意念，死亡将他带回到他真正的祖国，并以其无限的遗忘，也覆盖了这个异乎寻常而又平凡的人的记忆。他孤立无援，在穷困中自强不息，成长创业，登上幸福之岸，以便随后在初晨的阳光下，没有记忆也没有信仰，独自进入那些人的世界，进入他的时代，以及他那可怕而又激情的历史。

---

① 荷马史诗《奥德赛》中希腊英雄奥德修斯的父亲。

② 这里加缪使用了第一人称，应是无意为之。——本版编者注

# 第二部　儿子或第一人

# 一　中学

当时[①],那年的 10 月 1 日,雅克·科尔梅里[②],脚穿一双肥大的新鞋颇不自然,浆过的衬衣穿在身上也显得拘板,肩挎书包还散发着油漆和皮子的气味,他与皮埃尔结伴,站在有轨电车前头,看见身边的司机将操纵杆拉到一挡,沉重的机车便驶离贝尔库尔车站。雅克回过身,想瞧瞧站在几米远的母亲和外婆,她们还俯在窗户上,在车子启动驶向那神秘的中学时再目送一程,可是,他看不见她们,视线让邻座看的《阿尔及利亚快讯》[③]内页给挡住了。于是,他身子又转向前方,看着一段段被车头吞下去的钢轨,而头顶的电缆线在清爽的晨风中颤动,现在离开家,心头有些发紧,除了屈指可数的几次远游(当时进城时,就说"去阿尔及尔"),他就从未真正离开过这个老社区。电车终于越驶越快,尽管有几乎贴着他的发小皮埃尔的肩膀,他还是有一种不安的孤独感,走向一个陌生的世界,不知道该去如何应对。

其实,谁也不可能指导他们,他和皮埃尔很快就发现他们孤立无援。即便是他们不敢去打扰的贝尔纳尔先生,也不了解那所中学,不可能给他们任何指点。他们家里人更是一无所知了。就说雅克全家人,譬如拉丁语这个词,对他们来说就毫无意义。(原始兽性时期,他们倒可想象,此外)还曾有过无人讲法语的时期,曾有过一些文明(这个词本身对他们就毫无意义)相承继往,习俗和语言又如

① 从入学开始,抑或先写离校,再依顺序讲述,还可以先描述异乎寻常的成年时期,然后再回述离开中学时期,直至患病。

② 描述孩子的外貌。

③ 右派观点的法文日报,面向公众,1885 年创刊,1948 年《快讯》因清洗而停止出版。

此殊异，这些历史事实，根本就没有抵达他们的视听。无论图像，还是读物，无论口头新闻，还是从闲谈中产生的肤浅的文化知识，都没有进入他们的生活。这个家庭没有报纸，直到雅克带回书之前，也没有书籍，也没有收音机，只有平时常用的物品，接待的全是家里的亲戚，极少出门，相见的也总是这个无知家族的成员。雅克从中学带回来的课堂知识，他们都听不懂，他和家人之间越来越无话可说了。到了中学，他也不能谈论自己的家庭，感到有其特殊性，即使能战胜难以克服的缄口不谈的羞耻感，自己也恐难表达清楚。

他们的孤独感，还不是社会阶层的差异所致。在这个移民国家，有人暴富，也有轰动一时的破产，阶层之间的界限，远非种族差异那么明显。孩子若是阿拉伯人，他们的感受会更加痛切，更加苦涩。而且，他们念社区小学时就有阿拉伯同学，但阿拉伯中学生则属例外，都是显贵富家子弟。不，他们感到隔阂的，体现在雅克身上比皮埃尔尤甚，因为这种特殊性在他家比在皮埃尔家更为突出，这就是不可能把他的家庭归附于传统价值或陈词滥调。在学年初的询问中，他当然可以回答，他父亲死于战争，这大体上算是一种社会身份，他是国家照顾的战争孤儿，这一点人人都明白。然而，涉及其他的事儿，就出现难题了。在发给他们的表格中，“父母职业”一栏，他就不知道如何填写。他起初填上“家庭妇女”，而皮埃尔则写的是“邮电局职员”。皮埃尔就告诉他，家庭妇女不是一种职业，而是指一位妇女看管家，做家务事。“不，”雅克说道，“她还做别人的家务，特别是到对门那家服装用品商店。”“那么，”皮埃尔犹豫了，说道，“我想，那就应该填用人。”雅克从未产生过这种念头，原因很简单，这个词极少用，在他家里从来没有人讲过；还有一条理由，他们家就没人觉得她是为别人干活，她干活首先是为她两个孩子。雅克写上这个词，停下手，一下子，一下子（原文如此）感到羞耻，并为萌生这种羞耻而感到羞耻。

一个孩子本身无足轻重，代表孩子的是他的父母。孩子要通过父母给自己定位，从而在世人眼里定了位。雅克感到，自己要通过父母，才能真正得到评价，也就是说，如何评价不能靠自己的努力，而他刚刚发现的，正是这种世人的评价，随同这种评价，他也自行评价自己的不好心态。那时他还不可能知道，人长大之后，没有这种羞耻感，正是缺少德能的表现。因为，评价一个人的好坏，主要看其本人，家庭因素占比例极小，甚至会出现这种情况，反以长大成人的孩子评价其家庭了。不过，雅克刚刚发现这一点，还真得有一颗奇勇的纯洁之心，才不至于感到痛苦；同样，也必须有一种难以想象的忍辱精神，才不至于以狂怒和愧恨，接受向他揭示他的天性的这种痛楚。这一切都谈不上，在这种情况下，至少还有刚强而负气的骄傲相助，让他以坚定的笔触，在表格上填写“用人”，并且面无表情，交给了辅导老师，而那位老师也并不留意。此外，雅克毫不渴望改变身份乃至家庭，他母亲原本原样，始终是他在世上最爱的人，哪管是不顾一切地去爱她。再者，如何才能让人明白，一个穷孩子有时可以感到羞愧，却绝无羡慕之心呢？

还遇到一种情况，问到他的宗教信仰时，他回答：“天主教徒。”又问他要不要注册上教理课时，他回想起外婆的担心，就回答不注册。辅导老师是个冷面滑稽的人，说道：“总之，你是一个不遵循教规的天主教徒。”雅克根本无法解释他家庭发生的情况，也不能讲他家人对待宗教的特殊方式。于是，他坚定地回答：“是的。”惹得全班笑起来，这也为他赢得了任性妄为的名声，其实，那正是他无所适从的时候。

还有一天，语文老师拿来一份关于校内管理的印刷材料，发给学生，要求带回家由家长签字。材料列举了严禁学生带入校内的物品，从武器到扑克牌，一直到画报等，措辞特别讲究，雅克只得用直白的话概括一下，告诉他母亲和外婆。唯独母亲还能在材料下角，签上一个粗体大字的名字①。丈夫去世后，她每个季度要去领取战争寡妇抚恤金，国库的管理部门——不过，卡特琳·科尔梅里

① 提醒。

只说是去国库,这对她来说,只是个没有意义的专有名词,反而让孩子们产生一个念头,认为那是神话的地方,有取之不尽的金钱,他们母亲每隔一段时间,就可以取来一小笔钱——每次都要求她签字,一位邻居便教她,起初很费劲,终于教会她照着样子写出“Vve Camus[①]”,临场好歹能写出来,也被接受了。然而,第二天早晨,雅克发现,母亲出门比他早得多,要去打扫一家早早开门的商铺,临走忘记给学校规章签字了。外婆不会签名。她记账就用画圈的办法,画一个或者两个圈,代表个位数、十位数或百位数。雅克只好把未签字的材料带回学校,说他母亲忘记了,等老师问起他家里是不是再也没人能签名,他就回答说没有,从老师惊讶的神情他发现,这情况并不像他此前以为的那么平常。

更为令他困惑不解的是那些法国本土的少年,他们是因为父亲工作的调动,偶然来到阿尔及尔的。最引发他深思的是乔治·迪迪埃[②],共同喜爱法文课和阅读课把他和雅克拉近,直至结成一种非常亲密的友谊关系,甚至引起皮埃尔的嫉妒。迪迪埃的父亲是军官,天主教徒,恪守教规,母亲“做音乐”,姐姐(雅克从未见过,不免产生美妙幻想)会刺绣,而迪迪埃的志向,据他自己讲,是要进教会任职。他极聪颖,在信仰和道德问题上,他坚定不移,绝不退让。从未听他讲过一句粗话,也不像其他孩子那样,影射生理功能或生育功能方面的事儿,而其他孩子津津乐道,其实在他们的思想上,并不像他们想要说的那么明确。等他们结成友谊了,迪迪埃试图要求雅克的第一件事,就是他不要再讲粗话。和迪迪埃在一起,雅克不难做到。可是,一进入其他人群里,就很容易又满口粗话了。(他那多重的天性已经显现出来,这样做起许多事情就方便得多,也能讲各个阶层的语言,适应各种群体,并且扮演各种角色,除了……)正是跟迪迪埃交往,雅克才明白什么是法国中产家庭。他的朋友在法国有一座住宅,假期就回去,他常对雅克说起,

---

① 加缪忘记使用科尔梅里的姓氏了。

② 在他逝世后重又发现他。

也总在信中向雅克描述,家里有一间阁楼,存放满了旧箱子,箱子里收藏着家庭书信、纪念物、照片。他了解自己祖父母、曾祖父母的经历,还了解一位先祖曾作为水手,参加过特拉法加尔海战①。漫长的家族史,在他的想象中栩栩如生,为他每天的行为提供了榜样和告诫。“我祖父说过……爸爸要求……”他这样解释他严格要求、极端纯洁的缘由。他每提起法兰西,总说“我们的祖国”,随时准备为祖国的需要而做出牺牲(“你父亲是为祖国阵亡的……”他对雅克说),而祖国这种概念,对雅克来说空洞而无意义,他知道自己是法国人,这便带来一系列的义务,然而对他而言,法兰西,是人们依靠的一个虚位,可是又不时需要你,有点儿像他在外面听人谈起的那位上帝所为,上帝似乎是主宰,掌握善与恶,至高无上,绝不受世人影响,反而完全能摆布人的命运。雅克的这种感觉,比在家里和他一起生活的妇女还要强烈。“妈妈,什么是祖国啊②?”有一天他问道。母亲的神色有点儿惊慌,像每次碰到她不懂的事那样。“我不知道。”她回答。“是法国。”“哦!对。”她这才似乎松了口气。反之,迪迪埃却了然于胸,世世代代的家庭,对于他是根深蒂固的存在。对他出生的国家也如此,熟知其历史,他说起圣女贞德就直呼其名雅娜。同样,善与恶在他看来都确定无疑,正如他现在与将来的命运。雅克、皮埃尔也一样,只是程度轻些——感到自己属于另类:没有过去,没有老宅,没有塞满书信和照片的阁楼,一个模糊不清的国家理论上的公民,只知那里积雪覆盖房顶,而他们一直是在野蛮的太阳下长大,仅有最起码的道德观念,例如教导他们不能偷窃,要求他们保护母亲和妇女,但是涉及妇女,涉及同上层人物的关系的许多问题等,却又是空白……总之,上帝不知晓的无知的孩子,无法构想未来生活,因为在太阳、大海或者贫穷这些漫不经心的神灵保护下,每天眼前的生活,在他们看来就取之不尽

① 特拉法加尔海战,发生在1805年10月21日,英国海军对法国和西班牙联合舰队取得决定性胜利。——译者注

② 1940年发现祖国。

了。其实,雅克如此深深依恋迪迪埃,无疑是因为这个孩子的心钟情于绝对,完全忠诚于自己的酷爱(忠诚这个词,雅克读过不知有多少遍,第一次听人讲出来,就出自迪迪埃之口),也因为他有一种迷人的温情,当然还由于在雅克眼里他那么古怪,他的魅力,对雅克就纯粹变成异国风情了,这深深吸引他,尤其后来,雅克长大成人,更是感到外国女人对他具有不可抗拒的吸引力。迪迪埃这样家庭、传统和宗教的孩子,其魅力在雅克看来,不亚于那些冒险家,从热带地区回来晒黑了皮肤,浑身染上了奇异的、不可思议的神秘色彩。

不过,卡比利亚牧童在太阳啃光剥秃的山上放牧,望见鹳群飞过,便遐想这群鸟长途旅行,从北方飞到这里,一整天都可以想象那个北方,傍晚回到长满乳香黄连木的山丘上的家,仍然面对穿长袍的家人、简陋的茅屋,这是他无根生长的地方。资产阶级传统犹如奇异的春药[①],雅克尽可以受迷惑,但实际上,他还是最贴近最像他的人,也就是皮埃尔。每天早晨六点一刻(除了星期日和星期四),雅克大跨步冲下自家楼梯,无论是潮湿闷热的季节,还是冬季把他的披风吹成海绵状的暴风雨中,他都照样奔跑,从喷泉那里拐进皮埃尔家那条街,一直跑个不停,冲上三楼,轻轻地敲门。皮埃尔的母亲,一位落落大方的漂亮女人给他开门。进门便是家具简陋的餐室,餐室里端两侧各有一扇门,通两个房间,一间由皮埃尔和母亲同住,另一间住着他两个舅舅,极好的铁路工人,不爱说话,但总是满面笑容。餐室右侧有个小间,不通风也不透亮,用作厨房和卫生间。皮埃尔总不守时,他坐在铺着漆布的餐桌前,如果是冬天还点着煤油灯,双手捧着棕色陶瓷大碗,尽量避免烫着,又急着喝母亲刚给他烧的热牛奶咖啡。"吹一吹。"母亲说道。他吹着气,咂着嘴吮吸,而雅克瞧着他,身子的重心不时换到另一条腿上[②]。皮埃尔吃完了,还要去点亮蜡烛的厨房,洗碗池前已经摆好

---

① 加缪在空白边上画了个问号。

② 中学制帽。

一杯水，水杯上横放的牙刷上挤了一条专用牙膏，因为他患有牙槽脓漏。他穿上风衣，背起书包，再戴上制帽，全副武装去刷牙，既用力，刷的时间又长，然后声音响亮地吐进洗碗池里。药物牙膏和牛奶咖啡的混合气味儿，雅克闻着有点恶心，同时也实在等得不耐烦了，就给他点儿脸色看，随之也常有赌气的时候，而这也加固了友谊。赌气时就都不说话了，二人下楼来到街上，一直走到电车站也没个笑脸。还有时恰恰相反，他们笑着追逐，或者边跑边投掷一个书包，就像玩橄榄球似的。他们在站上等车，窥视着红色电车驶来，想弄清两三位司机中，他们这次乘坐的是哪一位开的车。

他们始终鄙视后两节车厢，总是往前挤，要一直挪到车头，但是这很难，车上挤满了进城上班的工人，而且，他们的书包也是个拖累。只要有乘客下车，他们就乘势往前蹭一蹭，最终挤到铁板和玻璃的隔板处，看见高高狭窄的变速箱，顶端有一个手柄，可四周平行移动，其间一个凸起的大钢卡槽为空挡，另外三个卡槽为逐渐加速挡，第五个卡槽则是倒车挡。只有司机可以动操纵杆。在他们上方贴着一张告示，禁止同司机说话。两个孩子敬重司机，把他们看成半人半神。他们身穿准军事制服，戴着牛皮硬帽檐的制帽，阿拉伯司机则例外，总戴着小圆帽。两个孩子能以貌辨司机。有一个“和善的矮个儿小司机”，那样子刚成年，肩膀还单弱；还有一头“棕熊”，阿拉伯人，又高又壮，粗眉大眼，总是目视前方；另一个“动物之友”，意大利老司机，黑脸膛，眼睛明亮，弓腰驼背，紧紧握着操纵杆，他的绰号是有来历的：他差不多要刹住车，以免轧死一条心不在焉的狗，有一次他干脆等一条狗大模大样，在铁轨之间拉屎；再就是“佐罗”，是一个傻大个儿，留着小胡子的那张脸，颇像道格拉斯·范朋克[①]。“动物之友”也同样是孩子的知心朋友，不过，他们无比钦佩的还是“棕熊”，他特别沉稳，端坐在驾驶座上，

① 道格拉斯·范朋克（1883—1939），美国电影演员，有骑士风度，表演自然真诚，身手又好，在20世纪20年代，人称“好莱坞之王”。主演过《佐罗的标记》（1920）、《三剑客》（1921）、《罗宾汉》（1922）、《巴格达之贼》（1924）、《训悍记》（1929）等。

开着隆隆响的电车快速前进，奇大的左手牢牢抓住操纵杆的木柄，只要可能，就立刻推到三挡，而右手十分警觉，放在变速箱右侧的大制动轮上，随时准备急刹车，用力摇几圈制动轮，同时左手挂到空挡，沉重的电车在钢轨上溜动。正是“棕熊”驾车时，到拐弯或道岔时不大减速，车顶上的引电杆往往掉线，引电杆用大螺旋弹簧固定在车顶，顶端有空心轮连接电缆绳。掉绳时，擦着电火花，噼啪直响，杆子直立起来。售票员跳下电车，抓住固定在杆子顶端的长绳，用尽全力拉绳子，最终克服大螺旋弹簧的阻力，将杆子拉低，再慢慢放高，在一串串电火花中，试着将杆顶空心轮重新切入电缆，长绳就自动卷回车头后身的铁箱里。两个孩子身子探出车窗，如果是冬天，就贴着窗玻璃压扁鼻子，观看操作的过程，一旦成功，他们就通告众人，好让司机知道，有没有违规跟他说话。然后，“棕熊”不畏众议，总是循规蹈矩，等着售票员拉住悬在电车尾部的绳子，再按响安装在前面的铃，他这才重新启动，还照样放手开快车。两个孩子又聚在车头，注视着由钢铁构成的路线，在他们的头顶和脚下飞驰，不管是阴雨天还是阳光明媚的早晨，只要高速行进的电车超过一辆马车，或者相反，同一辆呼哧呼哧奔跑的汽车并驾齐驱，他们就兴高采烈。渐行渐近市中心，电车每停一站，就下去一些阿拉伯工人和法国工人，也上来一些穿戴整洁的人，铃声一响，电车又启动前行，就这样从弧形城市的一端跑到另一端，直到猛的一下抵达港口，面临宽阔的海湾，极目望见天边蓝蓝的高山。再停三次，就是终点站了——市府广场，两个孩子下车。广场三面环绕着树木和建有拱廊的房舍，另一面冲着白色清真寺，以及后面的港口。奥尔良公爵[①]的跃马铜像，高高矗立在广场中央，在明亮的天空下，赫然覆盖一层铜锈，每逢坏天气，铜像淋着雨水，全身就变黑了（人们难免要传言，雕刻家因忘了马衔索而自杀了），马尾更是

---

① 奥尔良公爵（1810—1842），法国波旁王朝的亲王，法国国王路易-菲利普之子，1830年承袭奥尔良公爵的爵衔。原为军人，1834—1836年在阿尔及利亚服役，1839年再去阿尔及利亚，因劳累过度而死。

流水不止，注入雕像铁护栅中的小花坛里。整片广场都铺着亮晶晶的小块路石，而两个孩子跳下车，在铺路石上打着出溜，急速滑向巴巴苏恩街，沿街五分钟就到中学了。

巴巴苏恩街是一条狭窄的街道，两侧排列着由粗大的方柱支撑的拱廊，就更显得逼窄了，刚好够新设一条有轨电车线路，由另一家公司经营，连通这个街区和地势最高的城区。天气炎热的日子，湛蓝的天空如同灼热的盖子，罩住整条街道，拱廊下就是阴凉的好去处。到了雨天，这条街道又变成一条深沟，路石发亮而湿滑。沿着长廊全是店铺，一家连着一家。布匹批发店的店面涂成深色，而浅色的布匹在幽暗中发出柔和的亮光；食品杂货店则散发着丁香和咖啡的香味儿；阿拉伯人的小摊贩卖的糕点，流着油汁和蜂蜜；昏暗而幽深的咖啡馆，里面的大咖啡壶此刻正吱吱作响（晚上却是另一番景象：灯火通明，人声鼎沸，大批男人踏着撒在地板上的锯末，都往吧台挤，而吧台上摆着倒满乳白色饮料的杯子，以及许多茶碟，盛满了羽扇豆、鳀鱼、切好的芹菜、橄榄、炸薯条、花生米等小吃）；百货商店则是为游客开设的，出售难看的东方彩色玻璃饰品，都摆在平放的玻璃货柜里，而货柜周围立着旋转货架，摆放着各种明信片、彩色艳丽的摩尔式头巾。

长廊的中间地段，有一家这样的百货商店，店主是个胖男人，总坐在他的橱窗后面，无论是在暗影里还是在电灯光下，好大一堆，白不呲咧，一对金鱼眼睛，酷似掀起石头或者朽木头发现的那种大虫子，还有更绝的，他的头完全秃了。鉴于这种特征，中学生们给他起了绰号，叫“苍蝇溜冰场”“蚊子赛车场”，表明这个秃瓢太光滑，蚊蝇到上面奔驰，要拐弯都保持不了平衡。往往在傍晚，他们就像一群惊鸟，纷纷从这家商店门前跑过去，看着这个倒霉鬼，吼叫他的绰号，同时模仿臆想中苍蝇打滑发出的声音：“吱吱，吱吱，吱吱。”胖店主便斥骂他们，有一两次，他还不自量力，站起来试图追他们，但是不得不放弃了。面对起哄的吼叫和嘲笑声，猛然间，他沉默无语了。一连几个傍晚都没事儿，孩子们胆子越来越大，干脆跑到他鼻子底下叫嚷。不料一天傍晚，这个店主花钱雇的几个阿拉伯青年，突然从藏身的柱子后面冲出来，扑过去追赶这些孩子。那一次，多亏了腿脚特别麻利，雅克和皮埃尔才逃脱了惩罚。只是雅克后脑勺儿挨了一巴掌，方始醒过神儿来，飞速抛下了对手。不过，他们有两三个同学的脑袋和脸上，结结实实挨了好几巴掌。事后，学生们就密谋洗劫那家商店，打残那个店主，但事实上，他们的阴险计划并没有付诸行动，他们也不再迫害这个受气包了，而且改了习惯，乖乖地从对面的人行道上走过去。“大家都瘪茄子了。”雅克心酸地说道。“说到底，还是我们错了。”皮埃尔回答道。“我们是错了，我们也让拳头给吓住了。”后来，他再回忆起这段经历，就切实明白了，世人佯装遵纪守法，但实际上，从来只是向强力低头。①

巴巴苏恩街中段拓宽了，拆掉一侧的拱廊，以便建造圣维多利亚教堂。这座小教堂建在一座旧清真寺的原址上。教堂正面粉刷成白色，造了一个凹进去的祭献龛，总是放满了鲜花。人行道上拆掉拱廊，开设了花店，孩子们上学经过的时候，已经摆出大把大把鲜花，随季节不同，有鸢尾花、康乃馨、玫瑰或者银莲花，深深插进高装储存箱里，因经常浇水，箱沿儿已经生锈了。在同一条人行道上，还有一家阿拉伯炸糕小店，名副其实的小店，里面只能容纳三个人。小屋一侧墙里砌成一个炉灶，周围镶了蓝白两色的瓷砖，灶上一口大锅，锅里的油正翻滚欢唱。炉灶前总盘腿坐着一个怪人，穿着阿拉伯式短裤，热天和热的时刻，上身便半裸着，其余日子就穿上一件欧式衣服，领子翻上去，用一支安全别针别住，再加上他那颗剃光的头、瘦削的面颊、缺齿的嘴巴，活脱一个未戴眼镜的甘地。而他手持一把红搪瓷漏勺，眼睛盯着油锅里渐渐发黄的圆炸糕。要炸到火候，也就是说，炸糕外面呈现金黄色，而中心极薄的部分变得既半透明又酥脆（就像透明的炸薯条）了，他就小心翼翼

① 他跟其他人一样。

地将长柄漏勺探到炸糕下面，敏捷地捞出油锅，在锅上摇晃三四下沥沥油，然后放到面前有玻璃罩的货架上，而货架的搁板上开了几个洞，一边摆放已经做好的蜜糖糕条，另一边则摆放扁圆的油炸糕。皮埃尔和雅克特别爱吃这种甜食，二人中哪个身上偶尔有点钱时，便略停一下，接过用纸包着的炸糕，垫纸当即浸油变为透明了；或者买糕条，商贩先将糕条浸入炉灶旁边一个坛子里，提起来就沾满了深色的蜂蜜，还带上星星点点的炸糕碎屑，这才交给孩子。两个孩子接过亮丽诱人的美食，咬上一口，又继续跑向学校，脑袋和上身往前探着，以免弄脏衣服。

每年开学后不久，燕群也正从圣维多利亚教堂前南迁。的确，街道这段拓宽，上方又拉满了电线，甚至还有高压电缆，从前是有轨电车的线路，废弃不用却没有拆除，就成为燕子聚集的地方。到了初寒时节，寒冷也是相对的，根本就不上冻，然而过了几个月的暑天，也还是明显见冷了，燕子也就飞走了。酷暑持续数月，通常，燕子在海滨大道上空飞翔，飞到中学前面的广场，也飞到贫穷街区的上空，有时尖叫着扑向榕树果、海面漂浮的垃圾，或者新鲜的牲口粪蛋儿。起初零星出现在巴巴苏恩街的通道，飞得偏低，迎向行驶的有轨电车，再猛然冲高，直至消失在民宅的上空。一天早晨，圣维多利亚教堂小广场半空所有电线上，民宅的房顶上，突然落了数千只燕子，一只紧挨着一只，浅黑色脖颈上的小脑袋晃来晃去，微微移动着爪子，摆动着尾巴，给新飞来的一只腾点儿位子，灰色的小鸟粪落满人行道，所有燕子汇成一种叽叽喳喳的低语，时而夹杂着短促的尖叫，从早晨起就不断地絮叨，回响在这条街的上空，声音逐渐升高，到了傍晚，就喧声一片了，这正是放学的时候，孩子们跑向回程的有轨电车，而成千上万只燕子，仿佛收到无声的命令，喧闹声戛然而止，缩回小脑袋，耷拉下来黑白色尾羽，相依进入梦乡。连续两三天，燕子从萨赫勒各个角落，有时还从更远的地方，三五成群地飞来，尽力在先到者之间栖止，沿街的挑檐逐渐占满，齐聚在街道两侧，在行人头顶的鼓翅声响、叽叽喳喳的鸣叫，声音越来越响，终于变得震耳欲聋。后来，一天早晨，也是突然间，街道完全空了。就在夜晚，恰好黎明之前，燕子一齐飞向南方。对于孩子们来说，冬季早早提前来临了，因为，他们从未有过暮晚温度还高的天空中没有燕子尖叫的夏天。

巴巴苏恩街走到头，就是一大片广场，广场左右两侧面对面，则矗立着中学校和兵营。中学校背靠阿拉伯城区，街道潮湿而陡峭，沿山坡上行。兵营背向大海。过了中学校便是马朗格公园，而过了兵营，则是巴贝卢埃德贫民区，半数居民为西班牙人。还差几分钟就到七点一刻了，皮埃尔和雅克急步登上大台阶，汇入孩子群里，从正门旁边的小门入校，来到中央宽大的台阶，只见两侧张贴着光荣榜，他们又跑上大台阶，到了楼前平台，楼梯在左侧，由一道玻璃长廊与大院子相隔。他们发现“犀牛”正站在平台一根柱子后面，窥伺迟到的学生。（“犀牛”是总学监，科西嘉岛人，小矮个儿，容易冲动，因蓄留翘起的两撇胡而得此绰号。）另一种生活开始了。

皮埃尔和雅克因为“家庭状况”，享受半寄膳生待遇的助学金。这样，一整天他们就可以待在学校，就在食堂吃午饭。按照每天排课不同，早上八点或者九点开始上课，住校生于七点一刻吃早饭，半寄膳生也有权享用。两个孩子的家庭所能享受的权利就这么一点点，连想都不会想要放弃任何权利。因此，雅克和皮埃尔就成为极少数七点一刻到校的半寄膳生了。他们走进粉刷成白色的圆形大食堂，瞧见住校生们睡眼惺忪，已经坐到包着镀锌铁皮的长桌前，面对着大碗和装满大片干面包的硕大的筐。而食堂的小伙计多为阿拉伯人，都裹着粗布长围裙，手提着当初锃亮的弯脖长嘴的大咖啡壶，穿行于一排排饭桌之间，往碗里倒滚热的饮料，其成分主要是菊苣根粉，只加少许咖啡。孩子们享用完早餐，一刻钟后，便回教室自习，在同样住校的一位辅导老师的监督下，他们在上课前温习功课。

中学比起社区小学来，最大差异就是教师众多。贝尔纳尔先生无所不知，以同样的方式教他所知道的一切。而到中学，换课程就换老师，换人就换方法[①]。这样就可以相互比较了，也就是说，在教师之间，必须做出选择，喜爱哪一些，根本不喜爱另一些。从这一角度看，一位小学教师，更像一位父亲，几乎占据父亲的全部位置，像父亲一样不可或缺，是生活中必不可少的组成部分。其实，谈不上爱他或者不爱他的问题。孩子爱他，往往是因为要绝对依赖他。万一孩子不爱他，或者不怎么爱他，这种依赖和需要依然存在，这与爱他也相差无几了。上中学则相反，教师们就如同孩子们有权选择的叔叔舅舅。具体来说，可以不爱他们。例如，就有这样一位物理老师，他的穿戴极其讲究，说话却又专横又粗鲁，无论雅克还是皮埃尔，都始终无法容忍他，尽管在几年学习中，他们还要上他两三学期的课程。文学教师则有幸成为他们最敬爱的老师，他们跟他上课的时间，也比其他教师多得多。的确，几乎每堂课，雅克和皮埃尔都很迷恋他[②]，可是却不能依赖，只因他对他们一无所知，一下课就走了，回到一种不为人知的生活。而他们也同样，回到那个远处的街区，也绝不可能有中学老师住在那里，红色电车在下城区（C. F. R. A）运行，而上城区是有名的漂亮街区，则由另一条线路连通，跑的是（T. A）绿色电车[③]。绿色电车可直达中学门口，红色电车的终点站却设在市府广场，大家从下方拥向中学校。因此，一天学习一结束，两个孩子刚出校门，或者没走多远，刚到市府广场，同大群欢快的同学一分手，就感到了分隔，他们走向红色电车，要回最贫困的街区。他们感到的正是隔离，而不是自卑。他们住在另外的地方，也仅此而已。

反之，白天上课期间，这种隔离感就消除了。大家穿的罩衫可以好看一点儿或者差一点儿，但总归大同小异。唯一的竞争，则是

---

① 贝尔纳尔先生受到爱戴和敬佩。而中学老师最好的情况，也仅仅受敬佩，学生不敢爱戴他。

② 指出哪一些？进一步发挥？

③ 两家公司分管交通网：阿尔及利亚陆路铁路公司和阿尔及利亚有轨电车公司。

在课堂上的聪慧、运动游戏中的敏捷。在这两类竞赛中，两个孩子都不落后。他们在社区小学接受的教育很扎实，一上六年级[①]，在班里的学习成绩就名列前茅。他们的书写无可挑剔，运算准确无误，他们的记忆训练有素，尤其一再教育他们要尊重各种知识，所有这些，至少一开始念中学，就成为他们手中的王牌。如果雅克不那么好动，这种毛病时常影响他上光荣榜，如果皮埃尔再多啃啃拉丁文，那么他们就能全线获胜了。不管怎样，他们受到了教师们的鼓励、同学们的尊重。至于运动游戏，主要还是足球，到课间休息，雅克一上场，就展露了他多年酷爱的踢球水平。比赛安排在食堂吃完午饭的休息时间，以及住校生、半寄膳生和留校学习的非住宿生四点后，上最后一节课之前，休息的那一小时进行。规定这一小时休息，是让孩子吃点儿东西，放松一下再学习两小时，好准备第二天的功课[②]。雅克才不吃什么点心呢，他同那些足球迷冲向水泥地院子。院子四周围着粗柱子的长廊（那些优等生和乖孩子，在长廊下边走边聊），还摆了四五条绿色的长凳，也栽植了粗壮的榕树，用铁栅保护起来。院子里分两个阵营，守门员各守一侧的两根柱子，而场地中间摆了一个大橡皮球。没有裁判，一开球，便开始了呼叫和奔跑。雅克在班上已经跟优等生平起平坐了，也正是到这球场上，又赢得了差生的尊敬和喜爱。那些最差的学生，没有长一颗聪明的脑袋，却天生两条强劲的腿，怎么疯跑也不气喘的肺活量。到了球场，他才跟皮埃尔分开了，皮埃尔虽然生来也很灵活，却从不踢球，而且，他长个儿比雅克快，头发也变得更黄了，就好像不大适应新换的学校[③]。雅克却迟迟长不高，从而得了“贴地飞”和“矮屁股”的雅号。不过，雅克也不在意，双脚盘着球，拼命跑动，避开一棵树，又晃过一个对手，他感到自己在这场地上和生活

---

① 法国中学学制为七年，小学为五年。初中从六年级开始，逐年递减，至三年级；高中为二年级、一年级和毕业班。——译者注

② 因走读生已离校，课堂上人数要少些。

③ 发挥。

中可以称王。当课间休息结束，开始学习的鼓声响起，他真有从天上跌落的感觉，在水泥场地上猛然停住，气喘吁吁，又大汗淋漓，气恼时间这么短暂。既而，渐渐意识到该学习了，于是和同学们重又冲入队列，还连连用衣袖擦拭满头的汗，又突然想到磨损了鞋掌，不由得心惊胆战。刚坐下学习时，还不安地察看鞋底，尽量估摸掌钉尖磨损的亮度与前一天有多大差异，觉得很难衡量磨损的程度，这才放了心。除非造成无法弥补的损坏，如鞋底脱开，鞋面断裂，或者鞋跟扭曲了，回到家中会受到怎样的对待，则是毫无疑问的。于是，他吞咽着唾液，收紧了肚腹，在两小时的学习中，抓紧用功，试图以此弥补过错。然而，由于害怕挨揍，他怎么想努力学习，都难以聚精会神。而且，最后这堂课，似乎是最长的。首先是长达两小时。其次，外面天已经黑了，或者到了黄昏还未下课。高高的窗户正对着马朗格公园。雅克和皮埃尔同桌，周围的同学比往常更安静，一天学习和运动下来也累了，大家都埋头做最后的功课。尤其是年末，暮色降临到花园高大的树木上、花坛上和香蕉树林中。随着城区的喧嚣变得遥远而低沉，天空也逐渐发绿，逐渐淡远了。天气炎热的时候，总有窗户半敞着，听得见公园上空最后飞旋的燕子的叫声，而山梅花和大玉兰树的香味飘来，淹没了墨水和尺子稍嫌苦涩的气味。雅克思想溜号，感到特别揪心，直到年轻的辅导老师将他唤回课堂。辅导老师本人也在预习大学的功课。还得等着放学的鼓声。

七点放学[①]，学生蜂拥离校，三五成群，吵吵嚷嚷，沿着巴巴苏恩街奔跑，街道两侧的商店都灯火通明，长廊下的人行道熙熙攘攘，往往有人跑上车道，走在铁轨之间，直到望见一辆电车驶来，才赶紧回到长廊下，终于跑到市府广场，豁然开朗了。广场四周商亭和货摊，都由阿拉伯商贩经营，点着明亮的乙炔灯，孩子们经过时，都愉悦地嗅着燃灯散发的香味。红色电车排在那儿等待，已经挤

① 男同性恋者的攻击。

得满满当当，乘客远比早晨多，有时不得不站在脚踏板上，这本是违禁的，同时又得容忍，直到电车到站有人下去，两个孩子才挤进车的人群里，也就挤散了，总归不能闲聊了，只顾用臂肘和身子运动，慢慢挪到扶手一侧，能望见昏暗的港口，而在夜色茫茫的海天之间，那些亮着灯光的大邮船，看上去恍若失火大楼的楼体，还留着所有燃烧的火点。亮堂堂的大电车，此刻在大海上方隆隆驶过，随后略微投向城内，在越来越贫穷的房舍之间穿行，直到贝尔库尔社区，必须分手了。要登上从来没有照明的楼梯，走向只照亮桌子漆布和周围座椅的煤油灯圆圆的光晕，而屋子其余部分处于昏暗中。卡特琳·科尔梅里在柜橱前忙着准备餐具，外婆那边，正在厨房热午饭剩下的烩菜，哥哥则坐在桌子一角读探险小说。有时，还得去姆扎博人开的副食品店，买点儿急用的食盐和四分之一块黄油，或者去咖啡馆加比家，叫回正夸夸其谈的埃奈斯特舅舅。八点吃晚饭，都默默无语，倒是舅舅讲一段莫名其妙的奇事，自己不由得哈哈大笑。但是不管怎样，从来不谈中学的事，除非外婆问一句，雅克是否得了高分，他回答说是的，就再也没人说话了。母亲什么也不问他，当他承认得了好成绩，她就点点头，温柔的眼神注视着儿子，但总是保持沉默，有点儿不去面对。“你别动，”她对她母亲说，“我去拿奶酪。”随后再没话了，直到吃完饭，起身撤掉餐具。“帮帮你妈。”外婆说了一句，只因雅克捧起《帕尔达扬》，准备如饥似渴地看起来。他去帮了把手，又回到灯下，将这本讲述决斗和勇气的大厚书，放到收拾干净的光滑漆布上。而这时，他母亲将椅子从灯光下撤走，冬季就移到窗前，或者夏天，就搬到阳台，望着来来往往的有轨电车、汽车和行人，一直看到逐渐稀少了[①]。又是外婆发话了，告诉雅克该睡觉了，因为第二天五点一刻就得起床。他先拥抱亲了外婆，再亲舅舅，最后亲母亲，而母亲心不在焉，给了他温柔的一吻，又恢复静止不动的姿势，在半明半暗中，失神地望着街道，如在河岸

① 吕西安——十四岁高级小学(EPS)——十六岁保险公司。(吕西安，阿尔贝·加缪的哥哥，十四岁通过高级小学考试，十六岁进入一家保险公司。)

上,不知疲倦地望着生命之河不知疲倦地流淌。与此同时,她儿子喉咙发紧,在暗地里,也不知疲倦地观察她,望着她那瘦瘦弯曲的后背,面对他理解不了的一种不幸,满怀着一种莫名的惶恐。

## 鸡窝与杀鸡

面对未知和死亡的这种惶恐,他每次放学回家,总会重复产生,暮晚时分,就充塞他的心胸,来之迅疾,堪比夜色急速吞噬天光和大地,直到外婆点亮煤油灯才会终止。外婆稍微踮起脚尖,身子往前探,双腿靠在桌沿上,摘下灯罩,放到桌子漆布上,一只手捏住调灯芯的铜质调节轮,另一只手拿划着的火柴拨弄灯芯,扭着头注视着灯嘴,直到点着灯芯而明亮起来。于是,外婆重又安上灯罩,插进齿状灯托铜槽时还吱咯响几声。她这才在桌前站直身子,只是抬起一只手臂,再调调灯芯,调到灯光发黄发热,光晕均匀地在桌子上映出一个完美的大圆圈,光线更加柔和,好似漆布的反光,照见女人的脸和孩子的脸。母子二人在桌子另一边,观看着点灯的仪式,随着灯光亮起来,雅克的心情也逐渐放松了。

同样的惶恐,有时也会产生,并出于自尊或虚荣心理,力图加以克服。那是在特定的时候,外婆要他去院子里抓只母鸡,总是在晚上,一个重要节日的前夕,复活节或者圣诞节,再就是接待路过的更富裕的亲戚,好好款待一下,既显得有面子,又渴望掩饰家中真实的境况。事情是这样,雅克上中学的头几年,外婆让约瑟凡舅舅星期天去倒腾点小买卖时,弄回几只阿拉伯种小鸡崽,还动员埃奈斯特舅舅,在院子尽头潮湿发黏的地面上,搭起一个简陋的鸡窝,她就喂养了五六只鸡,为她下蛋,必要时也为她献出小命。外婆第一次决定行动时,全家正在吃饭,她让当哥哥的去抓一只挨宰的鸡来。可是,路易①一口回绝,明确表示他害怕。外婆不禁冷

---

① 雅克的哥哥时而叫亨利,时而叫路易。

笑，叱责“这些富家子弟”，一点儿也不像当年她那时代的孩子，那时他们在穷乡僻壤无所畏惧。“雅克，他就更勇敢，这我知道。喏，你去吧。”老实说，雅克觉得自己一点儿也不比哥哥勇敢。但是，既然别人这么说了，他就不能退却。于是，第一次那个晚上，他就去了。必须摸黑下楼梯，然后往左拐，走进总是黑乎乎的走廊，摸到临院子的房门，打开出去。夜色没有走廊里那么黑暗，能分辨出下到院子的四级长青苔溜滑的台阶。右面，住着理发师和阿拉伯人一家，独立小房的百叶窗还透出点儿微光。对面，他望见那些淡白的斑点，正是睡在地上或栖在沾满粪便的栏杆上的鸡。他走到近前，一触到摇晃的鸡舍，便蹲下身子，手指抓住头顶铁丝网的粗网眼，鸡低沉的咯咯叫声，以及热乎乎令人作呕的鸡粪味儿，都同时扑面而来。他打开挨地面的小栅门，俯下身，将手臂探进窝里，碰到地面或肮脏的木棍，一阵厌恶，急忙抽回手，吓得心里直突突，鸡的翅膀和爪子一扑拉，整个儿就炸了窝，乱飞乱跳。既然他被指定是最勇敢的人，那就得横下一颗心。然而，在这又昏暗又肮脏的角落，一窝鸡在黑暗中乱作一团，这让他充满惶恐，连带肚子都一阵抽痛。他等了等，仰望头顶洁净的夜空，满天星斗又清亮又宁静。接着，他往前一扑，刚好抓住一只爪子，猛扯回来，鸡岔声惊叫，一直扯到小门，上去另一只手，抓住第二只爪子，猛力将鸡拉出窝，在门上还挂掉一些鸡毛。而这时，鸡窝尖声惊叫响成一片，阿拉伯老人出来，在长方形的光亮中突然衬出身影，一副警惕的样子。“是我，塔赫尔先生，”孩子淡淡地说道，“我给外婆抓只鸡。”“唔，是你呀。得了，我还以为是小偷呢。”他又回去了，院子重又沉浸在一片黑暗中。鸡拼命挣扎，雅克便跑起来，手中的鸡磕到走廊的墙上、楼梯的栏杆上，他感到鳞片状厚皮而冰凉的鸡爪，产生一种病态的厌恶和恐惧，到楼梯平台和屋里的过道跑得更快，终于以胜利者的姿态，出现在餐室里。这个胜利者，赫然立在门口，头发蓬乱，双膝被院子的青苔染绿，手中抓的鸡尽量同自己的身体拉开距离，而且吓得面无血色。“你瞧，”外婆对大小子说，“他比你小，真让你害臊。”还未等雅克理所当然地骄傲一下，外婆一伸手，结结实实抓住母鸡的爪子，母鸡顿时安静下来，就好像明白已经落入再难逃脱的手中。哥哥吃着甜点，看也不看雅克一眼，只是向他做了个鄙夷的鬼脸，这倒增加了雅克的满足感。不过，这种感觉极为短暂。外婆特别欢喜，有了个颇具男子气概的外孙，作为奖励，就邀他进厨房观看宰鸡。她已经扎上蓝色大围裙，一只手始终抓住鸡爪，往地上放了一个深深的白色大搪瓷盆、一把长长的厨刀，而那把刀，埃奈斯特舅舅经常在一块黑色长条石上磨，刀刃已经用得又窄又薄，只剩下锃亮的一条线了。“待在那儿。”雅克靠厨房边，站到指定的地点，外婆则立在门口，既防止母鸡逃窜，也挡住孩子的出口。雅克腰身偎着洗碗池，左肩顶住墙壁，惊恐地看着祭司准确的动作。门口左侧的木桌上，放着一盏小煤油灯，外婆将一只盘子正好推到灯光下，她将鸡摁在地上，右膝着地，死死地压住鸡爪，双手紧紧掐住鸡防止挣扎，然后左手抓住鸡头，往后拉到盘子上方，操着那把锋利如剃刀的厨刀，在应是男人喉结的部位，慢慢地割开母鸡的脖子，同时扭转鸡头扯大伤口，刀口割进软骨深处，发出瘆人的声响。这时，鸡最后猛烈抽搐几下，便不再动弹了，鲜红的鸡血流入白盘子里。雅克看着流血，双腿直打哆嗦，就好像那是自身的血，觉得渐渐流空了。时间非常漫长，然后，外婆说了一句：“把盘子端走吧。”鸡不再流血了，盘中的血已经变成深红色，雅克小心翼翼将盘子放到桌子上。外婆将死鸡丢在盘子旁边：鸡毛已经发暗，眼睛无神，起皱的圆眼皮耷拉下来。雅克注视着纹丝不动的鸡身子，鸡爪现在蜷成一团，无力地垂下，鸡冠颜色黯淡而松懈了，总之死了，他这才回到餐室①。“我呀，这种事，我可看不了。”头一次杀鸡的晚上，他哥哥抑制住愤怒，对他说道，“这让人恶心。”雅克没有把握地回答：“没那事儿。”路易一副敌意的样子审视他。雅克便振作起来，面对黑夜和骇人的死亡，这种震慑他的恐慌、惊惧，他就掩而

① 第二天，烧烤生鸡肉的味道。

不露了,从自豪中,仅仅从自豪中,找出一种勇敢的意志,而最终,这就充当了他的勇敢。“你害怕,就是这么回事儿。”他终于说道。“对,”外婆刚好进来,说道,“以后去鸡窝抓鸡,就是雅克的事儿了。”“好哇,好哇,”埃奈斯特舅舅欢天喜地说道,“他就是勇敢。”雅克呆住了,瞧了瞧他母亲。母亲坐得稍远一点儿,正在补套在大袜板上的袜子,这时望着他,说道:“是啊,很好,你挺勇敢。”她又转身,望向街道,而雅克瞪大了眼睛,盯着看他母亲,再次感到不幸进驻他抽紧的心中。“你去睡吧。”外婆说道。雅克也不点小煤油灯,回房间借着餐室的光亮脱了衣裳。双人床他睡床边上,免得碰着,也不妨碍他哥哥。由于太累,也受了太多的刺激,躺下就睡着了。有时会被他哥哥弄醒,他比雅克起床晚,要跨到里面靠墙睡;或者被母亲吵醒,她摸黑进屋碰着柜子,在黑暗中脱衣服,轻轻地上床,睡觉的鼻息极其轻微,真让人以为她还醒着。而雅克有时就这样认为,很想叫她,可是转念又一想,叫她也听不见,于是强迫自己不睡觉陪她,像她一样鼻息轻微,一动不动,不发出一点儿声音,直到困倦将他击倒,就像早已击倒洗衣干家务劳累一天的母亲那样。

## 星期四和假期

只有到星期四和星期天,雅克和皮埃尔才能重聚在自己的天地[除非有些星期四,雅克受罚,也就是说留校(就像总学监的通知条上所注明的那样,雅克用“惩罚”这个词,向母亲概述说明后,让母亲在通知上签了字),从八点到十点,在中学度过两小时(错误严重时则为四小时),跟其他一些犯错的同学一起,待在一间特殊的教室,而监管的辅导教师,也通常为这种额外的安排而十分气恼,这一天罚做功课无聊至极①。皮埃尔在中学八年期间,从未体

① 在中学,不是动动手脚,而是斗殴。

验过留校的滋味。可是雅克太爱闹，也太好虚荣逞能，为争风头表现自己而干蠢事，屡次受罚留校。他怎么向外婆解释也是徒然，说这是惩罚一种行为，而外婆辨别不清莽撞和品行不端。她认为一个好学生必定品德优良，又特别聪慧，也同样认为，品德直通学问。因此，至少在头几年，星期四的惩罚，又追加星期三的体罚而更加严重了]。

未受留校惩罚的星期四和星期天，上午就花在去买东西和家务劳动上。下午，皮埃尔和约翰①就可以结伴去玩了。气候宜人的季节，可去的地方有细沙海滩，还有练兵场，那里场地很大，包括一座粗略划出来的足球场、好几处滚球游戏场。可以踢足球，大多情况踢一个塞满破布团的球，阿拉伯孩子和法国孩子自动分成两队。不过，在一年的其余季节，两个孩子就去库拜荣军院②。皮埃尔的母亲已经离开邮局，到荣军院当洗衣女工的管理员。库拜是一座山丘的名称，坐落在阿尔及尔东部，是有轨电车一条线路的终点站③。城区到那里也的确终止了，开始了萨赫勒悦目的原野，极目瞭望，只见布列着和谐的丘冈、相对充沛的溪流、近乎丰美的草场，以及秀色可餐的红土地田园，由高高的柏树或芦苇篱分割成区块。葡萄园、果园、玉米地，无须大量劳力，都长势茂盛，可望丰收。从城里和低洼潮热街区来的人，都感到这里空气清新，有益于健康。阿尔及尔人，一旦有点儿资产，或者有些收入，就要逃离阿尔及尔的夏季，前往气候更加温和的法国，而到了一个地方，呼吸的空气只要觉得清新一点儿，便誉为“法国的空气”。到库拜就是这样，大家呼吸着“法国的空气”。荣军院于战后不久改造而成的，住着伤残军人，距有轨电车终点站只有五分钟的路。这里原是一座修道院，一片庞大的复杂建筑，分成好几翼，墙壁很厚实，粉刷了白灰，长廊都有遮护，拱顶大厅都很凉爽，改为食堂和后勤处。

---

① 应是雅克。——译者注

② 是这个名称吗？

③ 火灾。

皮埃尔的母亲，马尔隆太太管理的洗衣房，就设在这样一座大厅里。她首先就是在这里接待两个孩子，在灼热熨斗和湿衣裳的气味中，也在由她领导的两个职员，一个阿拉伯人和一个法国人之间。她给每个孩子一块面包和一块巧克力，然后挽起袖子，露出青春有力的漂亮胳臂。“把吃的装进兜里，等到四点再吃，去花园玩吧，我还得干活。”

两个孩子先在长廊和内院闲逛，他们的下午点心，大多情况下是当即吃光，免得带着面包碍事，巧克力拿在手上会融化。他们碰见一些残废军人，有的缺条胳臂，有的少条腿，还有的坐在轮椅上。倒是没有毁容的，也没有眼睛瞎的，只有截了肢的，穿戴很整齐，往往佩戴勋章，他们的衬衣或者外衣袖子，或者裤脚，都细心地挽起来，用安全别针别住，看不见残肢的部位，这样就不可怕了，他们的数量真够多的。两个孩子在那里度过的第一天，感到十分惊讶，仔细端详他们，就仿佛观察他们发现的所有新事物，立刻将其纳入现实世界的秩序中。马尔隆太太也向他们解释过，这些人在战争中，丧失了一只胳臂，或者一条腿。战争正是男人世界的一个组成部分，他们听人讲的除了战争还是战争，战争影响了他们周围那么多事物，也就毫不费力地理解，人在战争中就会失去胳臂腿脚，因而完全可以把战争定义为丧失胳臂腿的生活时期。

正因为如此，这个少臂缺腿的世界，在两个孩子看来丝毫也不凄惨。固然，有些人脸色阴沉，寡言少语，但是，大部分人还年轻，总笑呵呵的，甚至还拿自身的残疾打哈哈。“我只有一条腿了，还是能踢你们的屁股。”说话的是个金发小伙子，脸长得方方正正，身体很健壮，他常到洗衣房来溜达。他对两个孩子这么说着，右手臂撑着拐杖，左手扶住长廊的护墙，飞起唯一的那条腿踢向孩子。两个孩子跟他一起嬉笑，随即撒腿逃掉。只有他们能飞跑，或者使用两条胳臂，他们觉得这很正常。但是，雅克仅碰上一次，踢足球崴了脚脖子，好几天走路一瘸一拐的，于是产生了这样的念头，星期四见到的那些残废军人，终生都不能跑动，不能跳上已经开动的有轨电车，也不能踢球。人的肌体这种奇妙的功能，顿时令他惊叹不已，同时也萌生一种盲目的惶恐，他想到自己也可能截肢，不过这种念头，随即又丢之脑后。

食堂的百叶窗半掩着，两个孩子顺着走过，瞧见包着镀锌铁皮的大餐桌，在昏暗中微微闪亮。接着又走过厨房，只见容器巨大无比，有火炖锅和平底锅，里边散发出烧焦的油脂味儿。在最后一道侧翼中，他们瞧见安放两三张铺着灰毯的床铺，还有白木壁柜。随后，他们从一道外楼梯下去，到了花园。

荣军院的四周，是一座几乎完全废弃的大公园。一些残废军人自告奋勇，在这座建筑物周围，开发出大片玫瑰园和许多花坛，还开垦出一片小菜园，用干芦苇的大篱笆围起来。然而外延一点儿，从前那座壮观的大园子却已经荒废了。大片大片的桉树、棕榈、椰子树、粗壮的橡胶树①，而橡胶树低重的枝杈又在稍远处扎下根，从而形成植物迷宫，重重阴影和秘密，还有枝叶浓密而壮实的柏树、茁壮生长的橘树、异常高大的月桂树丛，开着白色和粉红色的花朵，将路径都覆盖了。路面的沙砾被黏土吞噬了，爬满了缠绕在一起的芳香的山梅花、茉莉花、铁线莲、西番莲，长成灌木规模的忍冬，而忍冬下方又侵入三叶草、酢浆草和各种野草，编织成了生机勃勃的地毯。在这芳香四溢的热带丛林漫游、爬行，藏匿在齐耳高的草丛中，用刀子在纠缠的枝蔓中开辟出通道，闯出来之后，双腿一道道划痕，满脸汗水，让人心醉神迷。

不过，制作骇人听闻的毒药，也要占据下午一大部分时间。两个孩子的全套器具，就放在靠一堵爬满野葡萄墙壁的石凳下面，有阿司匹林药管、小药瓶，或者旧墨盒、盘碟碴儿和破口杯子，这些东西构成了他们的实验室。他们隐藏在公园草木最茂密的地方，没人看得见，开始配制神秘的迷魂药。主要成分是夹竹桃，只因他们常听周围的人说夹竹桃的阴影很凶险，冒失的人睡在夹竹桃脚下，

---

① 其他大树。

就再也醒不过来了。到了花开的季节，折下花和叶，用两块石头长时间碾磨，直到磨成有害的糊状，看上一眼就能暴卒。这种糊糊晾在空气中，当即吸纳几缕特别令人恐怖的虹彩。这工夫，一个孩子拿着一只旧瓶，跑去灌满了水。然后再磨松果。两个孩子确信松果有害，理由却没把握，只因松柏是墓地的树木。不过，必须从树上摘取，不要落地果，在他们看来，松果一落地，果壳干了，就特别硬实①。两种糊糊放进旧碗里搅拌，再加水稀释，用一块脏手帕过滤。滤出的汁呈现令人不安的绿色，两个孩子操作时极为当心，把这当作致命的毒药，小心翼翼地倒进阿司匹林药管或药瓶里，然后盖紧了，绝不能沾到手上。剩下的糊糊与不同的糊糊掺和，他们所能采集的浆果全磨成糊状，这样就配制出一系列毒性渐强的毒药，认真地编上号，搁置在石凳底下，存放到下星期以利发酵，最终转化为致命的毒药。这项神秘的制作一完成，雅克和皮埃尔便喜不自胜，欣赏着这一套令人惊悚的药瓶，惬意地嗅着沾满绿糊的石块散发的酸酸的苦涩味儿。其实，这些毒药并非针对什么人。这两位化学家倒是估算过，他们能杀死多少人，有时乐观起来，甚至把估计的数目推算到相当大，足以使整座城市的居民无一幸免。然而，他们从未想过，这种神奇的毒药能除掉一个讨厌的同学或老师。老实说，他们还真不讨厌任何人，而这种情况，等他们成年进入社会生活之后，会给他们带来许多麻烦。

然而，最欢乐的日子，还是大风天。荣军院朝向公园那面，顶端曾经是个平台，台面镶着红砖，而石雕的栏杆，已经散落到宽大的水泥基座脚下的荒草里。站在三面露天的平台上，能俯瞰公园，再眺望公园以远，可见一条河谷，隔开了库拜山丘和萨赫勒高原的一道丘陵。阿尔及尔刮东风的日子，风总是非常强劲，正好横扫从侧面方向阻挡的平台。在刮大风天，两个孩子就跑向棕榈树，就近拾取树下长长的枯叶，刮掉叶柄部位的刺，双手也好拿得住。然

① 按年代顺序重新安排。

后，他们拖着棕叶跑向平台。狂风怒吼，在大树之间呼啸：桉树疯狂地摇晃着最高的树枝，棕榈叶刮得像披散的长发，而橡胶树宽大油亮的叶子，则被风揉搓得发出纸张的声响。两个孩子只好背对着大风，举起棕叶爬上平台。他们满把抓紧哗哗作响的干棕叶，用身体护住半边，随即猛地转身，棕叶一下子就贴到他们身上，他们呼吸到叶子的尘土和干草味儿。游戏是这样的：他们顶风往前冲，同时渐渐举起棕叶。谁先冲到平台边上，手里的棕叶未被吹跑，能高举着挺立在那儿，跨在前面的一条腿撑住全身，同狂风顽强地搏斗，坚持时间最久，谁就是胜者。伫立在那儿，居高观赏在大块乌云飞驰的天空下，这座公园和这座山丘树木狂舞的景象，雅克感到从天边刮来的风，沿着棕叶和他的手臂下来，让他周身充满一种力量和狂喜，使他不停放声呼喊，直到气力用尽，臂膀支持不住，终于让棕叶脱手，任狂风连同他的叫声一下子卷走。夜晚躺在床上，累得身子散了架，母亲睡得极轻，在卧室的寂静中，他仍能听到那大风狂暴喧嚣，在他的心中呼啸，他终生都会喜爱那种狂风。

每星期四[①]，也是雅克和皮埃尔去市立图书馆的日子。雅克一直狼吞虎咽，阅读所有落入他手中的书，那种贪婪的程度，不亚于他在生活、游戏和梦想中的表现。不过，他阅读时，就能逃避到一个纯情的天地里，那里富有与贫穷，都同样引人入胜，只因完全是虚构的。《无畏者》，大型连环画册，在他和同学们的手中传阅，直到精装的封皮磨成灰色而粗糙了，内页也折角撕破了。这种画册，首先就把他诱入滑稽的或者传奇的世界，满足他两种主要的渴求：快乐和勇敢。这两个男孩看武侠小说的数量令人难以置信，而且他们那么轻而易举将《帕尔达扬》中的人物掺和到他们每天的生活中，从这一点就可以判断出，喜爱夸示和英雄行为，在他们身上，无疑非常强烈。他们心目中的大作家，就是米歇尔·泽瓦科。而文艺复兴时期，尤其是在意大利，富有短剑和毒药的色彩，罗马

---

① 把他们从他们的环境中隔离开？

和佛罗伦萨的王公府邸、宫廷和教廷的奢华场景，就是这两个贵族偏爱的王国。在雅克居住的尘土飞扬的发黄街道上，时常能看见他们互下战书，拔出小学生的油漆长尺子，在垃圾桶之间展开激烈的决斗，事后他们的手指上，还长时间保留搏斗的伤痕[1]。当时，他们不大可能看到别的书籍，因为在这个街区，很少有人看书，他们自己又买不起书，只能偶尔去小书店，买点儿摆在那儿的通俗读物。

然而，大约就在他们入中学的时候，他们的社区就建起了市立图书馆，坐落在雅克住的那条街到高地街区的中途。从高地开始进入更加美观的街区，一座座别墅周围有小花园，满园芳香的花木，在阿尔及尔又潮又热的高坡上长得非常茂盛。这些别墅围绕着圣奥迪尔寄宿学校的大校园，这是只招收女生的教会学校。雅克和皮埃尔正是在这个近在咫尺，又如此遥远的街区，体验到了他们刻骨铭心的激情（现在还不是谈论的时候，容后再叙述，等等）。这两洞天地（一个灰尘暴土，没有树木，全部位置都被居民和人居石屋所占据；另一个则鲜花盛开，绿树成荫，显示了人世的真正华丽）的分界，是一条相当宽阔的大街，两侧人行道上是成排高大的梧桐树。果不其然，沿街道一侧尽是别墅，另一侧排列着廉价小楼房。市立图书馆就建在廉价楼房这一边。

图书馆每周开放三次，其中星期四整个上午和下班之后开放。一个年轻的小学女教师，相貌不大和善，每周来图书馆义务服务几小时，她坐在一张相当大的白木桌后面，管理借书登记簿。图书馆是个方形的屋子，四壁全立着白木书架，架上码满了黑布封皮的图书。还有一张小桌子，周围摆放几把椅子，为快速查阅词典的人准备的，因为这只是外借的图书馆，有一个按字母排列的卡片柜。可无论雅克还是皮埃尔，从不查卡片，他们的办法简单，从书架前过一趟，看标题选书，极少挑选作者，记下书号，填写在一张蓝色的借

① 他们的确打斗，争当达达尼安或者帕斯普瓦。谁也不愿当阿拉密斯、阿托斯和波尔托斯。

书卡上。只需提供一张交房租的收据，付很小的一笔费用，就能获得借阅权。于是，办一个折叠的借书卡，借阅的图书，同时登记在借书卡上，以及年轻小学女教师掌握的登记簿上①。

馆里的图书，大多为小说，但是许多书禁止十五岁以下的读者借阅，另外单独摆放在书架上。两个孩子单纯凭直觉的方法，在余下的图书中算不上进行真正的选择。不过，在文化知识上，这种随意性并不是最坏的选择。而这两个嗜书的孩子，不管什么都胡乱吞下去，最好的和最坏的都照吃不误，根本不考虑能留下什么，也确实几乎什么也没有记住，只剩下一种奇特而强烈的激情，经过一周又一周，一月又一月，一年又一年，这种激情就在他们心中生成并壮大起来一个完整的天地，而充实这一天地的印象和记忆，并不能还原为他们每天生活的现实，然而可以肯定，对这两个充满火热激情的孩子来说，这些印象和记忆都同样存在，他们狂热地生活，也同样狂热地梦想②。

归根结底，这些书的内容无关紧要，重要的是他们进入图书馆的第一感觉，看到的不是摆满黑皮书的墙壁，而是广阔的空间和多向的视野，他们一进门，就逃脱了社区的狭隘生活。随后不大工夫，他们每人都拿到有权借阅的两本书，用臂肘紧紧夹在腋下，一头扎进此刻已经昏暗的大街，一脚脚踩碎梧桐树的果球，心里估量着他们能从书中获取多大的乐趣，已经同上周看书的喜悦相比较了。终于到了自家这条街上，便急不可耐地翻开书，借着街灯初上的微弱光亮，先采撷一两句话（例如“他具有一种异乎寻常的活力”），从而增强了他们满心欢喜的渴望。两个孩子匆匆分手，都跑向餐室，在煤油灯下的漆布桌上，将书本摊开，粗糙的封皮有点儿磨手，同时散发出一股胶水味儿。

图书的印刷方式已经预示，读者能从中获得什么乐趣。皮埃尔和雅克不喜欢排版行字太疏松，空白边留得太宽，那是作者和高

---

① 小姐，杰克·伦敦，好看吗？

② 吉耶词典（Quillet）的书页，木板的味道。

雅的读者得以玩味的书。他们喜欢满页的小字，排得密密麻麻，行距很窄，词句都挤到边缘，如同乡村盛得满满的大盘菜，可以敞开肚子吃，吃好长时间也吃不完，唯独这种大盘菜才能填饱一些特大的胃口。他们不追求什么高雅，反正什么也不知道，一切事物都想了解。书写得不好，结构也很粗糙，这都无关紧要，只需表达得明白，充满强烈的生活气息就好。这样的书，只有这样的书，才能提供给他们梦想的大餐，饱餐之后，他们就能睡得死死的。

此外，因其印刷的纸张不同，每本书都有其特殊的气味，每次换书，气味都细微而隐秘，但又极为独特，雅克闭着眼睛也能分辨出这本书是奈尔松出版的丛书，还是法斯盖尔出版的通俗版本。甚至在阅读之前，每本书的味道，雅克闻着就心醉神迷，进入另一个充满希望的世界。他身处的房间开始暗下来，街区及其喧闹渐渐消隐，一旦贪婪地读起来，整座城市和整个世界就随之完全消失了，孩子最终也完全陶醉其中了，一再下达的命令也不能把他拉出来[①]。“雅克，摆桌子，说第三遍啦。”他终于摆好桌子，可是目光空洞而无神，而神色却惶惶然，仿佛犯了书瘾，他重又操起书，就好像从未丢下过似的。“雅克，吃饭啊。”他终于吃饭了，食物虽然很稠厚，他却觉得不如他在书中找见的这么真实，这么牢靠。他很快放下餐具，又捧起书来。他母亲去她那角落默坐之前，有时就走到他身边。“这是图书馆。”她说道。这个词她发不准音，是听她儿子讲的，不明白是什么意思，但是她认得书的封皮[②]。“是啊。”雅克应了一声，头也不抬一抬。卡特琳·科尔梅里俯下身，从他的肩头看下去，只见在灯光下，有两个长方形，一行行排列很整齐；她也呼吸着书页的气味，有时还伸出因洗濯而皮肤变硬起皱的手指，点到书页上，贴近这些神秘的符号，就仿佛要更好地了解书到底是什么，这些神秘的符号她理解不了，可是她儿子却经常一连几小时沉浸其中，找到一种她所陌生的生活，待他从书中出来，落到她身上

---

① 发挥？

② 家里让人（埃奈斯特舅舅）给他做了一张白木小书桌。

的目光,就像看一个陌生女人。她抬起变了形的手,轻轻地抚摩孩子的头,得不到儿子的反应,她便叹息一声,走开坐到远处。"雅克,去睡觉,"外婆重复下令,"明天你该迟到了。"雅克这才站起身,收拾第二天上课的书包,可是没有丢下他看的书,仍夹在腋下,然后上床,将书塞进枕头下面,像喝醉了酒似的,倒头沉沉睡去。

雅克的生活,在这数年间,就这样分割为不均等的两部分,而他也无法将这两种生活融合起来。有十二小时,在学生和老师的群体中,由鼓声指挥游戏和学习。白天另外两三小时,则生活在老街区的家中,虽和母亲在一起,而他只有进入穷人的睡眠中,才能真正回到母亲身边。尽管他最初的生活,的确就是这个街区,然而他现时的生活,进而言之,他的未来,却全在这中学。这样久而久之,这个街区在一定程度上,就与夜晚、睡眠和梦境相混淆了。再说,这个街区真的存在吗?莫非是在一天夜晚,在孩子变得无意识中,他的街区就化为这片荒漠吗?摔到水泥地上……不管怎样,他在中学,不能对任何人谈论他母亲和家庭。他在家里,也不能向任何人讲他的学校。这么多年,一直到他中学毕业,任何同学、任何老师,都从未来过他家里。而他母亲和外婆,也从不去学校,每年只有一次例外,七月初的颁奖会。不错,就是颁奖的这天,他们从正门走进学校,跻身于盛装打扮的家长和学生中。外婆有重大外出活动,就穿上那件长裙,戴上黑色头巾。卡特琳·科尔梅里则戴上饰有栗色绢网、蜡染紫葡萄色帽子,穿一条栗色长裙,也穿上仅有的那双半高跟皮鞋。雅克身穿丹东领儿短袖白衬衣,下身头几年穿短裤,后来换成长裤,不过每次在前一夜,都由他母亲精心熨得板板正正。下午一点左右,他走在这两个女人中间,亲自带她们上红色有轨电车,安排她们坐到车头的长椅上,自己则站到前边,透过隔板玻璃望他母亲。他母亲不时冲他微笑,一路上总注意自己的穿戴,扶正帽子,看看长袜是否坠落下去,或者检查一下佩戴在一条细链上的圣母小金牌。到了市府广场,便开始了雅克每天步行的路线,每年只有一次,他同这两个女人走这条巴巴苏恩街。

他嗅着母亲身上蓬佩雅牌美容水的气味儿，为了这次活动她加量使用了。外婆走路挺着腰板，带着得意扬扬的神态，她训斥抱怨脚疼的女儿："这会让你尝尝，你这年纪穿尺码太小的鞋子的滋味。"一路上，雅克不厌其烦地指给她们看那些商店和商贩，都曾在他的生活中占据重要的位置。走到中学校了，正门大敞四开，宽大的台阶的两侧，从上到下装饰了盆栽的花木。每一批到达的家长和学生开始登上台阶，科尔梅里一家人当然也早早提前到达，穷人一贯如此，难得有社会活动和乐事，特别担心不准时[①]。他们走进高年级的院子，只见院内摆好一排排座椅，是从一家音乐舞厅租来的，而在院子里端，一座大时钟下面，一个与院子同样宽的台子上，也摆好扶手椅和座椅，台前还布置了大量盆栽的绿色花木。院内逐渐挤满了服饰亮丽的人，大多为妇女。先到者就选择了树荫下的位子，其余的人则扇着扇子，那种细草编织的阿拉伯扇子，边上缀了一圈红绒球。头顶的蓝天似乎凝固了，越来越酷热烤人了。

两点，安排在楼上长廊里不露面的军乐队开始演奏《马赛曲》，全体起立，教师们头戴方形帽，身穿因专业不同而颜色各异的平纹布长袍，由校长和本年度抓苦差的一位官方人士（通常是总督府的一位高级官员）率领，步入会场。接着，又奏一首军乐曲，教师们纷纷落座，政府官员随即讲话，泛泛谈了谈法兰西，重点论述教育。卡特琳·科尔梅里听而不闻，但始终没有流露出不耐烦或倦怠的神色。外婆倒是听得见，可实在听不大明白。"他讲得好。"她对女儿说道，女儿深信不疑地点了点头。外婆受到这种鼓舞，就扭头瞧瞧左边的男（女）邻座，冲他（她）微笑，对方也点点头，赞同她刚表达的见解。头一年这种活动，雅克就注意到，唯独他外婆扎着西班牙老妇人的黑头巾，不免有些尴尬。老实说，这种虚假的羞耻感从未离开过他。他只是认定自己无能为力，一旦他胆怯地试图劝外婆戴帽子，外婆一准回答说，她没钱浪费在这上面，何况她

---

① 命运不佳的人，总难免在某方面怪罪自己，他们觉得既有这种普遍的罪孽感，就不要再犯小过失增添麻烦了。

扎着头巾耳朵还暖和呢。不过,在颁奖会过程中,外婆扭头跟邻座搭讪时,他就感到不光彩,不觉脸红。政府官员讲完话,按照惯例,最年轻的教师代表学校正式讲话,通常是当年从法国本土调来的。他起身发表演说,要讲半小时至一小时,而刚从大学出来的年轻教师不失时机,总要大谈特谈文化和精妙的人文思想,他这种高论,实际上就是不想让这些阿尔及利亚受众听懂。暑热也添乱,听众的注意力就涣散了,扇子摇得更欢了。就连外婆都左顾右盼,显得厌倦了。唯独卡特琳·科尔梅里还那么专注,眼睛眨也不眨,照样接收博学和智慧的大雨持续不断地浇在她身上。至于雅克,他连连顿足,用目光寻找皮埃尔和其他同学,以暗号提醒他们,开始跟他们进行一场鬼脸怪相的长谈。终于响起热烈的掌声,感谢演说家愿意结束讲话,于是开始宣布获奖者名单。先从高年级念起,在头几年,外婆母女二人要坐在那里等待一下午,才能念到雅克那个班。只有优秀奖才能得到幕后军乐队的一曲颂扬。获奖者年龄越来越小。他们站起来,绕着院子走上讲台,接受政府官员的握手和一言半语的褒奖,然后从校长手中接过奖励的书籍(台脚下已经放好装满图书的带滑轮的箱子,在获奖者登台之前,一名办事员就把奖品交给校长)。然后,获奖的学生夹着图书,在军乐声和掌声中走下台,心花怒放,用眼睛寻找高兴得直擦眼泪的父母。湛蓝的天空略微褪色,热气也从一道看不见的缝隙稍微流失,泻入了海洋。获奖者上台下台,军乐队一曲接着一曲,院子里的与会者越走越少。这时天色开始发青了,终于念到雅克所在的班级了。一开始宣布他这班级获奖名单,雅克就停止了做鬼脸搞怪,神情变得严肃起来。一听见叫他的名字,他脑袋嗡的一下乱了,赶紧站起身,都没怎么听到身后他母亲问外婆:“是叫科尔梅里吗?”“是啊。”外婆回答,激动得脸上已经泛起了红晕。他走过的水泥路,登上的讲台,政府官员吊着怀表链的背心,校长和蔼的笑容,有时也看见台上教师座排中他的一位老师友好的目光,然后,就伴随着乐曲声反身回来,走向已经站在过道上的两个女人。他母亲注视他的眼神,喜色中带着惊讶，他把证书和厚厚的奖品交给母亲，外婆用目光邀请周围的人见证这一场面，等待了漫长的一下午，这一领奖过程进行得太快了，于是，雅克急于回家，要看看究竟奖给了他什么书[①]。

他们回程，通常和皮埃尔及其母亲[②]一道走，外婆不声不响地比较两摞书的厚度。到了家，雅克先拿起证书，在获奖名单有他名字的那页折上角，这是应外婆的要求，她好能指给邻居和亲戚们看。然后，他开始清点获取的宝物。他还没忙完，就看见母亲已经换上家居服，穿上拖鞋，扣着粗布外套的扣子出来，将椅子拉到窗前。她冲雅克微笑，说道："你很用功啊。"她看着儿子，摇了摇头。雅克也注视她，等待着，也不知道等待什么。可是，她又转向街道，摆出他所熟悉的姿态，神思现在远离了一年之内她再也见不到的学校。而这时，房间逐渐沉浸在昏暗中，街道上空点亮了第一批路灯，走动的只有看不清面孔的行人了。

如果说母亲刚见一下这所中学，就永远离开了，那么雅克却没有过渡，就回到了他再也走不出去的家庭和社会。

假期也把雅克拉回家中，至少头几年是如此。他们家中没人休假，男人一整年不停地劳作。除非工伤，而雇用他们的公司又给他们上了工作保险，他们才得以休息，由医院或医生开具休假证明。埃奈斯特舅舅就是一例，有一阵子他感到疲惫不堪，就有意用长刨削掉手掌上厚厚一块肉，拿他的话说："享受工伤保险。"至于妇女，如卡特琳·科尔梅里，她们一直劳作，不能停歇，原因很简单：对所有人来说，停歇就意味一日三餐要减量了。失业而毫无保障，则是最可怕的不幸。这就能解释这一现象：这些工人，无论在皮埃尔家还是在雅克家，日常生活中都是最宽容的男人，在劳动的问题上，却总那么排外，相继指责意大利人、西班牙人、犹太人、阿拉伯人，最终怪整个地球的人夺走了他们的工作。这种态度，势必

① 《海上劳工》。（雨果所著的长篇小说。——译者注）

② 她没有见过中学，也没见过学校的任何生活场景。她参加过为家长组织的一场演讲。中学不是这种情景，而是……

令从事无产阶级理论研究的知识分子困惑不解，然而这非常合乎人性，也是情有可原。这些出人意料的民族主义者，要同其他民族争夺的并不是世界的统治权，也不是金钱和清闲的特权，而是当牛做马的优先权。在这个街区，劳动并不是一种品德，而是一种需求，既让人赖以生存，又把人引向死亡。

阿尔及利亚的夏季酷热难当，官员和富人们便乘坐超载的轮船，去宜人的"法兰西气候"中休息（归来的人描绘那里丰美的牧场，盛夏的8月还流水潺潺，简直神乎其神，令人难以置信）。不管怎样，穷人街区的生活却一成不变，远非城中心区那样空了一半，居民反而好像增加了，只因大批孩子跑上街玩耍了[①]。

皮埃尔和雅克就在干燥的街上游荡，身穿一件针织小圆领衫、一条破旧的短裤，脚下一双草底帆布鞋也破了洞，暑假对于他们，首先就是燥热。最后几场雨，是在4月份，最晚是5月。此后，一连几周，几个月过去，太阳越来越固定，越来越炽热了，晒干、晒枯、烘焙着墙壁，将石块和瓦片烧成齑粉，随风飘散，覆盖了街面、商铺的门脸和所有树木的叶子。于是，到了7月，整个街区就变成了一座灰黄色的迷宫[②]，白天空荡荡的，所有住户的所有百叶窗，都关得严严实实，太阳凶猛地统治这个世界，吓得猫狗不敢走出自家房门，迫使大活人躲避阳光，贴着墙根儿行走。到了8月，天空灰蒙蒙的，闷热潮湿，太阳隐没在厚厚的云层后面，射下白花花的散光，晃得累人眼睛，消除了街上色彩的最后痕迹。制桶工棚里的锤声越发有气无力了，工人们不时停下手中的活儿，将流汗的脑袋和上身探到水龙头下面，接着清凉的水柱冲洗[③]。在房间里，装清水的瓶子，以及为数不多的葡萄酒瓶，都用湿布包起来。雅克的外婆只穿一件衬衣，光着脚在避光昏暗的各房间走来走去，机械地摇着草扇，上午做家务，中午拉着雅克上床睡觉，等待傍晚热气稍退再接

---

① 地势高的城区，有玩具、旋转木马、无用的礼物。

② 浅黄褐色。

③ 细沙海滩？夏季其他的营生。

着干活。一连数周,夏季及其臣属,就在沉闷、潮湿和酷热的天空上慢腾腾行进,甚至连各季的凉爽和雨水的记忆都忘得一干二净,就好像这个世界从未刮过风、下过雪,从未下过霏霏细雨,就好像世界初创至9月的今天,就只有这干燥的巨大矿区,而满身灰尘和汗水的人,眼神直直的,神色颇为惶恐,在矿区挖掘的高温坑道里缓慢地忙忙碌碌。继而,天空抽搐起来,极度绷紧,一下子开裂了。9月的第一场雨,来势凶猛,不遗余力,浇透了全城。

这个社区的所有街道都闪闪发光了,而榕树上釉的叶子、电车线和轨道,也都同时晶莹发亮了。一股湿土的气味,从远处的田野吹来,越过俯瞰城区的山丘,给夏季的这些囚徒带来广阔空间和自由的信息。于是,孩子们纷纷冲上街头,只穿薄衫短裤在雨中奔跑,在街上翻滚的溪流中跋涉,还站在大水洼中,抱住肩膀围成一圈儿,仰头喊叫欢笑,满脸迎着不断倾泻的大雨,有节奏地践踏着这新收获的葡萄,让溅起的污水花比葡萄酒浆还醉人。

是啊!暑热太可怕了,往往让所有人都快发疯了,日益烦躁不安,既无气力,也没有精神头做出反应,呼喊,谩骂或者击打,而且紧张的神经也像温度一样不断激增,最终要在这黄褐色凄惨的街区某处爆发,就像那天在里昂街发生的事件。那条街几乎就在人称“马哈布”的阿拉伯街区边缘,围绕着从山丘红土开出的墓地,雅克看见摩尔人那落满灰的理发店里走出一个阿拉伯人,身穿蓝衣服,剃光了头,他在人行道上走了几步,经过雅克的面前,姿态很特异,身子前倾,而脑袋大大往后仰的角度似乎到了不可能的程度,其实就是不可能。理发师给他刮脸时,一下子发了疯,用长长的剃刀照着顾客袒露的喉咙,一刀下去就割断了。刀子非常锋利,那人毫无感觉,可是被流的鲜血窒息了,他出了店门,像一只脖子没有割断的鸭子似的跑了几步。这工夫,那个理发师被顾客们揪住,还穷凶极恶地吼叫,正如这熬不到头的炎热一般。

大雨好似天空流泻的瀑布,猛烈冲刷着树木、房顶、墙壁,以及覆盖着夏季尘土的街道。雨水和成泥浆,很快灌满溪流,冲到下水道口汩汩山响，几乎每年都要冲毁下水道，漫上马路，行驶的汽车和电车在前头高高溅起的积水，犹如两侧展开的黄色翅膀。海滩和港口的海水，现在也变得污浊不堪了。雨后刚出太阳，就晒得房屋和街道，整座城市都热气腾腾。炎热可能卷土重来，但是再也统御不了世界了，天空更加清朗，呼吸也更加通畅，在强烈阳光的背后，开始萌动的和风、可望降雨的预兆，就宣告了秋季即将来临，学校即将开学了①。"夏天可真长啊。"外婆这么说，也随之松了一口气，既因秋雨的来临，也因雅克上学去。的确，在漫长酷热的日子里，这孩子在百叶窗紧闭的房间里烦闷地来回溜达，更增添了外婆的烦躁。

此外，她也无法理解，一年中干吗专门规定出一个时期，让学生无所事事。"我呀，就从来没有什么假期。"外婆说道。不错，她就没有上过学，也没有享受过休闲，打小就开始干活，从未间断。她允许外孙几年间不给家里挣钱，是为了将来更大的收益。可是，这三个月白白浪费的时间，她从第一天起就开始盘算，等雅克升上三年级，她认为到时候了，也该在假期给他找点儿活干。"今年夏天你得干活了，"学年末外婆对他说，"给家里挣点儿钱。你不能什么也不干，这样闲待着②。"其实，雅克觉得要干的事很多，要去游泳，去库拜探险，还有体育运动，到贝尔库尔的街头闲逛，要看画报，看通俗小说，看维尔莫年鉴，以及圣艾蒂安兵工厂那读不尽的产品目录③。还不算去给家里买东西和外婆让他干的零活儿。然而在外婆看来，这一切恰恰等于什么也没干，既然孩子没有挣来一元钱，也不像在学校那样学习，而这种毫无缘由的闲适状态，在她心目中，就是熊熊燃烧着地狱的烈焰④。最简单的解决办法，就是

---

① 在中学——预订卡——每月办一次手续——得意扬扬地回答"有卡"，并且验证有效。

② 母亲干预进来——那会累着他吧？

③ 以前的阅读？高地社区？

④ 这句话不完整：加缪用的墨水干了。

给他找份活儿干。

其实并不那么简单。在报纸上的小广告中,当然能找见雇用小伙计或小跑腿的差使。贝尔托太太的乳品店,就开在理发店商旁边,她浑身一股奶油味(对于习惯于食用油的口腔和鼻子来说,就是一种怪味),她就拿报念给外婆听。然而,用工者总要求受雇的人至少年满十五岁,可是雅克十三岁了,个头儿还真够矮的,谎称十五岁,很难不厚着脸皮。再者说,登广告的人,总归希望受雇的员工能长期干下去。外婆(穿戴上全部行头,包括那显眼的头巾,一如每次的重要外出)带着雅克去应聘,头儿家用工者都觉得他太小,或者干脆拒绝雇用一个只能干两个月的员工。"你只要说你会留下来干的。"外婆说道。"可这不是真的。""没关系,反正他们会相信。"雅克想说的就不是这个意思,其实,他并不在乎别人相信不相信他的话,可是他觉得这种谎言卡在喉咙,实难讲出口。自不待言,为匿起一枚两法郎的硬币,他在家里时常说谎,以免受惩罚,更经常是图个乐子,说点儿假话或者大话。不过,他认为说谎话,如果跟家里人还算可恕的罪过,跟外人就是滔天大罪了。他隐隐约约地感到,在重要的事情上,不能向自己所爱的人说谎,只因这么干,就不可能跟他们一起生活,也不可能爱他们了。雇主对他的了解,仅限于别人的介绍,因而并不了解他,那么谎言就成为全部了。"走吧。"外婆边扎头巾边说道。那天,贝尔托太太刚好告诉她,阿加街区有一家大五金店正缺一名整理货单的小店员。五金商店坐落在通往中心城区的一条坡路上,7 月中旬骄阳似火,烤得马路散发着尿臊和柏油的混合气味儿。一楼的店铺狭窄,但是非常纵深,由一个柜台沿纵深分成两部分,柜台上摆满了货物样品,各种铁件和弹簧锁,而墙壁大部分都镶有抽屉,贴着神秘的标签。店门右侧,柜台安装了铁栅栏,辟出了收银台窗口,里面坐着一位浅棕色肌肤、心不在焉的太太,她让外婆去二楼的办公室。商店里端有一道木楼梯,上去便是一大间办公室,架构和朝向同一楼店铺一样,里面有五六名男女员工,围坐着屋中央的一张大桌子,侧面有一扇门，则是经理办公室。

在高温的办公室里，老板只穿着衬衫，敞开领口①。他身后有一扇小窗，正对着一座午后两点阳光还照不到的院子。此人短粗胖，拇指插进裤子的两条天蓝色宽背带里，呼吸相当急促。面孔看不大清楚，说出来的话低沉，带着气喘的声音，他请外婆坐下。雅克嗅着弥漫这家商店的铁器味儿。老板岿然不动，雅克觉出这是一种怀疑的态度，一想到要对这样一个强大而可怕的男人说谎，便感到两腿发抖了。外婆则不然，一点儿也不发抖。雅克眼看就满十五岁，也该自谋生路了，要赶紧走出第一步。老板看他不到十五岁，不过，如果他很聪明的话……对了，他有毕业证书吗？没有，他享有助学金。什么助学金？是上中学的。这么说，他上了中学？上几年级？三年级。他退学啦？老板越发纹丝不动了，现在，他的面孔看得清楚些了，那对乳白色的圆眼睛，从外婆身上移到孩子身上。在这种目光注视下，雅克不禁发抖。"对，"外婆回答，"我们家太穷了。"老板难以觉察地放松了。"这真可惜，"他说道，"既然他有天分。不过，做生意，也能有大好前程。"不错，大好前程开头，收入也很可怜。雅克每天工作八小时，每月能挣一百五十法郎。第二天他就可以来上班。"你瞧，"外婆说道，"他相信我们了。""到时候我得离开呀，怎么向他解释呢？""这事儿我来办。""那好吧。"孩子无可奈何地说道。他仰望夏日的长空，又想到铁件的气味、阴影幢幢的办公室，明天就该早早起来，假期刚刚开始就已然结束。

接连两年，雅克夏天都打工，先是到五金商店，后来就给一个海运经纪人做事。每次临近 9 月 15 日，他都心惊胆战，到了他辞职的日子了。

的的确确，假期结束了，虽说夏日依旧，同样炎热，同样烦闷。然而，他丧失了使他改观的一切：那种天空、那些场地、那样喧闹。

① 领子的一个纽扣可以解下来的领子。

雅克度过炎夏的时日，已不在一片灰黄的贫穷社区，而是来到中心社区，穷人的灰泥屋被殷富的水泥建筑所取代，房屋呈现一片灰色，更显别致，也更显忧凄。八点准时，雅克走进商店，当即感受铁器和昏暗，内心的光明便熄灭了，天空也消失了。他向收银员问声好，便登上二楼照明不足的大办公室。屋中央大桌子没有他的位置，周围都坐满了。有一位老会计，手卷的纸烟一天叼到晚，两撇胡子都熏黄了；有一个会计助理，半秃顶的男人，三十来岁，体魄和脸庞赛似公牛；还有两名年轻店员，一个棕褐色头发，身材瘦溜，肌肉发达，形体挺拔俊美，每天早晨都去防波堤海中游泳，来上班时湿衬衣总贴着身子，散发一股好闻的海洋气味，随后一整天就埋葬在办公室里了，而另一个身体肥胖，总是笑呵呵的，抑制不住活泼快乐的天性；最后，就是拉斯兰太太，经理的秘书，形貌有几分马状，但是总穿着粉红色平纹或斜纹布裙，还挺受看，然而，她那严厉的目光扫视所有人。这么多人，还有他们的资料、账本和各种用具，就把大桌子全占满了。雅克就只好坐在经理室门右侧放的一把椅子上，等待交给他事儿干，通常是要他将发票或商函分门别类，放入围住窗口的卡片柜里。起初，他还喜欢拉出文件匣，抚摩并嗅着纸墨和胶水的气味，开头很好闻，最终也变得乏味了。或者吩咐再验算一遍长串的加数，他就坐在椅子上，放在双膝上计算。再有，会计助理有时也会让他一起“审核”一组数字，他始终站着，认真地核对，而对方念着数字，声音很低沉，以免影响同事。张望窗外，只能看见街道和对面的楼房，但是从来望不见天空。有时候，可这情况不会常有，派雅克出趟门，去附近的文具店买些办公用具，或者去邮局寄一个急件。大邮局有二百米远，坐落在一条从港口直通山丘上城区的宽阔大道上。一踏上这条大道，雅克重又找回空间与阳光。邮局则是一座大圆顶建筑，三扇大门通透，照得亮亮堂堂，阔大的圆顶也洒下天光①。然而，可惜的是，派雅克离

---

① 邮件操作？

开办公室去寄邮件,往往安排在要下班的时候,结果又增加了一件苦差事,因为时近黄昏,他必须跑去,邮局拥挤着大批顾客,在窗口前排长队等候,这便延长了他的工作时间。漫长的夏天,雅克基本上过的就是暗无天日的日子,净做些微不足道的事情。“人总不能闲待着,什么也不干啊。”外婆常这么说。可是,恰恰在这间办公室里,雅克觉得无所事事。他并不拒绝工作,尽管在他看来,什么也不能取代大海,或者库拜那些游玩。在他的心目中,真正的工作,应该像制桶那类的劳作,长时间费力气的活儿,双手要有力而灵巧,做出一系列的动作都十分娴熟而精准,能让人看见劳作的成果:一个新酒桶,做得了,毫无缝隙,工匠这时就可以欣赏了。

可是,办公室的这份工作却没头没脑,不会有任何成果。就是买和卖,一切都围绕着这些行为转,既庸俗又了无意义。雅克,虽然一直生活在贫困中,到这办公室却发现了庸俗,为失去的阳光而饮泣。造成这种令人窒息感觉的责任,并不在于他的同事们。他们对他都很好,从不粗暴地支使他做什么,就连不苟言笑的拉斯兰太太,有时也冲他笑笑。他们之间很少交谈,而这种快活融洽又漠然相处的气氛,是阿尔及利亚人所特有的。老板在他们上班一刻钟之后到来,或者他从办公室出来,吩咐一件事或核对一张发票(如果是一笔大生意,他就会召老会计或相关职员去办公室)。在老板出现的时候,每个人的性格就更能显露出来,就好像这些男人和这个女人,只有同权力发生关系时,才能确定自己是什么样的人。老会计不客气而且独立,拉斯兰太太沉浸在肃穆的遐想中,而会计助理则相反,一副十足的卑躬屈膝。然而,在其余时间里,他们又都缩回各自的躯壳中,雅克就坐在椅子上,等人吩咐,以便有机会行动,做件微不足道的事,即外婆所说的工作①。

雅克实在待不住,不由得在椅子上躁动起来,于是,他下楼去商店后院,进厕所蹲坑,水泥四壁与外面隔绝,没有什么光线,一股

① 夏季,中学毕业会考后的课程——在他面前呆头呆脑。

刺鼻的尿臊味儿。他在这昏暗的地方，闭上眼睛，呼吸着熟悉的气味儿，开始浮想联翩。他的内心隐隐有一种冲动，尚处于盲目状态，但已达到血性和人类的高度。他的脑海中，有时重又浮现拉斯兰太太的双腿。有一天，他在拉斯兰太太对面，碰掉了一盒大头针，便跪下来拾取，抬起头时，看见短裙下叉开的双膝，以及花边衬裙里的大腿。此前，他从未见过女人短裙下穿的是什么，而这突然瞥见的情景，顿时令他唇焦口燥，近乎疯狂的颤抖传遍周身。一种神秘向他揭示了，而他尽管不断地体验，也始终探测不到尽头。

每天两次，中午和六点，雅克都要冲出去，跑下坡路，跳上满员的电车，就连所有脚踏板上都挤满了人，全是要乘车返回自己社区的劳动者。大家挤在高温的车里，成年人和这个孩子，谁都默默无语，转向等待他们的家，平静地流着汗，忍受着这种折腾的生活：从事一份没有灵魂的工作，乘坐极不舒服的电车长距离来回奔波，最后倒头睡觉。有些晚上，雅克望着他们，总感到有点儿揪心。此前，他在贫穷中感受了丰富和快乐的生活。然而，炎热、无聊、劳累，向他揭示了穷困的厄运，愚昧劳作的不幸令人心酸落泪，无穷无尽的单调生活，同时使得日子变得太长，生命变得太短了。

在海运经纪人那里做事，夏天过得快活些，只因办公室朝向滨海林荫大道，尤其有一部分事要到港口去做。的确，雅克要登上在阿尔及尔停泊的各国船只，而那位经纪人，一个相貌堂堂的老人，头发卷曲，粉红的面孔，是各个行政部门的代理。船上的文件，由雅克接收并送到办公室翻译出来，干了一周之后，雅克自己就可以翻货物清单和一些提货单了，只要是用英语书写的，并且是送交海关或者接收货物的进口大公司。因此，雅克要经常去阿加货港取这些文件。酷暑扫荡这些通向港口的下坡街道。沿路铸铁的沉重栏杆晒得滚烫，手都不敢触摸。炎炎烈日下，宽阔的码头空荡荡的，唯独刚刚靠岸停泊的货船近前，还有码头工人在忙着卸货，他们穿的蓝色工装裤挽到小腿，光着晒成黑红的膀子，每人背的货包，从头顶覆盖到双肩，一直拖到腰间，有水泥袋、煤袋，还有棱角锐利的包裹。他们通过从船甲板搭到码头的跳板来来往往,或者通过货舱和码头之间搭的厚木板,直接进入门户大开的货舱,步子走得很快。码头上升腾起阳光和灰尘的味道,灼热的甲板也散发融化的柏油和煅烧铁件的味道,雅克却能透过这些气味,辨别出每艘货轮的特殊气味:挪威的货船有股木头味儿,来自达喀尔或者巴西的货轮,都带来咖啡和香料味儿,而德国船则是油味儿,英国船散发钢铁味儿。雅克从跳板登上船,出示经纪人的名片,给一名海员看,那海员不懂,便带着他穿过阴凉处也燠热的纵向通道,去见一个管事的人员,有时就去见船长①。雅克经过这些狭窄的、光秃秃的小舱室,贪婪地观望一个男人主要生活的浓缩地方,并且喜爱上了,觉得胜过最豪华的房间。船上的人接待他都很热情,因为他本人总是亲热地微笑着,他喜爱这些男人粗犷的脸庞,喜爱孤独生活赋予他们所有人的那种眼神,并且把这种喜爱挂在脸上。他们中间,时而能有一个会讲点儿法语,就问他一些话。办完事,他高高兴兴离开,走向火场一般的码头、滚烫的铁栏杆,回到工作的办公室。只不过,他在酷暑中这样奔波特别劳累,上床就沉沉睡去,9月时,他整个人瘦了,情绪也有点儿烦躁。

眼看每天在中学要待十二小时的日子来临,他终于松了口气,同时又日益感到尴尬,要明确告诉办公室的人,他得辞去这份工作了。最难启齿的还是在五金店的时候。他本可以耍无赖,躲着不上班,由外婆去解释,随便拿什么理由搪塞。然而,外婆来得更绝,干脆废除一切手续,他只需领了工资,不再回去,什么都不用解释。可是,派外婆去接受老板一顿暴怒,雅克认为是自然而然的事,况且在一定程度上,造成这种局面,并由这种局面导致的谎言,外婆确实负有责任,而面对这种回避态度,他不免感到恼怒,却又无法解释为什么。而且,他还找出令人信服的理由:“可是,老板会派人来这儿的。”“这倒是,”外婆回答,“来就来吧,你只需对他说,你要

---

① 码头工作的工伤事故?参看日记。(1935 年 4 月,加缪在他的《手册》中,记录了一名装卸工人发生的事故。)

到你舅舅那里去干活。”雅克怀着罚下地狱的那种感觉,已经走了,外婆又追着对他说:“千万工资先拿到手,你再说下边的事儿。”到了傍晚,老板挨个叫员工进他的巢穴领薪水。“拿着,小家伙。”老板说着,就递给雅克一个信封。雅克伸出的手已经显得有点儿迟疑,老板冲他微笑道:“要知道,你干得很好。这话,你可以告诉你父母了。”雅克已经开了口,解释说他不能来上班了。老板不禁愕然,愣愣地看着他,朝他伸出的手臂还停在那儿。“为什么?”必须说谎,而谎言又说不出口,雅克无语,站在那儿,样子窘迫极了,老板这才明白。“你要回中学上课啦?”“对。”雅克回答,他在又怕又窘中,心情突然放松,眼泪随之涌上眼眶。老板怒不可遏,站了起来。“你来求职的时候就知道了。还有你外婆,当时也知道。”雅克只能点头承认。现在,满屋回荡着怒作的声音,他们都不诚实,而他,老板,最鄙视人不诚实。莫非他知道他有权不付工钱,而且,他若是付了岂不愚蠢,不,他不会付钱了,那就让外婆来吧,看人家怎么接待她,如果当初就跟人家讲实话,也许还会照样雇用他,可是偏偏说了谎,噢!“我们太穷了,他不能去上学了。”于是老板就上当受骗了。“就是因为这个。”雅克一时昏头,猛然说道。“什么,因为这个?”“因为我们太穷。”随即住了声,倒是对方注视他片刻,慢悠悠地补充道:“……你们就这么干,你们就对我编造这种瞎话吗?”雅克咬紧牙关,看着自己的脚面。冷场,无休无止。继而,老板从桌子上拿起信封,递给雅克。“拿上你的钱,走吧。”他粗暴地说。“不。”雅克却回答。老板硬把信封塞进他兜里:“走吧。”雅克在街上奔跑,现在止不住流泪了,双手紧紧抓住上衣领子,以免触碰到兜里烫手的钱。

说谎,是为了得到不度假的权利,是为了打工,远离自己所钟爱的夏日的天空和大海,还得说谎,以便争取重回中学上学的权利。这种不正公,要命似的揪他的心,因为,他固然为了快乐,随时准备撒点儿谎,但是不会屈从于迫不得已的谎言,这回最糟糕的,并不在于这些他终归讲不出口的谎言,而尤其在于这些他失去的欢乐，就是安享令他狂喜的这个季节和阳光，如此一来，一年的光阴，就只有一连串的匆忙起床，一连串沉闷而紧迫的日子。他在贫困生活中最美妙的事物，他那么宽裕，那么尽情享受的无可取代的财富，只为挣一点点钱而丧失了，而那点儿钱还抵不上这些财宝的百万分之一。然而他也明白，这事还势在必行，即使处于最激烈抗拒的时候，他的内心仍有某种感觉，为他做了工而自豪。因为，他拿到第一笔工钱的那天，为可怜的谎言而牺牲掉的这些夏日便得到了补偿。他走进餐室，看见外婆正在削土豆，削好皮便丢进水盆里，而埃奈斯特舅舅坐在那里，双腿夹住有耐性的爱犬布里昂捉跳蚤，他母亲则刚回家，正在碗橱的一个角落，解开一小包交给她洗的脏衣服，雅克径直走上前，什么话也不讲，将一张一百法郎的钞票，以及几枚他在手中攥了一路的大硬币放到桌上。外婆什么也不说，将一枚二十法郎的硬币推给雅克，收起了余下的钱。她用手触了触卡特琳·科尔梅里的肋部，要引起她注意："是你儿子挣来的。""是啊。"她应道，那忧伤的目光一瞬间爱抚她的孩子。舅舅点了点头，却抓住不放以为受完刑的布里昂。"好哇，好哇，"他说道，"你呀，是个男子汉。"

不错，他是个男子汉，偿还了一点儿亏欠，一想到减轻了一点儿家庭的贫困，他心里就充满几近恶狠狠的自豪，这是男人开始感到一身自由、不再屈从任何事物而萌生的快意。果然，这次开学，他升入二年级，不再是四年前那个孩子了。还记得离开贝尔库尔那天清晨，他穿一双打了铁掌钉的鞋，走路踉踉跄跄，心中不知所措，一想到那个等待他的陌生世界就不免紧张，而现在他投向同学们的目光，已经失去了几分天真。此外，有许多事情，这时开始争夺他，促使他脱胎换骨，不复为从前那个孩子。如果说他一直忍耐，接受外婆的责罚，就好像这是孩子的本分，生活不可缺少的部分，可是有一天，他突然狂怒，凶猛地一把从外婆手中夺过牛筋鞭子，态度那么坚决，真想抽打这个白发苍苍的老人，正是她那双明亮而冷静的眼睛激得他火冒三丈，外婆这才明白，退了两步，回房间关起门来，当然哀叹不幸，养大了不近人情的孩子，但是已经确信，绝不能再打雅克了，此后她还真没有再打他。这是因为，当初的孩子确实死了，蜕变为这个瘦瘦的、肌肉发达的少年，头发蓬乱，眼睛一副狷急的神色，他为了给家里挣份工钱，劳作了整整一夏天，他还刚刚被指定为学校足球队的正式守门员，而且三天前，他第一次尝到了一位少女芳唇的滋味，险些当场晕倒。

# 二　素昧自我[①]

唔！是的，就是如此，这个孩子的生活就是如此。在穷苦街区的岛上，生活就是如此，与赤裸裸的衣食密不可分，生在一个残疾的、愚昧无知的家庭，他那年轻的血液在沸腾，贪婪的胃口吞噬着生活，具有生猛渴求的智慧，在生活的路上欢蹦乱跳，又突遭一个陌生世界的阻遏，不得不戛然止步，打断欢乐，他不免张皇失措，但是很快就镇定下来，力求理解，去认识，去吸纳他不了解的这个世界，他也的确吸收了，只因他如饥似渴地去接触，丝毫也不想偷奸耍滑，而且诚心诚意，毫无卑劣的打算，始终不失一种沉静的坚信，不失一种自信。是的，既然他自信只要有意愿，什么事都能办成，凡是这世上之事，只要是这世上之事，就绝无他不可能为之的，总在做准备（童年的赤贫也是为他做的准备），到处都能找到自己的位置，因为他并不渴求任何地位，而一心只想快乐，自由自在，浑身有力量，只求生活中一切美好的、神秘的事物，买不到的，永世也买不到的东西。甚至因为太穷困，准备有朝一日，根本不用提出要求就能拿到钱，绝不受制于金钱了，就像他雅克，如今四十岁这样，能驾驭这么多事物，然而又十分确信自己微不足道，不管怎样，比起他母亲来算不了什么。他就是这样生活过来的，在大海里，在狂风中，在街道上嬉戏，顶着夏天酷热的重压和短暂冬季的凄风苦雨，没有父亲，没有家教传承，不过在一年期间，找到了一位父亲，恰恰是在最需要的时候，在学校的人和事中间穿行前进，而知识向他敞开大门，从而形成某种类似品行的东西（足以应付当下面临的环境，但后来

① 标题仅仅出现在目录中。加缪在标题的位置画了个太阳。

应对世界的癌变时，就远远不够了），同时他也自创一种传统规范。

然而，这一切，这些举动、这些游玩嬉戏、这种胆量、这种激情，还有这个家庭、这盏煤油灯、这条黑乎乎的楼梯、风中的棕榈叶，还有在大海中诞生与洗礼，最后，这两年昏暗而辛劳的夏天，这一切难道就是全部吗？这些都有，唔，是的，情况确实如此，不过，也还有生命体隐秘的部分。这些年来，他的内里隐隐地骚动，如同深层的地下水，在岩石的迷宫中流淌，从未见过阳光，却反射着幽幽的光亮，而这幽光不知来自何处；也许是通过岩石的纤细孔隙，从烧红的地心吸引到这些深穴的黑色空气中来的，而一些黏糊糊的浓缩植物，就在这里汲取营养，得以生长在似乎不可能有任何生命的地方。这种盲目的萌动，在他的内心从未停止过，现在他还能感受到，这蕴藏在他内心深处的黑色火焰，犹如表面熄灭，中心仍旧燃烧的炭火。因中心在燃烧，泥炭表层的裂纹不断移位，这种腐殖质的暗流也不断涌动，结果黏稠的表层与沼泽沉积的泥炭一同运动，而这种稠厚的细微波动，日复一日，还在他内心萌生最狂热、最激烈的欲望，诸如他陷入荒漠的惶恐，他那无比深厚的思乡，他对贫困和简朴突如其来的渴求，他对默默无闻的无限向往。是的，这么多年来，这种隐秘的内心活动，正契合这辽阔的国度，他从幼年起，就已经感受到这周围地区的分量。面前有一望无际的大海，身后则有绵延不断的高山、高原，以及人称内地的沙漠，而这两者之间，常年弥漫着危险，但是任何人都不提及，因为都把这视为天经地义的事。可是雅克却看出来了。那是在比尔芒德雷小镇[①]，一座白灰墙拱顶房屋的小农场，姨妈临睡前，总要挨个房间检查一遍，厚厚实木的护窗板大插销是否都插严实了。正是在那关得严严实实的房间里，他产生了被丢弃感，恍若自己就是第一批居民，或者第一批征服者，踏上强权仍然横行的地方，这里的司法只为了无情地惩罚那些习俗预防不了的行为。他周围的人群，既吸引人又令人

---

① 比尔芒德雷小镇位于阿尔及尔南部，相距不过数公里。

不安，既近在眼前又十分隔膜，天天都能擦肩而过，有时还能萌生友谊，或者一时称兄道弟。然而，一到夜晚，他们都退隐，回到无人知晓、别人永远也进不去的家，同样门户紧闭，守着别人永远也见不到的妻子——那些女人即使走在街上，也不知道她们是谁，都有面纱半遮着脸，白衣衫上面露出美丽温柔而性感的眼睛。他们聚居在各个社区，人数众多，多极了，他们虽然唯唯诺诺，也十分劳累，但是仅凭他们的数量，就形成一种无形的威胁，飘浮在半空，有些夜晚在街上就能嗅到气味。一个法国人和一个阿拉伯人打起来了，同样的斗殴，也可能发生在两个法国人和两个阿拉伯人之间，事情引起的反应却不尽相同。只见本街区的阿拉伯人，身穿褪了色的蓝工作服，或者裹着带风帽的长袍，都缓步从四面八方，源源不断聚拢来，渐渐聚成黑压压一片。这群人并不使用暴力，仅以聚众的方式，里三层外三层围起来，就把几个被围观者吸引来的法国人隔在外面。而圈里的那个法国人边打边退，突然发现独自面对他的对手，又面对一大群人毫无表情的阴沉面孔，如果他不是土生土长，不知道在这里唯有勇气才能生存，那么他的勇气就会顿时化为乌有，于是他就面对这群形成威胁的人。而其实，他们并不威胁任何人，只是不由自主地来围观。大多情况下，正是他们拉住那个发疯似的恋战的阿拉伯人，催促他赶在警察到来之前速速离开。须知警察很快就会得到报案，很快就会赶到出事现场，不容分说，将斗殴者押上警车拉走，经过雅克家的窗下，送到警局的路上就受到虐待。"他们真可怜。"母亲说道。她目睹那两个男子被警察紧紧扭住，被人推搡着肩膀带走。可是等他们走后，在雅克这孩子看来，威胁、暴力、恐惧，仍然在街上游荡，一种莫名其妙的惶恐在他心头滋长，他觉得嗓子眼发干。不错，这天夜晚，这些隐秘的、纠葛在一起的根须，将他紧紧系于这片壮丽而骇人的土地，也同样系于这片土地灼热的白昼和短促得揪人心的夜晚，犹如第二个人生，在第一个人生日常表象掩盖下，也许更为真实。经历了一系列蒙蒙的欲念、一系列强烈而难以描摹的感受，诸如学校的气味，街区马厩的气味，他母亲手上浆洗的气味，高地街区茉莉和忍冬花开的芳香，词典的书页和鲸吞的图书的油墨气味；还有他家和五金店厕所的尿臊味儿，课前或课后，他偶尔独自走进冰冷的大教室所嗅到的气味，最亲近的同学的体温，迪迪埃跟他在一起时，带来的热羊毛的臭味儿；也有大马尔科尼的母亲大量洒在他身上的花露水味儿，在课堂上引起雅克把凳子越发凑近他这朋友的欲望；皮埃尔从他一个姨妈那里拿来的唇膏味儿，他们好几个人嗅着，又慌乱又不安，犹如几条公狗进入一个刚刚离开一条发情母狗的人家，想象着女人就是这个腻腻的香脂块，散发着香柠檬和奶油味儿，这给他们喧闹的、出汗和尘土飞扬的世界里，带来一个美妙绝伦的世界的启示，而那个世界具有难以言传的诱惑力，甚至他们围着口红棒同时讲粗话也不足以抵挡。正是从幼年起，在海滩上，他喜爱人体，喜爱人体的美，往往高兴得咯咯笑。他也喜爱人体的温暖，一直受其吸引，并没有什么明确的念头，只是出于本能，不是为了占有，那时也不懂，仅仅为了进入人体的光耀中，偎依着同学的肩膀，感到特别信赖而放松，而且在拥挤的电车上，一只女人的手触碰他的手，如果时间稍微长一点儿，他全身就几乎酥软了。

是的，渴望生活，再生活，渴望投身大地火热的生活，在潜意识中期望于他母亲而得不到的，或许不敢得到的东西，他却在布里昂身边找到了，当小狗挨着他躺着晒太阳时，他嗅着狗的冲鼻的皮毛味儿，或者，也在最浓烈的兽性十足的气味中找到了，生活的高温排除一切障碍，在这种气味中为他保存下来，他也同样离不开了。

正是在他内心这种懵懵懂懂的状态中，产生了这种如饥似渴的热情，这种生活的兴狂，而且永驻他的身躯，直至今日，这种生活的兴狂也未尝稍减，只是更为苦涩了——在他回家团聚中，面对他童年的形象时——猛然强烈地感到，时光和青春流逝了，正如他曾经爱过的这个女人这样。哦，对，一种伟大的爱，他曾全心全意地爱她，对，也是全身心地爱她，同她在一起的欲望那么炽烈，当他无声地大喊一嗓子，欢快地离开她时，世界又恢复火热的秩序。而他爱她，是因为她的美貌，也因为生活在世上的这种痴迷，既慷慨又绝望，她这种痴迷又使她拒绝，拒绝岁月会流逝，尽管她知道此时此刻光阴正在流逝，可她就是不愿意有一天别人谈起她，说她仍显年轻，反倒要一直年轻，始终年轻，而且有一天，他笑着对她说，青春逝去，人生到了暮晚，她就不禁失声痛哭，抹着眼泪说道："噢，不，噢，不，我太喜欢爱了。"她聪明，许多方面都有过人之处，也许正因为她真的聪明，并有过人之处，她才拒绝世界的现状。正如她回国到她出生地小住的那几天，以及那些悲悲切切的探望，别人提起几位姨妈，就对她说道："你这也是最后一次见她们了。"此言不虚，她们的面孔、她们的身体、她们的衰朽，她一见就想要叫喊着离开，还有那些家庭聚餐，餐桌布的绣花，还出自一位去世很久的曾祖母之手，可是谁也不怀念了，唯独她还想象她那曾祖母年轻时的容颜，想象她的欢乐、生活的欲望，也像她本人一样，长得漂亮极了，年轻时光艳照人，围坐在这张餐桌的人都赞美她，而周围墙壁上挂的年轻美貌的肖像，正是当年赞美她的人，她们也都年迈色衰，一脸倦容了。于是，她热血沸腾，想要逃离，逃往一个任何人都不会衰老、也不会死亡的国度。在那里，如花的容貌不会凋残，生命始终保持野性，始终那么光辉灿烂。可那国度并不存在。她从老家回来，便扑到他怀里痛哭，因而，他爱她到了绝望的程度。

他本人也一样，或许比她更甚，只因他出生在没有祖先，也没有记忆的一片土地上。在这里，他的先人被根除得更为干净彻底，老年人到了忧伤的晚境，丝毫也得不到在温情的文明国家的那种救助。而他，宛如一单片刀刃，始终铮铮锋利，最终难免咔吧一声，永远折断了。人生的一种纯粹的激情，要面对一种全面的死亡，当下他就感到生命、青春、生灵渐渐离他而去，自己却丝毫无力救护，仅仅沉溺于盲目的希望，但愿这种隐秘的力量，多少年来支撑他驾驭岁月，不限其量地供应养分，现在还能抗衡最艰难的环境，还会同样慷慨奉献，像当初那样源源不断地赋予他人生的理由、安于衰老并毫不抵触死去的理由。

# 附　录

## 活页　I

4. 在船上。跟孩子一起午睡＋十四年战争。

*

5. 在母亲家——暗杀。

*

6. 蒙多维之行——午睡——殖民化。

*

7. 在母亲家。童年续篇——他找回童年而非父亲。他得知他是第一人。莱卡太太。

*

"她使出全身力量，拥抱亲了他两三下，还紧紧搂住他，放开手之后，还注视他，随即又搂住他吻了一下，就好像（她刚刚）衡量了满怀的温情，确定表现出来的还欠缺一分，于是[①]。继而，她转过身去，似乎不再考虑他，也不想任何别的事，而且看他的表情，有时甚至怪怪的，仿佛现在他成了多余的人，扰乱了她活动的这个空无的、封闭而局限的天地。"

## 活页　II

一个移殖民，1869 年写给一名律师：

"阿尔及利亚要抵制她的医生们的治疗，那她必定有极强的生

① 这句到此为止。

命力。”

*

村庄四周挖了壕沟或筑了围墙(四角建了塔楼)。

*

1831 年派遣的六百名移殖民,一百五十名死在帐篷中。阿尔及利亚孤儿众多概缘于此。

*

在布发里克,他们垦荒时,肩背长枪,衣兜装着奎宁。“他有一副布发里克的嘴脸。”他们当中,有百分之十九死于 1839 年。在咖啡馆里,奎宁作为一般消费品出售。

*

比若曾给土伦市长写信,请他挑选二十名健壮的姑娘,婚配给他的殖民战士,他到土伦为他们主持了婚礼。这就是“火线结婚”。当然,要尽量做得圆满,经过核实,未婚妻还可以调换。这便诞生了“富喀”军垦农场。

*

初期的集体劳动,就是军垦农场。

*

“地区性”殖民化。舍拉加的殖民化,就是由格拉斯来的六十六个园艺师家庭完成的。

*

阿尔及利亚的市镇政府,通常都没有档案室。

*

马翁人组成小群体,带着行李箱和孩子登陆。他们的话就是字据。绝不要雇用西班牙人。他们把阿尔及利亚海岸变成富足地区。

比尔芒德雷镇和贝尔纳达的家。

(托纳克医生)的经历,米提贾平原的第一个殖民者。见德·邦迪科恩的著作:《阿尔及利亚殖民史》第 21 页。

皮雷特的经历。同上,第 50 页和第 51 页。

## 活页 Ⅲ

10—圣 - 布里厄[1]

*

14—马朗

20—童年的游戏

30—阿尔及尔。父亲及其丧命( + 谋杀)

42—家庭

69—热尔曼先生和学校

91—蒙多维——殖民化与父亲

*

## Ⅱ

101—中学

140—素昧自我

145—青少年时期[2]

① 数字表示手稿的页码。

② 手稿截止于第 144 页。

## 活页　Ⅳ

喜剧主题同样重要。能把我们从极痛深悲中拯救出来的，正是这种被抛弃的孤独感，然而尚未孤独到“他人”不“关注”我们不幸的地步。正是在这种意义上，我们的幸福时分，往往就是我们被遗弃感发酵，将我们拖进无限忧伤中的时分。也同样是在这种意义上，幸福往往不过是我们的不幸得到同情的感觉。

敲穷人家的房门——上帝将怜悯置于绝望旁边，也同样将良方置于病痛旁边[①]。

*

我年轻时，向人企求的超过他们所能给予的：经久的友谊、持续的激情。

现在我向他们企求的低于他们所能给予的：默默的陪伴。而他们的激情、他们的友谊、他们高尚的行为，在我的心目中，则保存着奇迹般的全部价值：优美的完全效果。

玛丽·维通：飞机

## 活页　Ⅴ

他在生活中曾经为王，冠以非凡的天赋、渴望、力量和快乐，而他前来请求她原谅的，正是这些冠冕的荣誉。她曾经为奴，屈从于岁月和生活，她什么也不知晓，从无任何渴望，也不敢渴望什么，然

① 外婆的去世。

而她却完好保存了一种他已然丧失的真实，而唯独真实才能证明人活着。

每周四去库拜

训练，体育运动

舅舅

中学毕业会考

疾病

母亲哟，温情哟，受宠的孩子，比我的时代更伟大，比令你屈从的历史更伟大，比我在这世上所爱过的一切更真实，母亲哟，原谅你的儿子曾逃离你那真实的黑夜。

外婆，专横，但是她站着侍候家人吃饭。

儿子让人尊敬他母亲，打了他舅舅。

# 第一人
## （笔记与提纲）

“什么也抵不上卑微、愚昧、固执的生活……”

克洛岱尔：《交换》

抑或还有

关于恐怖主义的对话

客观上她有责任（连带责任）

换个副词，要不我打你

什么？

不要吸取西方最愚蠢的东西。别再说客观上，要不我打你。

为什么？

你母亲是睡在阿尔及尔－奥兰火车的前头吧？（无轨电车）。

我不明白。

火车炸了。四个孩子死了。你母亲没有动窝。如果从客观上说，她还是有责任的①，那么你就是赞成可以枪杀人质。

她事先并不知道。

那位母亲也不知道。

永远也不要再讲什么客观上。

承认有无辜者，要不我也把你杀掉。

你知道我干得出来。

对，我见识过。

*

① 连带责任。

让是第一人[①]。

那就以皮埃尔为坐标，赋予他一种过去、一个家园、一个家庭、一种伦理（？）——皮埃尔——迪迪埃？

*

海滩上青少年的恋情——以及降临到海面的黄昏——还有星斗满天的夜晚。

*

在圣艾蒂安，同那个阿拉伯人邂逅。两个流亡者在法兰西的友谊。

*

征兵。我父亲应征入伍时，还从未见过法国。他见到了法国，随后便丧命。

这便是（像我家这样低微的家庭所给予法国的。）

*

雅克已经反对恐怖主义时，同萨多克最后一场谈话。然而，他接待了萨多克，避难权是神圣的。他们的谈话是在他母亲家，当着他母亲的面儿。最后，他指着他母亲，说："你瞧。"萨多克站起身，走向他母亲，手按在心口上，以阿拉伯人的方式，躬身拥抱他母亲。雅克从未见过他这种举止，因为他已经法国化了。他说道："她也是我的母亲。我母亲死了。我就当她是我母亲那样爱她，敬重她。"

（由于一次自杀性爆炸，她吓得跌倒。她情况不好。）

*

抑或还有：

是的，我鄙视你们。在我看来，世上的荣誉是为被压迫者，而不是为强者而生。耻辱仅仅栖止在强者那里。在历史上，一旦有一个被压迫者觉醒……那么……

---

① 见《阿尔及利亚殖民史》。

再见，萨多克说道。

留下来，他们会抓住你的。

那样更好。他们呢，我就可以恨他们了，我就怀着仇恨同他们会合。而你呢，你是我兄弟，我们却分离。

……

夜晚，雅克在阳台……远处传来两声枪响、人的奔跑声……

“怎么回事儿?”母亲问道。

“没事儿。”

“噢！我为你担惊受怕。”

他猛地扑到她怀里……

后来因留宿而被捕。　　　　　　　　洞里的

派他去面包房烤炉烤东西　　　　　　两法郎

外婆，她的权威，

她的精力

他私留下零钱。

*

阿尔及利亚人的荣誉观。

*

学懂正义和道德，就是根据其后果判断一种激情是好是坏。雅克可以沉迷于女色——然而，如果她们占去他的全部时间……

*

“这样生活，行动，感受，只为断定这人错了，那人对了，我已经厌倦了。按照别人赋予我的形象活在世上，我也厌倦了。我决定自治，我要求在相互依存中保持独立。”

*

皮埃尔会成为艺术家吗?

*

让的父亲是赶大车的吗?

*

玛丽病倒之后，皮埃尔发作了，克拉芒斯式地大发神经（我什么都不爱……），这就要由雅克（或格勒尼埃）去应答这种堕落。

*

拿宇宙来比照母亲（飞机、连在一起的最遥远的地区）。

*

皮埃尔律师。充当伊夫通[1]的辩护律师。

*

“我们如此勇敢，如此自豪，又如此坚强……假如我们有信仰，有上帝，那么，任何力量都不可能将我们击垮。而我们那时，什么也没有，一切都必须学习，仅仅为软弱无力的荣誉而活着……”

*

想必这同时也是一个世界结束的历史——这些光辉年代遗憾的轨迹……

*

菲力浦·库隆贝尔和在蒂帕萨的大农场。同让的友情。他在农场上空驾飞机失事身亡。他被找见时，肋部插进驾驶杆，脸面在仪表盘上摔烂。碎玻璃片上尽是血污。

*

标题：游牧民。从迁徙开始，最终撤离阿尔及利亚土地。

*

两种狂热：贫妇与异教世界（智慧与幸福）。

*

大家都喜爱皮埃尔。雅克的成功与骄傲引起他的敌意。

*

私刑暴力场景：四个阿拉伯人被投下卡苏尔山。

*

他母亲是基督。

---

① 共产主义战士，曾将炸药装置放进一座工厂，在阿尔及利亚战争中被判绞刑。

*

引人谈论雅克，由别人带出介绍，而他们勾勒出来的形象则相互矛盾。

有学养，爱运动，生活放浪，孤僻又是最好的朋友，刻薄而又无比忠诚，等等。

“他不喜爱任何人”“找不到第二颗如此慷慨的心灵”“冷淡而又疏远”“热心而又激情四射”，所有人都认为他精力旺盛，除了总好躺着的他本人。

就用这种笔法，逐渐描述这个人物长大。

他说：“我开始相信我无辜了。我曾是沙皇，统治着一切和所有人，全由我掌控（等等）。后来，我想明白，我没有那么大的胸怀，真正去爱，我也认为对自己鄙视得要命。继而，我又承认，其他人也没有真心去爱，只需跟所有人差不离也就行了。

“随后，我又认定其实不然，我就应该只怪自己胸怀不够大，也应该从容地苦闷一阵，等待时机一到而成为伟人。

“换言之，我等待那一时刻，当了沙皇而不安享。”

*

还有：

人不能活得太真实——太明白——这样做的人，势必脱离其他人，他再也不能分享他们的任何幻想。他成了个怪物——这便是我的写照。

*

马克西姆·拉斯特伊：1848 年移殖民的受难地。蒙多维——插入蒙多维的故事？

例如：1）坟墓，返回，以及（ ）[①]在蒙多维。

1－附）1840—1913 年的蒙多维。

*

① 一个无法辨认的词。

他的西班牙那一面　　有节制而好色

精力充沛而一无所有

*

雅克:“没人能想象得出,我忍受过的痛苦……大家敬佩做了大事的人。然而,大家更应当敬重另一些人,他们尽管有地位,却能约束自己,没有犯下滔天大罪。是的,敬重我吧。”

*

同伞兵中尉的谈话:

“你讲得太漂亮了。咱们找个地方去,看看你还有没有这么多话。走吧。”

“好哇,不过,我得把话说在前头,因为,想必您从未碰到过男子汉。听好了,如您所讲,找个地方要发生的事,我可算在您的账上。如果我没有落下风,那就没什么事,只不过,等到有机会的那天,我就要当众啐您的脸。如果这次我栽了,并且逃过这劫,那么等过了一年,或者二十年后,我就会杀了您,要您这条命。”

*

“你们照顾好他,”中尉说道,“他可是个壮汉①。”

*

雅克的朋友自杀了,“以便成全欧洲”。为了“造就”欧洲,必须有个自愿的牺牲者。

*

雅克同时有四个女人,因而过着一种“空乏”的生活。

*

C. S:灵魂一旦承受极大的痛苦,就会产生一种渴望,渴望不幸,即……

*

参看:战斗运动史。

---

① 他遇到他,见他未带武器,就挑起决斗。

*

夏特在医院死去，而她邻居的收音机里正在播放蠢话。

——心脏病。死于游走性丹毒。“我若想自杀，起码得采取主动。”

*

“唯独你会知道我是自杀的。你了解我的原则。我一直痛恨自杀。这是由于自杀对别人的冲击。如果有人坚持这么做，那就应该掩盖事实。出于慷慨之心。我为什么要对你明讲呢？因为你喜爱不幸。这是我送给你的一份礼物。祝你有食欲！”

*

雅克：欢跳的、更新的生活，人口和经验递增，更新和（冲动）的能力。

*

结尾。她抬起大骨节的双手，抚摩他的脸颊。“你呀，你是最伟大的。”她那（略微衰老的眉弓里）黑眼睛流露出多少爱和赞赏，以致他内心的某一个——了解内情的那一个——不禁恼怒了……过了片刻，他把她搂在怀里。既然她最有洞察力，这么爱他，他就应该接受，而且，为了确认这份爱，他也应该多少爱自己……

*

穆西尔[1]的主题：在现代世界中寻求灵魂的救赎——陀氏：《群魔》[2]中的（往来）与分离。

*

酷刑。连带责任的刽子手。我始终未能接近过任何男人——现在，我们肩并肩了。

*

---

① 穆西尔（1880—1942），奥地利小说家。他的长篇巨制《没有个性的人》未能完成，出版了三卷，有两千余页，揭露并讽刺了日趋腐朽的奥匈帝国的种种弊端。——译者注

② 指陀思妥耶夫斯基的《群魔》。——译者注

基督徒的心态:纯净的感觉。

*

这部书大约未完成。例如:“在他返回法国的船上……”

*

嫉妒了,他就佯装若无其事,摆出一副上流社会人士的派头。随后,他就不再嫉妒了。

*

四十岁时,他承认需要有人给他指路,责备或者赞扬他:一位父亲。要权威而非权力。

*

X 瞧见一个恐怖分子朝……开枪。在一条漆黑的街上,他听见那人在他后面奔跑,便站住不动,猛然转身,一个勾脚将那人绊倒,手枪脱手摔到地上。他拾起手枪,迫使那人就范,随后考虑到,不能把他交给警方,便带他往远处走,到一条街上,让他在前面跑,他胡乱开枪。

*

年轻女演员到兵营:一株草,煤渣堆上长出的第一株草,这种幸福感特别强烈。穷苦而快乐。后来,她爱上了让——因为他纯洁。我呢?其实,我(不配)你爱我。恰恰如此。能引发爱的那些人,哪怕是失意者堕落者,也是国王和这个世界的辩护人。

*

1885 年 11 月 28 日:C. 吕西安生于乌莱德 - 法耶,父亲 C. 巴甫蒂斯特(43 岁),母亲玛丽 · 科尔梅里(33 岁)。1909 年(11 月 13 日),同辛泰斯 · 卡特琳小姐(出生于 1882 年 11 月 5 日)结婚。1914 年 10 月 11 日死于圣 - 布里厄。

*

45 岁时,他比较日期发现,他哥哥生于婚后两个月。然而,刚刚给他描述了那场婚礼的舅舅却把话岔开,讲起了一条瘦溜的长裙……

*

在家具乱堆的新居里，是医生为她接生了第二个儿子。

*

1914 年 7 月，她带着被蚊子叮咬得红肿的孩子，离开了塞布兹河畔。8 月，征兵动员。丈夫直接回到驻扎在阿尔及尔的（部队）。一天夜晚，他溜出军营吻别他的两个孩子。此后再也没有见到他的面，直到宣布他牺牲的消息。

*

一个移殖民遭受驱逐，就毁掉葡萄园，打开咸水渠……“我们在这里所做的，如果是一种罪恶，那就应该消除……”

*

妈妈（谈到 N）：你被“录取”的那天——“给你颁奖的时候”。

*

克里克兰斯基和禁欲的爱情。

*

玛塞尔刚刚做了他的情妇，他惊奇地发现，她对国家的不幸不感兴趣。“进来吧。”她说道。她打开房门：她那九岁的儿子——出生时被产钳夹坏了运动神经——瘫痪了，也不会说话，右面颊斜上去，要喂他吃饭，给他洗澡，等等。他关上房门。

*

他知道自己患了癌症，但是并不讲出来。别人还以为他在做戏。

*

第一部分：阿尔及尔，蒙多维。他遇到的一个阿拉伯人向他讲起自己的父亲。他同阿拉伯工人的关系。

*

J. 杜艾：水闸。

*

贝拉尔死于战争。

*

F一得知他同y的关系，就含泪嚷道："我也漂亮啊。"而y则朗声说："哼！那就来人，把我夺走吧。"

*

基督没有降临阿尔及利亚。

*

他收到她的第一封信，看到她亲手书写他的名字的感受。

*

理想的做法：这本书从头到尾，假如是写给母亲的——直到最后才得知她不识字——对，恐怕就是这样[①]。

*

他在世上最大的愿望，就是他母亲能全部阅读写她的生活和她的骨肉的文字，这是不可能的。他的爱，他唯一的爱，恐怕永远是沉默的。

*

要把这个穷苦人家从穷人命运中挣脱出来，它正从没留痕迹的历史中消失。沉默的人。

他们从前乃至现在，都比我伟大。

*

从出生的那天夜晚写起。第一章，随后第二章：三十五年之后，一个男人到圣-布里厄下火车。

*

Gr，我视为父亲的人，他出生在我亲生父亲去世并安葬之地。

*

皮埃尔和玛丽。开头，他得不到她；因此，他开始爱上她。反之，雅克和杰茜卡，一拍即合的幸福。因此，他的时间用在真正爱她——她的肉体掩饰她。

---

① 让·格勒尼埃。

*

（菲加里）高原上的柩车。

*

德国军官和孩子的故事：为他而死最值了。

*

《古耶》词典的纸墨：气味、插图。

*

制桶厂的气味，刨花味儿比锯末更（ ）[①]。

*

让，永不满足。

*

他少年离家出走，以便独居。

*

在意大利发现宗教：通过艺术。

*

第一章结束：这期间，欧洲调准了大炮，六个月后便万炮齐发。母亲手牵四岁的孩子，怀抱着另一个被塞布兹河畔蚊子叮咬红肿的孩子，来到了阿尔及尔。他们投奔外婆家，在一个穷人社区的三室房中安顿下来。“母亲，谢谢您收留我们。”外婆腰板挺直，望着她，目光清亮而坚定：“我的女儿，一定得找活儿干。”

*

妈妈：如同一个无知的宣告者，她不了解基督的生平，只知道钉上了十字架。然而，谁又能说得清楚呢？

*

清晨，在外省的一家旅馆院子里，等待着 M。这种幸福感，他一向浅尝辄止，违背道德的幸福——正因为违背道德，这种幸福感就从来不能持久——甚至大部分时间都烦恼不已，只有那么屈指

---

① 一个辨别不清的词。

可数的几次，就像现在这样，能把握住自己的纯净的心态，置身于清晨柔和的阳光里，待在还挂着亮晶晶露珠的火丽花间……

*

××的故事。

她来了，她非要不可，“我是自由的”，等等。扮演冲破牢笼的女人。随后，她脱得赤条条的，上了床，尽力做到……总之，一个坏（ ）[①]，不幸之人。

她离开她丈夫——丈夫痛苦欲绝，等等。丈夫给另一个写信：“您负有责任。继续同她见面，否则她会自杀。”事实上，注定失败：人迷恋绝对，在这种情况下，就要寻求经营不可能的事——结果，她自杀了。丈夫找来。“您知道我的来意。”“知道。”“那好，您选择吧，我杀了您，要不您杀了我。”“不，抉择的重担应该落到您的肩上。”“杀吧。”这实在是典型的境地：进退维谷，而受害者并不真的负有责任。不过（当然了），她在别的方面负有责任，但她从未付出过代价。荒诞。

*

××。她自身有毁坏和决死的精神。她已然（献身给）上帝。

*

一位博物学家：对食物，对空气等，总那么疑神疑鬼。

*

在被占领的德国：

晚上好，长官先生[②]。

晚上好。雅克应道，随手就关上门。他暗自诧异自己的声调。他这才明白，许多征服者说话都有这副腔调，只因他们征服并占领当地，总感到不自在。

*

雅克真想不存在。他所做的，有实无名，等等。

---

① 一个辨识不清的词。

② 原文为德文。——译者注

*

人物：尼古拉·拉米哈尔。

*

父亲的“非洲的惆怅”。

*

结尾。带他儿子去圣－布里厄。两个人面对面，伫立在小广场上。你生活得如何？儿子问道。什么？对，你是谁，等等。他（心中喜悦）感到在他周围，死亡的阴影渐浓了。

*

V. V. 我们这些男男女女，处于这个时代，在这座城市，在这个国家里，我们相互拥抱，又相互排斥，恢复关系，最终分离。然而，在整个这段时间，我们一直相濡以沫，表现出有难同当，一起斗争的那种非凡的默契。啊！这就是爱——爱所有人。

*

他进饭馆，总点带血的牛排，活到四十岁才发觉，其实他爱吃炸到火候，根本不带血丝的牛排。

*

从艺术和形式的一切思虑中解脱出来。不要媒介，找回直接的接触，也就是单纯。在这里，忘掉艺术，也就是忘却自我。并非因品德而放弃自我，正相反，是接受地狱。想要更优秀的人孤芳自赏，想要享受的人也孤芳自赏。唯独这个人放弃他的现状，他的自我，接受发生的事及其后果。于是，这个人就发生了直接关系。

通过第二等级的这种单纯，寻回希腊人的伟大，或者俄罗斯人的伟大。不要害怕。什么也不怕……然而谁来助我！

*

这天下午，在格拉斯去戛纳的途中，他心中产生一种难以置信的冲动，突然发觉在交往多年之后，他爱上了杰茜卡，终于爱上了，同她一比，整个世界都黯然失色了。

*

我所说所写的内容，与我毫无关系，并不是我结了婚，也不是我成为父亲，不是我……等等。

*

许多回忆录讲述，在阿尔及利亚殖民化过程中，“寻回的孩子们”。是的，我们全在这里。

*

从贝尔库尔到市府广场，清晨的有轨电车。在车头，电车司机和他的操纵杆。

*

我要讲一个怪物的故事。

我要讲的故事……

*

妈妈和历史：有人告诉她苏联发射了人造卫星。“嗳！我可不喜欢升那么高！”

*

倒叙章节。卡比利亚村人质。被阉割的士兵——扫荡，等等，局势逐渐恶化，直到殖民化的第一声枪响。可是，为什么罢手呢？该隐杀害了亚伯①。技术问题：只写一章或者追述？

*

拉斯特伊：一个移殖民，蓄留两撇大胡子，颊鬓花白了。

他的父亲，圣德尼城郊区的一名木匠；他母亲，洗衣工，洗布制小件物品。

而且，全是来自巴黎的移殖民（多为1848年的革命党人）。许多巴黎的失业者。制宪议会通过五千万拨款提案，用以派遣一批“移殖民”：

每名移殖民可获得：

一座住宅

---

① 据《圣经》记载，亚伯是亚当和夏娃的次子，他哥哥该隐出于嫉妒杀害了他。

二至十公顷土地

种子、农作物，等等

食品配额

不通铁路（只通到里昂）。接着走水路——乘坐由马拉纤的驳船，高唱《马赛曲》《出征之歌》，神父祝福送行，授予蒙多维的旗帜。

六条驳船，每条长一百至一百五十米。睡在草垫子上。妇女脱换衣服，就连手拉起床单遮挡。

行程近一个月。

*

到马赛，（一千五百人）在大检疫站逗留一周。然后，登上一艘旧的驱逐舰：希望号。刮起地中海干寒猛烈的北风，海船起航，乘风破浪。五天五夜——所有人都晕船病倒。

波尼——所有居民聚在码头上，欢迎移殖民。

行李物品堆在底舱，有的丢失。

从波尼到蒙多维，没有路（男人步行，部队的辎重车上留出更多的位置和空间给妇女和儿童）。在沼泽地平川和丛林中，只能估摸着行进，一路上，阿拉伯人投来敌视的目光，伴随他们的卡比利亚狗群的狂吠——1848年12月8日。蒙多维并不存在，只有搭起的军用帐篷。夜里，女人们哭哭啼啼——阿尔及利亚大雨，接连下了八天，倾泻到帐篷上，河流泛滥。孩子们在帐篷里大小便。木匠搭起简易棚，用单子罩住保护家具。在塞布兹河岸割来空心芦苇，让孩子们小便能流到帐篷外面。

帐篷里的四个月，后来搭起了临时的木板房。每座双套屋的木板房安排住六家人。

1849年春季：天气过早炎热了。大家在木板房里做饭。患了疟疾，随后又传染霍乱。每天死去八至十人。木匠的女儿，奥古斯蒂娜死了，接着，他妻子、内弟也相继死去。（他们葬在凝灰岩层里。）

医生的处方:你们跳起舞好活血。

每天夜晚,由乡村小提琴师伴奏,他们在两次葬礼的间歇跳舞。

直到 1851 年,才分配土地。父亲死了。只剩罗西娜和欧仁了。

要去塞布兹河支流洗衣服,还得派士兵护卫。

由部队筑起围墙并挖了壕沟。他们亲手建造了小房屋,开辟出小花园。

五六头狮子围着村子吼叫(努米底亚[①]黑鬣狮子)。豺狼。野猪。鬣狗、豹子。

袭击村庄。盗窃牲畜。一辆大车陷入泥中,乘车去求援,只留下一个孕妇。人回来时,只见她肚子被剖开,乳房割掉。

建起第一座教堂:四壁用胶泥垒的,没有座椅,只有几条长凳。

开办第一所学校:用树木枝条建造的茅屋。三位修女。

土地:地块零散。背着枪耕种。傍晚回村庄。

一支纵队,有三千名法国士兵,夜间路过掠夺了村庄。

1851 年 6 月:暴动。数百名骑手,披着阿拉伯呢斗篷,围住了村子。将火炉烟筒充当大炮,架到小城墙上。

*

巴黎人的确下地务农了,许多人在田地上,还戴着高筒黑礼帽,女人还穿着丝绸长裙。

*

禁止吸卷烟。只准抽烟斗,但须加盖(避免引起火灾)。

*

1854 年建成的住房。

*

在君士坦丁省,有三分之二的移殖民,几乎还未摸过镐柄犁把

① 北非古地名,位于阿尔及利亚北部。——译者注

就丧命了。

移殖民的老墓地，无尽的遗忘[1]。

*

妈妈。事实上，当年我虽然全身心去爱，却未能生活在盲目忍耐的水平上：终日无话，也没有计划。我无法过她那种无知的生活。那时，我跑遍世界各地，创立，创作，揭露世人。我每天事情都排得满满的——但是，什么也未能占满我的心，犹如……

*

他知道自己又要走了，再度自欺欺人，将知道的事置于脑后。然而他恰恰知道，他的生活真相就在这个房间……无疑他是要逃离真相。谁能同自己的真相一起生活呢？真相就在那儿，心里清楚就足够了，最终了解真相，使其自行供养着一种秘密的热忱，静静地面对死亡，这也就足够了。

*

妈妈临终时的基督教。不幸的、无知的贫妇（ ）[2]，指给她看苏联人造卫星？但愿十字架能支撑她！

*

1872 年，父系家人安顿下来时，经历了：

——巴黎公社，

——1871 年阿拉伯人暴动（在米提贾平原，头一个被杀害的人是一位小学教师）。

阿尔萨斯人占据了暴动者的土地。

*

那个时期的规模。

*

母亲的无知对应历史和世界的所有（ ）[3]。

---

① “无尽的遗忘”，作者画线圈上了。

② 一个辨认不清的词。

③ 一个辨认不清的词。

比尔·哈凯姆:“远方”或“那边”。

她的宗教是视觉的。她见到就明白,但是解释不了。耶稣就是受难,他倒下了,等等。

*

女战士。

*

书写他的( )[1],以找回真相。

## 第一部 迁徙的人

1)出生于搬迁中。战后六个月[2]。孩子。阿尔及尔,父亲穿上朱阿夫军服,戴着扁平的狭边草帽参加战斗。

2)四十年后,儿子到圣-布里厄墓地,面对父亲坟墓。他回到阿尔及利亚。

3)为了“那些事件”到达阿尔及利亚。寻觅。

蒙多维之行。他找回童年而非父亲。

他得知他是第一人[3]。

*

## 第二部 第一人

青少年时期:动拳脚

体育和道德

成人时期:政治行动(阿尔及利亚,抵抗运动)

*

## 第三部 母亲

爱心

---

① 两个辨认不清的词。

② 1848 年蒙多维。

③ 1850 年马翁人——1872—1873 年阿尔萨斯人——1914 年。

王国：体育的旧伙伴，老友皮埃尔，老教师和他两次打工的故事。

母亲[①]

在最后这部分，雅克向母亲解释阿拉伯问题、克里奥尔文明、西方的命运。“是啊，是啊。”她说道。随后，她就完全供认了，结束。

*

这个男人身上有个谜，他想要解开的一个谜。

然而最终，不过是贫穷之谜，使得世人姓名和经历湮没无闻了。

*

海滩上的青春。充满阳光、欢叫的日子，拼命努力，隐隐或彰显欲望的日子。过后，暮色降临大海，一只雨燕凌空鸣叫。于是，惶恐攫住他的心。

*

最终，他奉恩培多克勒[②]为典范。独自生活的（ ）[③]哲学家。

*

在此，我想书写血脉相通的两个人的经历，以及所有的差异。她宛如这世上最美好事物的化身，而他，则泰然自若地成为怪物。他，投身人类历史的所有疯狂中；而她，穿越同一段历史，却依然保持她在各个时期的常态。大部分时间，她沉默无语，仅用几个词语表达；他则不停地讲话，可是通过千言万语，也未能讲出她一次静默所表明的意思……母与子。

---

① 这一段文字，作者画线圈上了。

② 恩培多克勒（约前490—前430），希腊哲学家、政治家、诗人、宗教教师和生理学家。据说他自封为神，投入埃特纳火山口自杀，好让信徒们相信他的神圣性。他认为一切物质都由火、空气、水、土四种成分构成。他认为有两种力量，即爱和斗争，两者相互作用，使这四种成分结合与分散，斗争使其分散，爱则使其结合。现实世界正处于这两种力量都未达到统治地位的阶段。——译者注

③ 一个辨认不清的词。

*

自由选择任何语气声调。

*

此前，雅克一直感到，自己同所有受害者休戚与共，现在又确认，他也同刽子手连在一起。他的忧患。定义。

*

应当做自己生活的旁观者。旨在加入能完结自己一生的梦想。然而现在，自己生活，别人则想象您的生活。

*

他注视她。一切都停止了。时光流逝，伴随轻微的噼噼啪啪声响。正如放映电影时发生故障，影像消失了，在漆黑的影院大厅里，只听见放映机转动的声音……面对空白的银幕。

*

阿拉伯人出售的茉莉项链。芳香的黄花和白花串在一起（ ）①。花串项链很快凋残（ ）②花朵变黄（ ）③，但是香味久留在穷苦人家里。

*

5月巴黎的日子，栗树的白色花簇到处可见，在半空摇曳。

*

他爱母亲和他孩子，爱由不得他选择的一切。最终，他又全部质疑，重新考虑了。他所爱的，从来都是必须爱的。命运强加给他的那些人、他面对的原本原样的世界、他在生活中回避不了的一切：疾病、使命、荣耀或者贫穷，总之，他的命星。余下的，他必须做出选择的一切，他就尽力去爱，这不是一码事儿，自不待言，他经历过惊叹不已、激情满怀，甚至温情脉脉的时刻。不过，每一时刻又把他抛向其他时刻，每个人又把他抛向其他人，结果，他一样也没

---

① 六个辨别不清的词。

② 两个辨别不清的词。

③ 两个辨别不清的词。

有爱过他做出的选择，除非情势使然，有的逐渐强加给了他，偶尔持续下来，如同有意为之，最终变成不可或缺的了：杰茜卡。真正的爱不是一种选择，也不是一种自由。这颗心，尤其这颗心不是自由的。它是不可避免之物，也是对不可避免的承认。而他呢，的的确确，他全心全意去爱的，也从来只是不可避免的人和物。现在他要爱的，仅仅剩下自己的死亡了。

*

明天[①]，六亿黄种人，几十亿黄种人、黑种人、棕红皮肤的人，蜂拥踏上欧洲的海角……最好（使其改弦更张）。于是，教会他和类似他的人所有知识，他自己所学的一切，从这天起，与他同种的人、他为之生存的全部价值观，都会因为用不上而消亡了。那么还有什么价值可言呢？……他母亲的沉默。他在母亲面前放下了武器。

*

M. 十九岁。他当时三十岁了，那时他们彼此还不认识。他明白人不可能追溯时光，不可能阻止所爱的人曾经的状态，做过什么，并且接受过什么，人丝毫也不能拥有自己的选择。因为，伴随出生的第一声啼哭，就必须选择——只有生母除外。人只能拥有必然有的，还必须复查（参看前边的注释）遵照前文。多么深的缅怀，又多么大的遗憾啊！

必须放弃。不，要学会爱不纯洁，不道德。

*

最后，他请求母亲原谅。“为什么，你成了个好儿子。”莫非是为了其余的一切，她不能了解，甚至想象不出的（ ）[②]，她才是唯一能给予原谅的人吗？

*

既然是倒叙，我就先表现年老的杰茜卡，再讲述她年轻的

---

① 他午睡时的梦境。

② 一个辨认不清的词。

时侯。

*

他娶了 M.，因为她从未碰过男人，他就是为这一点着迷。总之，他娶了她，也是由于自身的弱点。随后他要学会爱那些献了身的女人——也就是说——爱生活中丑陋的需求。

*

用一章节讲述 1914 年战争。我们时代的孵化器。母亲眼中的？她既不了解法国、欧洲，也不了解世界。她还以为炮弹是自行爆炸的，等等。

*

交错叙述的章节，这些章节要让母亲说话，评论同一些事实，但是仅用她那四百个词语。

*

总之，我要讲述我所爱的人。也仅仅讲述这些事。由衷的喜悦。

*

萨多克①：

(1)“可是，萨多克，你干吗这样结婚呢？”

“难道我应该按照法国方式结婚吗？”

“按照法国方式或者别种方式！一种传统风俗，你认为是愚蠢而残忍的②，为什么还要屈从呢？”

“只因我国人民，同这种传统风俗融为一体了，没有任何别的东西，已经墨守成规了。脱离这种传统，就是脱离人民。因此，明天，我要进入这个房间，我要剥光一个陌生女子，在一片枪声中强奸她。”

“好吧。眼下，我们去游泳吧。”

---

① 这一切属于一种抒情风格（非经历），绝非是现实的。

② 法国人观点是对的，但是，他们的道理压制我们。因此，我选择了阿拉伯人的疯狂，被压迫者的疯狂。

*

(2)“怎么样?”

“他们说,目前,必须加强反法西斯阵线,法国和俄罗斯应该合力自卫。”

“两国自卫的同时,在国内就不能弘扬正义吗?”

“他们说,那是以后的事,还得等待。”

“这里等不来正义,这你清楚。”

“他们说,如果你们不等待,那么在客观上,你们就帮了法西斯的忙。”

“因此,监狱就是你们从前同志的好去处。”

“他们说,这实在遗憾,但是别无他法。”

“他们说,他们说。那你呢,你就沉默。”

“我沉默无语。”

他凝视他。一股火气开始冒上来。

“看来,你有负于我?”

他没有讲“你有负于我们”,这是对的,因为有负于涉及肉体,个人,等等……

“不,我今天就离开党……”

*

(3)“要记住 1936 年。”

“在共产党人看来,我不是恐怖分子。我是反对法国人的恐怖分子。”

“我是法国人。她也是。”

“我知道。就算你们倒霉吧。”

“这么说,你背叛我了。”

萨多克的眼里射出一种狂热的光芒。

*

如果最终,我选用时间顺序,雅克太太或医生就将是蒙多维第一代移殖民后代。

“我们不要抱怨，”医生说道，“只要想象一下，我们第一批到达这里的前辈……”等等。

*

（4）——雅克的父亲在马恩河谷被杀害。这个默默无闻的生命还留下什么呢？什么也没有，只是一段难以捕捉的记忆——森林大火中烧毁的一只蝴蝶翅膀的轻灰。

*

两个阿尔及利亚民族主义者。在1939年和1954年（叛乱）之间的阿尔及利亚。在一个阿尔及利亚人的意识中，在第一人的意识中，法国价值观变成了什么。两代人的编年史说明了现今的悲剧。

*

在米利亚纳的夏令营，驻军兵营早晚吹响的军号。

*

爱情：他真希望她们全是处女，没有过去也没有男人。他遇到的唯一的、果然是这样的人，终身都献给了他，而他本人却始终未能做到忠诚。于是，他就希望女人成为不像他这样的人。他这样的人品，总把他推向那些类似他的女人，他爱她们，同她们狂欢热恋。

*

青少年时期。他那些生命的力量，他对生活的信念。不料，他咯血了。生活竟会如此，住进医院，面临死亡，孤独，如此荒谬。从而精力分散了。而且在他内心深处：不，不，生活是另一回事儿。

*

从戛纳到格拉斯，一路的灯光……

他心里清楚，即使他应该回到他一直生活的那片干旱的地区，他也会奉献出他的生命、他的心、他全身心的感激。而这种感激之心曾允许过他一次，也许仅此一次，但终归有一次，达到了……

*

最后一部分以这种画面开头：

瞎驴拉着戽斗水车，多少年都耐心地转圈，忍受着鞭打、恶劣的天气，太阳暴晒，蚊蝇叮咬，还得忍受看似枯燥而单调、痛苦绕圈的这种缓慢行进，河水却不间断地提涌上来……

*

1905 年。L. C. ① 参加的摩洛哥战争。然而在欧洲的另一端，还有卡利亚耶夫②。

*

L. C. 的一生。整整一生都由不得自己，他只有生存和坚持活着的意愿。孤儿。农业工人，不得不娶了他妻子。他的生活，就是这样身不由己构建的——随后，战争要了他的命。

*

他去看望格勒尼埃："像我这样的男人，我已承认，就应该令行禁止。必须有严厉的规则约束他们，等等。宗教、爱情，等等：对我不可能。因此，我决定服从您。"随之而来的(消息)。

*

最终，他也弄不清谁是他父亲了。而他本身，又是谁呢？第二部。

*

无声电影，给外婆念字幕。

*

不，我不是好儿子：好儿子是留下来的那个。我呢，跑遍了世界各地，我欺骗了她，只顾虚荣、荣誉，上百个女人。

"那么，你只爱她吗？"

"哦！我只爱她？"

*

① 大约是他父亲，吕西安·加缪。

② 卡利亚耶夫：加缪戏剧《正义者》的主人公。俄国革命社会党一个恐怖小组，于 1905 年 2 月在莫斯科组织一次暗杀行动，用炸弹炸死皇叔谢尔盖大公。——译者注

他在父亲的墓前,感到时间解体时——这种新的时间顺序,就是这部书上的顺序了。

*

他是个放浪的男人:有许多女人,等等。因此,(过度)在他身上受到惩罚。后来他就知道了。

*

在非洲的惶恐,当夜幕迅疾降临海面、高原或蜿蜒起伏的山峦之时。这是对神圣的惶恐,是面对永恒的畏惧。夜晚在德尔斐产生同样的效果,促使当地建起庙宇。然而,在非洲大地上,神庙都拆毁了,只剩下心头上的这副重压。就这样死灭啦!归于沉寂,背向了一切。

*

他们不喜爱他身上的地方,就是阿尔及利亚人。

*

他与金钱的关系。一方面由于贫穷(他什么也不为自己买),另一方面出于自尊,他从不讨价还价。

*

作为收尾,向母亲忏悔:

“你不理解我,然而,你是唯一能够原谅我的人。许多人愿意谅解我。也有很多人,以各种各样的声调,叫嚷我有罪,可他们对我这样讲时,我也就没有罪了。另一些人则有权对我说出这一点,我知道他们说得有理,应该求得他们原谅。不过,要请求那些心知能原谅你的人原谅。仅仅求得原谅,而不是别人要求你值得原谅,等待原谅。只不过,向他们诉说,全部讲出来,并且获得他们原谅。我能请求原谅的那些男人和女人,我也知道他们尽管满怀诚意,内心深处总有一隅,不能也不会予以谅解。唯一能原谅我的人,可我对他从未犯下什么罪过,我这颗心整个儿给了他,其实,我本可以去会他,而且经常默默地神往,但是他死了。我孑然一身。只有你,母亲,能做得到,而你又不理解我,不能阅读我写的。因此,我对你诉说，给你写下来，等写完了，我再也不加任何解释，就请求你原谅，你一定会冲我微笑……”

*

雅克，在逃离秘密编辑部时，杀了一个跟踪者（那人一脸怪相，脚步踉跄，身子微微前倾。于是，雅克感到一股怒火冲上来：他再次出手，从下往上击中那人喉咙，脖子下捅了个大洞，立刻冒出血来，接着，他又厌恶又愤怒，发疯似的又击打一下（ ）[1]，也不看打哪儿，正中眼睛……）随后，他就去旺达家。

*

贫穷而无知的柏柏尔农民。移殖民。士兵。没有土地的白人。（他爱他们，是爱他们，而不爱那些足蹬尖头黄皮鞋、扎着领巾、净从西方学最坏东西的混血儿。）

*

收尾。

交回土地，那些不属于任何人的土地。交回那些非买非卖的土地（对，基督就从来没有降临阿尔及利亚，因为在这里，就连修道士都拥有产业和租地）。

他瞧瞧他母亲，随即又看其他人，朗声说道：

“交还土地吧。把全部土地交给穷人，交给那些一无所有的人，他们穷困极了，甚至从未萌生过拥有土地的渴望。他们在这地方，都跟她一样，组成了穷苦大众，大部分是阿拉伯人，也有一些法国人，他们在这里生活，或者勉强活下来，完全靠着坚忍顽强的精神，保持世上唯一有价值的名誉，即穷苦人的名誉。把土地交给他们吧，就等于把圣物交给圣人，这样一来，我重又成为穷人。总之，又得浪迹天涯，我会微笑着面对，高高兴兴地死去，死时非常明白，我爱恋的土地，以及我敬重的她和那些人，终于聚在我出生的太阳下了。”

---

① 有四个辨别不清的词。

(默默无闻的大众,从而繁盛起来,也能够包容我了——到那时,我再回到这地方。)

*

反抗。(参看《阿尔及利亚的明天》第48页,塞尔维亚出版社。)

阿尔及利亚民族解放阵线的年轻政委们,他们将这场战争定名为“塔尔赞”。

不错,我指挥,杀了人,我生活在山里,不管日晒雨淋。你给我的最好建议是什么:贝蒂讷行动。

而萨多克的母亲,参看第115页。

*

迎向……在我们最古老的历史中,我们是第一人——不是有人在( )[①]报纸上炒作的那种没落的人,而是迎接还朦胧的不同时代曙光的人。

*

没有上帝,也没有父亲的孩子们,大人推荐给我们的老师令我们憎恶。我们在生活中没有合法的地位——自尊。

*

所谓新生代的怀疑论——谎言。

老实人拒绝相信说谎者,从什么时候起就成为怀疑论者啦?

作家职业的崇高性,正在于反抗压迫,因此也就甘于寂寞。

助我顶住厄运的东西,也许能帮我接受过分走红的命运——其实,支撑我的,首先是伟大的思想,艺术在我的头脑中所形成的极其伟大的思想。

并不是对我来说,艺术高于一切,而是因为艺术离不开任

① 一个辨别不清的词。

何人。

（古代文化）例外。

作家初入道要受奴役。

他们争得自由——这不是（ ）[1]问题。

*

K. H. ：一切夸大的东西都微不足道。然而，K. H. 先生在被夸大之前就微不足道。他坚持要兼职。

# 两封书信

亲爱的热尔曼先生：

我等待这些天围绕我的喧闹声消停一点儿，才来向您坦露心扉。他们刚刚给了我极大的荣誉，既不是我的追求，也从未恳求过。但是，我一得知消息，除了我母亲之外，我首先想到的便是您。没有您，没有您那只热情的手伸向当年的我，那个穷苦的小男孩，没有您的教诲，没有您的典范，这一切就不会发生了。我不会过分夸张这类荣誉。但这次荣誉至少是一个契机，可以向您表明，您曾经并始终在我心中占有的地位，也可以向您保证，您所付出的努力、您的工作和慷慨的心灵，始终活跃在您的一名小学生的心中，而这名学生尽管年岁虚长，对您会终生感念。我紧紧拥抱您。

阿尔贝·加缪

1957年11月19日

① 四个词辨别不清。

我亲爱的孩子：

已经收到了作者让·克洛德·布里斯维尔先生亲笔题词，经你手寄来的《加缪》一书。

真不知道如何向你表达，你这种慷慨之举给我带来的快乐，也不知道如何感谢你。如有可能，我要紧紧拥抱你这个大男孩，可在我看来，你永远是“我的小加缪”。

我还没看完这部作品，仅仅读了开头几页。加缪是谁？给我的感觉，那些力图参透你这个性的人，并没有完全达到目的。你总是本能地表现出一种廉耻心，不肯显露你的天性、你的感情。你为人朴实、率直，因而容易掩饰真性情。还有你的善良！这些印象，是你在课堂上留给我的。教育者想要兢兢业业，就不会忽略任何了解他的学生、他的孩子们的机会，时刻都能出现在现场。一个回答、一举一动、一种神态，都能充分地流露出个性来。我觉得十分了解那个可爱的小家伙，你当年的情况，而孩子往往就是棵苗子，日后长大成人。你在课堂上的喜悦，全方位彰显出来。你的脸洋溢着乐观情绪。我观察你的样子，从未揣测出你家庭的实际状况。直到你妈妈来见我，谈及为你注册考取奖学金的事，我才略微有点儿概念。况且，这事儿发生在你即将离开我的时候。直到那时，在我看来，你和同学们的家境相当。你的表现总是那么得体。跟你哥哥一样，你穿戴得很整洁。我这样讲，我认为是对你妈妈的最好赞扬。

拉回话题，谈谈布里斯维尔先生的这本书，书中穿插了大量照片。我从照片上认识了你可怜的父亲，心中十分激动，我一直把他看作“我的同志”。布里斯维尔先生特意提到了我：我要向他表示谢意。

我看到研究你、谈论你的著作不断增加。而你蜚声文坛（这是不争的事实），并没有冲昏头脑，我注意到这种情况，感到特别欣慰。你依然是加缪：好啊！

我兴趣盎然地观赏了你改编并搬上舞台的剧作，情节跌宕起伏的《群魔》[1]。我爱你心切，自然要祝愿你获得极大的成功：这也是你实至名归。马尔罗也要给你一部剧。我知道你酷爱戏剧。不过……这么多活动齐头并进，你都能做好安排，顺利进行吗？我为你过度劳累担心。还有，允许你这老朋友提醒一句：你有温柔的妻子和两个孩子，家人需要丈夫和爸爸。在这个问题上，我要给你讲讲，我们师范学校校长时常对我们说过的话。他对我们非常、非常严厉，这妨碍我们看到、感受他实实在在爱我们。“大自然是一部大书，上面详详细细地记录你们全部过分的行为。”我承认这样明智的忠告，多次在我要忘却的时候拉住了我。这么说，自然这本大书留给你的那一页，你要尽量保持洁白吧。

安德丽提醒我，我们在电视上见过你，听到你讲话，那是关于《群魔》的一档文学节目。看着你回答提出的各种问题，真让人激动。我不由得狡狯地注意到，你料想不到我终归能见到你，听你说话。这稍许补偿了你不在阿尔及尔的缺憾。我们已经很久没有见你的面了……

结束这封信之前，我还想对你讲讲，作为世俗的小学教师，面对密谋威胁我们学校的计划，我所感到的痛苦。我在整个的教学生涯中，自信总是尊重孩子身上最神圣的东西：寻求自己真理的权利。我爱你们所有人，也认为尽了我一切可能，避免表露自己的观点，从而不压制你们年少的理解力。但凡涉及上帝的问题（纳入了教学大纲），我只讲有些人相信，另一些人不信。每人都有充分的权利，做自己想要做的事情。同样，在宗教方面，我仅限于指出现存人们乐意归属的那些宗教。为了实话实说，我也补充一句，有些人不参加任何宗教活动。我知道这惹一些人不高兴，他们就想把小学教师变成传教士，确切说来，变成天主教传教士。阿尔及尔师范学校（当年位于加朗公园内），我父亲在那里念书时，也和他的同学们一样，不得不按照规定，每个礼拜天都去做弥撒，去领圣体。

---

① 加缪改编了陀思妥耶夫斯基的小说《群魔》，亲自执导，搬上舞台，于 1959 年 1 月 30 日在安托万剧院首次公演。

有一天,他实在厌烦了这种束缚,便把“圣体”饼夹到弥撒经书里!这事报告到校长那儿,他毫不犹豫,就把我父亲开除了。这就是“自由的学校”(自由……思考,像他们一样)那些拥护者的意愿。当下国民议会的构成,就让我担心又要出什么损招儿了。《被缚的鸭子》画报就指出,在某一省,世俗学校上百个班级,上课的教室墙壁上挂着耶稣受难十字架。在我看来,那是对孩子们的思想意识极恶劣的残害。也许不久,这种情况就会发生吧?这些想法令我深深忧虑。

我亲爱的孩子,我快写满了第四页,过分占用你的时间,还请你原谅。这里一切均好,克里斯蒂安,我的女婿服兵役,明天就进入第二十七个月了!

要知道,我即便不写信,也时常牵挂你们全家人。

热尔曼太太和我,紧紧拥抱你们全家四口。

路易·热尔曼<br>1959 年 4 月 30 日<br>于阿尔及尔

我还记得,那一次,你和像你一样初领圣体的班上同学来看我。你穿上新衣服,庆祝节日,显然满心欢喜,也很得意。看到你那么快活,我很高兴,认为你们既然参加了初领圣体的仪式,那一定是你们乐意干的事儿吧?那么……

# 加缪的自我解码[①]

在一张标明1951年3月至1953年12月的纸上，加缪列出了他心爱的词：**世界、痛苦、大地、母亲、人类、沙漠、荣誉、苦难、夏日、大海。**

这段将近三年的时间，都发生了什么事情，加缪有哪些重要活动和创作呢？这个时间段列出的他心爱的词，同他的创作和经历又有什么关联呢？

首先，他集中精力写完并出版了《反抗者》，在法国知识界引爆了一场大论战。此外，他也开始创作随笔集《夏天集》、短篇小说集《流放与王国》，还着手将陀思妥耶夫斯基的长篇小说《群魔》改编成戏剧。他的活动，值得一提的是两度返回阿尔及尔，探望母亲和哥哥，重游蒂巴萨，还去游览了尚未去过的沙漠绿洲城镇，这或许触发他重大创作的灵感。

《加缪文集》前两卷序言中提过，为了方便编辑与介绍，将加缪的著作分为三个阶段，即以“荒诞三部曲”为主的第一卷，以“反抗三部曲”为主的第二卷，而《反抗者》正是第二阶段的一部力作。《反抗者》的核心是加缪的新人道主义，作者从哲学、伦理学和文学艺术诸方面，探讨了引起论战的各种敏感问题，提出了一套反抗的理论。

应当指出，直到1951年10月《反抗者》出版，加缪携着《局外人》《鼠疫》等著作，从阿尔及尔走到巴黎，一路声望急速蹿升，在法国左翼知识界，被视为一位才华横溢的年轻作家，一个正直的、

---

① 引自《加缪文集》上卷。——编者注

仗义执言的斗士。萨特和加缪也结成友谊关系，他曾赞许“《局外人》是一部经典之作，一部理性之作，为荒诞及反荒诞而作”，而且在他的评论中，仅对保尔·尼赞和加缪使用了“榜样”一词。萨特主编的主流媒体《当代》杂志，也一直善待加缪，因此，加缪毫无理由认为，他会受到萨特圈子里的人的猛烈攻击。

《反抗者》初版销量不错，批评界有所反应，但是加缪期待各种月刊，尤其《现代》杂志刊登对他作品的评论。事过半年，加缪在街上遇见萨特，二人进酒吧小酌一杯，萨特为难地通知加缪，《现代》杂志这次的评论不会站在他一边。首先发难的是哲学家弗朗西斯·让松——萨特思想的一个阐释者。这篇长达二十页的文章，题为《阿尔贝·加缪或反抗的灵魂》，刊载于《现代》杂志 1952 年 5 月的“专论”栏目中，言辞之激烈前所未见：

> 这种自我陶醉在其笔下处处可见，难道这不是出于他那杂乱无章、毫无定见，因而诡异多变的思想？

一种全盘否定的调子，攻击的矛头还从这本书转向作者本身，说加缪这个“本质先于存在”的人，身上总有一个被扭曲的自我存在。待加缪的答辩惹恼了萨特，萨特抛出一篇诛心的长文后，让松更是穷追不舍，又发表一篇长达二十九页的文章，仿效萨特的口气斥责加缪“过分唱高调”“总是高高在上”：

> 我评论您的书的时候发现，不仅在不同的人身上，而且我自己的内心，有一种奇怪的抑制现象：一旦涉及您，大家就丧失了涉及其他人时通常具有的那种评论权。大家对您总是怀有一种特殊的尊敬。
>
> 阿尔贝·加缪，一位不折不扣的道德布道师……我觉得，评论您已经成为一种禁忌。不过，我并不喜欢禁忌，我憎恶自己内心里有时力图遵守禁忌的诱惑。

可见，让松借评论《反抗者》的时机，发泄了对加缪郁积多年的愤懑。加缪自然十分骇怪，照惯例要予以反驳，细心修订的文章同样刊登在《当代》杂志上，并采取虚无化的谋略，隐去对手的姓名，但是却以"主编先生"开头。虽说这是他给报刊撰文的旧习，殊不知在这种微妙的时刻，不啻是向萨特做了个鬼脸，而且这次所受的教训，远比他上学时做鬼脸所受的惩罚要刻骨铭心。一个鬼脸已让"主编先生"怒不可遏，加缪收不住的笔，更是不点名地捅到萨特的痛处，局面便不可收拾了：

这些资产阶级的知识分子，就是想要为自己的出身赎罪，哪怕由此带来矛盾，哪怕以自己的才智为代价，他们也在所不惜。

这是对"主编先生"的大不敬。萨特本来天性就爱争论，在争论中确立自己在左翼知识界中的权威，岂能容忍加缪的挑战！他的答书言语尖刻，既充斥个人意气，又多有实质性的批判，正是长期忍而不发的总爆发。他怪怨加缪不好的性格，如"阴暗的自满""顾影自怜的脆弱"，以及"沉闷的放纵"。正是碍于自身的缺点，萨特始终没有向加缪道出内心的真实看法。积怨既深，用语便重，断言加缪以《反抗者》，实现了他的"热月政变"，萨特咄咄逼人地质问道：

默尔索在哪里，加缪？西绪福斯又在哪里？那些真心实意鼓吹不断革命的托洛斯基分子，如今又在哪里呢？他们若不是在流放地，那就是被谋杀了。

这种回溯性的攻击，新账旧账一起算，决绝的态度可见一斑，将《局外人》《鼠疫》等小说，都称为"神秘化"的产物。随后矛头一转，又指向加缪的身世：

> 告诉我，加缪，靠了怎样的神迹，不剥夺人们所申述的人类生存的理由，就不能讨论您的作品呢？
>
> ……也许您曾经贫穷过，可现在并不穷了，已经是个资产者，和让松一样，和我一样……您远远不像圣凡尚·德·保罗，或者一个穷人的手足……您看，家长式的说教我听得太多了，请容忍我不相信这种家长作风，苦难并没有委托您什么。

釜底抽薪，老辣的一招。萨特深知加缪穷苦的身世，现在既然已功成名就，他笔尖一扫，就将对手同劳动者剥离开了。这样一来，加缪就没有资格充当无产阶级的代言人了。

这两位当世，尤其后来成为大师级的人物，在这场辩论中，各有怨尤，都放了狠话，丧失了从容的气度，深刻的理念分歧，又过多掺进了受伤的自尊心和个人意气。艰难经营多年的友谊关系，一旦公开破裂，就再难复合了。两败俱伤，伤得更重的则是更为脆弱的加缪。

《反抗者》是要题献给让·格勒尼埃，加缪的老师和挚友。让·格勒尼埃读过手稿，提醒加缪说："您会给自己招来很多敌人。"加缪则回答："大概会吧，我的那些朋友不是太靠得住。"

果然靠不住，加缪受到左翼的抨击，在这场论战后，左翼知识界的盟友大部分疏远，他就越发孤立了。萨特曾用双关语，影射加缪是"小汽艇"，而他自视为"一艘永不沉没的装甲舰"①，小汽艇同装甲舰相撞，其后果可想而知。

> 很多人并不关注这场思想论争的本质，他们感到高兴的只是加缪终于遭遇了失败。《局外人》《鼠疫》和《卡利古拉》的作者，庄严而自豪的《战斗报》歌手过于成功

---

① 引自奥利维耶·托德著的《加缪传》，第591页。

> 了。迄今为止无懈可击的生涯助长了他的傲气，应该到此为止了！以前，在伽利玛出版社，加缪总是春风得意，在走廊里闲庭信步，而眼下他已是神色黯然，寡言少语，前所未有地显现出他受伤的、带着悲苦的骄傲。萨特总是对罗贝尔·伽利玛说："加缪可惯于攻击我。"可这些日子，所有的人都可以说，是他，萨特，狠狠打击了加缪！这对萨特来说是段小插曲，对加缪来说却是人生的大戏[①]。

这场人生大戏，对加缪虽说称得上是一次重大打击，但在他的创作生涯中，也不过是第三阶段的序曲。的确，相当长一段时间，加缪看样子精神沮丧，他向朋友透露缺乏灵感，写不出东西来了，只是改编几出戏剧，搬到戏剧节上演出。然而，就在消沉的表象下，创作却自行运思，正暗流涌动，确切地说，受到内心动力的驱使，已然蓄势待发了。

内心的这股动力，又是如何激发起来的呢？其成果的一篇力作中，有一段故事倒可以给出答案。上世纪 20 年代初，阿尔及尔一所社区小学的法语教师贝尔纳尔先生，实施一种被禁止的体罚的教育方式。违规的标准固定有几条，十分明确，而且教师绝对公正，一视同仁。这位教师从不把犯错的学生打发给校长，而是亲手施罚，他总是保持好心情，平静地说："我可怜的罗贝尔（或者另一个），还得尝尝麦芽糖棒了。"所谓"麦芽糖棒"是一把短粗的红木尺子，受罚的学生要亲手从讲桌上拿起来交给老师，这其中掺进点儿虐待的意味：

> 贝尔纳尔先生接过学生交来的戒尺时，通常面带嘲弄的神色，他随即叉开双腿。学生要把脑袋伸进老师的

---

① 引自奥利维耶·托德著的《加缪传》，第 591 页。

双膝之间，老师收拢两条腿，就把脑袋紧紧夹住了。就要在这样撅起的屁股上，贝尔纳尔先生视违规的程度，施以数量不等的惩罚，戒尺均衡地打在左右屁股蛋上……

全班同学大都窃笑，看别人受惩罚类似一种享受。雅克学习成绩优秀，在课堂上回答问题出色，是老师偏爱的学生，刚刚受到表扬，放学后跟课堂上讥讽称他“宝贝”的同学决斗，大获全胜，将对手打了个乌眼青。第二天他受到同学们的欢呼，就摆出一副神气活现的样子，跟同学挤眉弄眼，大做拿手的鬼脸，老师全看在眼里：

“我可怜的宝贝，”冷面滑稽的老师说道，“你和别人一样，也有权尝尝麦芽糖。”这位胜家不得不站起身，去取刑具，进入贝尔纳尔先生身上清新的花露水气味范围，终于摆出受刑的屈辱姿势。

这是他的恩师为完善对他的教育，及时地让他认识到，荣誉之后紧随着失败。另一次做鬼脸受到的惩罚，则给他一种别样的教训。为初领圣体上教理班，孩子们根本不懂那些词语，而雅克记忆力突出，不懂也背得滚瓜烂熟，于是在课堂上不是胡思乱想，就是跟同学做鬼脸。

有一天，他正这样做鬼脸，被大个子神甫逮个正着。神甫以为是针对他的，就认为必须惩戒，让人尊重他所体现的神圣性，便把雅克叫到所有孩子面前，也不做什么解释，扬起他那瘦骨嶙峋的长手，抡着扇了孩子一个耳光。雅克遭此猛烈一击，险些跌倒。“现在，回到你的座位去。”神甫说道。雅克瞪眼看着神甫，没流一滴泪，他回到座位，只觉得左脸颊火辣辣的，嘴里有股血腥味儿。他用舌尖舔了舔，发现嘴里侧打破了，流了血。他将自己的血吞咽下去。

加缪盛名之后所遭受的挫折，莫大于这场论战，他向萨特做了个鬼脸，萨特扇了他一记大耳光。此后，法国左翼知识分子的观点，无论随着时局的动荡怎样变化，加缪也始终坚持他在《反抗者》中所阐述的思想。这一教训倒提醒他，萨特圈子的人忌惮他的地方，正是他在创作中忽略了的自己的身世。他在受挫的苦闷时期，势必忆起少小做鬼脸的两次受罚。恩师的惩罚是对他人生的忠告，而神甫不解释的施暴，是给他人生的洗礼。他在神甫施暴的一节中，插入了这样一段话，置于“没流一滴泪”的后面：

他这一生。只被仁慈和爱感动得落泪，而恶行和迫害，非但不会逼他哭泣，反而使他的心、他的意志更加坚强。

可以肯定，加缪回顾了他历次的遭际，包括这场论战对他的围攻，才写出这样一段话。经此一挫，他的心和意志更加坚强，即表明他的内动力又激发起来了，从而打破他在荣誉的光环下生活的惯性和常态。他语出惊人：“工作和创作了二十年之后，我仍然认为我的作品尚未开始。”话说得有点绝，但是发人深思。“我的作品尚未开始”，可以理解为他要进入全新的创作。进入这一新阶段的标志，就是本文开头提到的两次回乡探亲，以及他列出的十大心爱的词。

这十大心爱的词，正是这个新阶段最重要的著作，自传体小说《第一人》的主题词。关于雅克做鬼脸受惩罚的几段文字，就是引自《第一人》。这部小说的创作意念，是1952年萌生的，这绝非偶然，恰恰契合这个时间节点和重大的变故。他尚未开始的是一部什么著作，十大主题词已经圈定了。他沿着父亲当年的足迹，寻找默默无闻而又被遗忘的族群，同时也寻找自我。书中有这样一段记述：

> 雅克猛然冲向窗口，望见老师最后一次向他招手，从此就让他独自闯荡了，孩子考取了（中学奖学金），非但没有喜悦，反而感到揪心的一阵巨大痛苦，就好像他预先知道了，这一成功刚刚把他拉出无辜而热情的穷人世界，从此这个世界闭合了，在社会中宛如一座岛屿，自己被抛进一个陌生的世界……

加缪在陌生的世界，单枪匹马，独自打拼，他必须独自学习，独自成长，增加才能和力量，独自找到他的道德和生活的真谛。终于一个男子汉诞生了，尝到了功成名就的滋味，也付出了极大的代价。最大的代价，就是同生他养他的世界渐行渐远了。

四十岁那年，他应远在阿尔及尔的母亲的一再要求，第一次去圣-布里厄城圣米歇尔阵亡军人墓地，拜谒了父亲的坟墓，这也是他从世事纷争中清醒的一个契机。书中写道：

> 他曾力图逃脱湮没的命运，逃脱那种无知顽固的穷困生活……他跑遍了世界，曾感化、塑造、激发过人，他每天都忙得不可开交。然而，他现在内心深处知道了圣-布里厄及其象征，对他从来就不是毫无意义的。他想到他不久前离开的破旧、长了绿苔的坟墓（埋葬法国移殖民的墓地），怀着一种奇特的喜悦，接受了这样的意念，死亡将他带回到他的真正祖国，并以其无限的遗忘，也覆盖了这个异乎寻常而又平凡的人的记忆。他孤立无援，在穷困中自强不息，成长创业，登上幸福之岸，以便随后在初晨的阳光下，没有记忆也没有信仰，独自进入那些人的世界，进入他的时代，以及他那可怕而又激情的历史。

不待死亡,他就怀着奇特的喜悦,飞向“真正的祖国”,也不待“初晨的阳光”,就全景式地跨进“可怕而又激情的历史”,这就意味,不待叶落归根,就先行回归本真了。他这种创作意向,通过书信和谈话,已向多位友人透露,他雄心勃勃,要写出像《战争与和平》那样的作品,描绘当代社会的史诗性小说。他写信告诉友人塞莱斯:“我仍然没有开始工作,可是,多亏了真理的启示,我感到身上有一种沉默的力量……不过还得等待。”

读者先等来了另一部力作:《堕落》。本来是《流放与王国》中七篇短篇小说中的第二篇,《堕落》写着写着却失控了,由不得作者本人的初衷,扩展成为中篇的叙事体小说,先于《流放与王国》,1955 年 5 月 16 日由伽利玛出版,书的封底有一段妙文:

> 在《堕落》中说话的这个人,沉湎于一种事先设计好的忏悔……他躲到阿姆斯特丹,一座运河环抱、寒冷而光亮的城市里,他在这里扮演着隐居者和预言者的角色。这位前律师在一家气势可疑的酒吧里,正等着自鸣得意的听众。他有一颗现代人的心,也就是说,他无法容忍被他人审判。因此,他急于自责,只为更好地审判他人。他用来照自己的那面镜子,最后拿去照别人了。忏悔始于何处?谴责又从何说起?书中讲话的这个人是在自责,还是意在指责他所处的时代?他是一个特殊的人,还是这个时代的缩影?在这精心设计的镜子游戏中,唯一真实的东西是痛苦,以及痛苦所容许的东西。

就连接近加缪的人,看了这段话都不免瞠目结舌。加缪接受采访时,就强调他不是小说的主人公克拉芒斯。不是自传,却胜似自传。如说是自传,别人就会攻其造假;说不是自传,别人又要疑其隐真。在诙谐幽默的笔调中,难说克拉芒斯所罩的假面,不是作者少年时拿手的鬼脸。《加缪传》中说得好:“《堕落》就像一颗黑色的钻石，它的每一个平面都是清澈的，但是谁也不能抵达它的核心。”看他自占田地，好似大彻大悟的潇洒，然而自始至终，又仿佛在摸着石头过河。总之镜子游戏，变幻不定，哪个是真身，哪个是虚影，全由读者去感悟了。

《堕落》热销，半年时间就发售十二万余册，评论家们赞赏作家的文学才能，指出主人公既是审判者，又是忏悔者，而从《局外人》《鼠疫》到《堕落》，这种“叙事—小说”的笔调相承演变，无不是作者勾画的面具，在一副副面具的掩饰下，加缪既是又不是默尔索、里厄或者克拉芒斯。这些人物，作者塑造出来，然后叛离，最终超越过去。同样，小说人物从作者身上获取了形貌、癖性、过失和美德的三招两式，但是也要超越他这个现实人物。小说人物与现实人物的这种交替超越，正是虚构和真实的互动双赢游戏，讥讽地对应着现实斗争中的零和游戏。

《堕落》是作者以前生活和创作的总结，又是新阶段生活和创作的开启。加缪说：“没有秘密就没有真正的创作。”他还指出批评界忽略了“那些晦暗的部分，我身上那些盲目和本能的东西”。加缪同常人一样，有其别人琢磨不透的秘密，有其盲目和本能的意念和行为，这些表现在小说中，笼罩着高度的模糊性，这正是伟大艺术的魅力。加缪在《局外人》《鼠疫》，尤其在《堕落》中，充分展现了这种魅力，这并不是故弄玄虚，他在《第一人》的笔记中写道：

> 助我顶住厄运的东西，也许能帮我接受过分走红的命运——其实，支撑我的，首先是伟大的思想，艺术在我的头脑中所形成的极其伟大的思想。并不是对我来说，艺术高于一切，而是艺术离不开任何人。

艺术关乎所有人。《堕落》预示，他要通过伟大的艺术之路，回归他那“真正的祖国”。他即将告别这个“黄金和烟雾的梦”一般的地方，“被雾、冰冷的土地以及洗衣盆一样冒着气的大海包围着的”国度，告别“同心的运河好像地狱之圈”的“最后一圈”的阿姆斯特丹，走向幸福怀念的北非灿烂的阳光和清凉的大海。他成为男子汉是一次诞生，现在是“更艰难的诞生”，以便能够自豪地写出：“在我们最古老的历史中，我们是第一人——不是有人在……报刊上炒作的那种没落的人，而是迎接还蒙眬的不同时代曙光的人。”

“更艰难的诞生”，这情况千真万确。《第一人》的写作一拖就是六年，他给女友的信中写道：

> “我从未面对过如此厚重艰难的题材。今天下午，我忽然觉得，我的小说人物都获得了某种厚重的特征。自二十年前开始艰苦地追寻和写作以来，我还是第一次产生接近艺术真理的感觉。一道绚丽的闪电撞入我的心扉，可又是那么短暂！闪电过后，一切复归黑暗，我又陷入盲目和持续的自我怀疑之中。”

1959年夏末，加缪在跟让·德·梅松瑟勒的谈话中透露：“我仅仅写出了三分之一的作品。《第一人》这本书，才是我真正的起点。”

何等看重这部著作！“真正的起点”“接近艺术真理的感觉”，题材厚重，小说人物也厚重。在谈论此前的作品时，加缪还从来没有使用过这类沉甸甸的词语。书分三部，第一部已写出初稿，尚未来得及修改加工，而第二部仅仅开了个头，另外有些散页，是他的笔记和提纲。他打算过了1960年元旦，去巴黎一周，然后返回乡居卢马兰，潜心写作八个月，完成《第一人》的全稿，一切都安排妥当。

加缪这位“荒诞人”的传记作家曾对朋友们说过，没有什么比孩子的死更可耻，也没有什么比死于车祸更荒诞的了。不幸这竟成谶语。1月2日动身去巴黎，加缪已经买了火车票，由于米歇尔·伽利玛的坚持，改乘他开的小轿车，坐到副驾驶座上，次日 13 时 55 分，轿车失控，加缪荒诞地死于这场车祸中。

加缪随身小箱子装的《第一人》手稿，就永远停止在 114 页了。"天意从来高难问"，如果假以所需的时日，加缪就能如愿完成，世间就会多一部作者特别期许的作品了。不过，为加缪送行的这部残稿，总算幸免于难。数年后整理出来面世，也同样"令人震撼"。

既为初稿，就绝无艺术加工的痕迹，给人的是一种异样的震撼，不是阅读欣赏，而是直接经历，感同身受的体验，实实在在看到了加缪的真性情。无论他的朋友还是敌人，对加缪的特点和毛病，都不如他的小学老师热尔曼（书中为贝尔纳尔）看得那么透彻。这位恩师在信中写道：

> 那些力图参透你这个性的人，并没有完全达到目的。你总是本能地表现出一种廉耻心，不肯显露你的天性、你的感情。你为人朴实、率直，因而也容易掩饰真性情。还有你的善良！

"不肯显露天性""掩饰真性情"，这正是加缪所说的"那些晦暗的部分"。别人不是在完全理解的基础上对他进行评论，而往往是在误解中大肆诟病。他在阿尔及利亚的问题上所持的立场，在革命的历史上坚持的观点，在大多数人看来是一意孤行。加缪身上许多异乎寻常的、讳莫如深的地方，都有其大致可解的根源。细心的读家可以在《第一人》中找到答案。

《第一人》初稿残卷出版，作者潦草疾书，尽情讲述他的成长过程，毫无顾忌地展现他的天性，有些词难以辨识，只好空白，因而毫无艺术手法的防护，这就在一部鸿篇巨制未竟而缺憾的同时，却向世人提供了破解加缪之谜的一部"密码本"。

《第一人》小说的故事情节，是以现实和历史交错的手法展开的。

开头一章没有标题，回到 1913 年冬季的一天暮晚，移民的后代，年轻的科尔梅里夫妇正在迁徙的路上，他们离开阿尔及尔，迁往远地的圣·阿波特尔垦区。暮色沉沉，厚重的大块乌云奔驰了数千公里，飞到类似岛屿的北非大陆上空，势头尽失。这片岛屿南端凝固的沙海波涛流动的速度，同这片大地上的帝国和种族的进程一样缓慢。这种乱云飞渡、相对于静止不动的北非大地的景象，恰恰象征两种文明的冲突。而小说主人公雅克，正是诞生在这天夜晚，生在两种文明激烈冲突的地方和时代。

紧接着一章标题为“圣 - 布里厄”，第一句话便是“四十年后”，时间一下子拉到现实。风雨的冬夜出生的雅克，算来已经四十岁了。他从巴黎乘火车前往芒什省圣 - 布里厄镇，第一次为三十九年前阵亡的父亲扫墓。“此人没戴帽子，头发理成平头，长瓜脸，五官清秀，个头儿相当高，蓝色的眼睛透出率直，尽管年届四十，穿着风衣的体态仍显修长……敞着怀，那副神态，既悠然自得，又刚毅有力。”可谓作者的自画像。

中年雅克一亮相，头一个举动，就是微笑着注视一位相当漂亮的年轻女子。那女子拎箱子下车，走到他站立的车窗下，停步换手时，发现他，也不由得微笑起来。雅克放下车窗正欲搭话，火车重又启动。“真可惜。”他说了一句。可见他迷恋女色。随后他回到三等车厢，表明他并不富裕。行驶到圣 - 布里厄小站停车时，他从行李架上毫不费力地取下旅行箱，“快步走出车厢，一跃跳下列车的三级台阶”，这一系列动作表现了他的活力。到站台上，他先掏出手帕，“仔仔细细地擦手”，擦掉抓过铜扶手沾上的炭黑，显示他生活上整洁而讲究。他进订好的小旅馆，不用“长了一张土脸的女服务员”拎箱子，到了客房，还照样给了那服务员一笔可观的小费，这充分表露他爱美嫌丑，出手却大方。他放下箱子，不锁房门便出去办事，足见他的胸襟和疏于防范。他在大堂遇见那名服务员，便问她墓地在哪儿，得到过分详尽的介绍，他还是客气地听完，显出他对任何人都不会失礼的教养。

通过这样再平常不过的细节，主人公的生活状况、爱好情趣、身心面貌、人格修养，都跃然纸上了。1953 年作者的形象，尽管受到重大挫折，表面看来，还是一个悠然自得的成功人士。由守墓人带到他父亲的墓碑近前，他也只是心不在焉地瞧了瞧，还举目注意到，“淡淡的天空，许多小块灰白色云彩缓缓飘过”，不失他往常超脱的神态。无意中，他偶然读到石碑上他父亲的出生日期，下意识地算了一下：二十九岁。

猛然间，一个念头直击得他浑身震颤。他四十岁，而曾经是他父亲，埋葬在这石板下的这个男人，比他还要年轻。

一股温情和怜悯，一下子涌上他的心头，这并不是儿子怀念逝去的父亲的那种冲动，而是一个男人面对被无辜杀害的孩子所感到的那种震惊与同情。这其中有什么东西不合乎自然秩序，老实说，就没有秩序可言，儿子比父亲年长，这当中只有混乱和疯狂……而且岁月也不再井然有序，顺随这条流向尽头的长河了。岁月完全化为破碎声、激浪和旋涡，雅克·科尔梅里，此刻就在这种激浪旋涡中，同惶恐和怜悯拼搏。

他还从其他石碑上的日期了解到，这片土地下面埋葬的全是孩子，曾经是他这花白头发之人的父辈。而他本自以为在生活，独自成材，凭着自身的能量和魄力，直面人生，以为掌握了自己的命运，其实这四十年，他所遵循的只是这种“人世的死亡法则”。“他回顾自己的生活。疯狂，勇敢，怯懦，固执，始终趋向他一无所知的这一目的。”不错，他也曾如饥似渴，通过书本和世人，要了解人生的秘密，总是舍近求远，忽略了在时间和血缘上近在身边的人和事。现在他终于明白，这关联着死在战场上的这个男人，这个年纪轻轻的父亲，他要探个究竟，为时还不太晚，力求了解这个给了他生命的人到底是谁。

加缪在创作上，以全新的姿态寻根，还有一层更深的原因。1848 年法国革命后，为解决参加了革命的巴黎民众失业的问题，当局就往阿尔及利亚派遣了第一批移殖民，随后又一批一批增加，将北非变成法国的殖民地。然而，当地的阿拉伯民众对殖民者始终抱有敌意，不时发生暴力事件，及至阿尔及利亚解放阵线成立，更展开了有组织的武装斗争，尤其“二战”之后到 50 年代，民族解放斗争如火如荼，成为法国当局面对的与越南并列的两大棘手问题。而加缪是在当地出生的移殖民后裔，俗称“黑脚”，虽为法国公民，却与阿尔及利亚各界人士结成友谊，保持千丝万缕的关系。他不支持阿尔及利亚独立，主张双方和谈，将阿尔及利亚留在法国。可是当时局势非常严重，已是你死我活的斗争，加缪的主张根本行不通，他两边劝和，被人指责为态度暧昧，弄得他左右为难。在阿尔及利亚的问题上，他受到各方诟病的立场，在《第一人》中就能找出深层的原因。

1952 年 2 月，加缪向《文学小报》的记者表明：

> 至于我本人，我并不相信存在孤立的作品。在一些作家的笔下，他们的作品始终构成一个整体，每部书都依靠其他作品之光来照亮，每部书都处于其他作品的目光之中。

这种相互辉映参照的关系，在加缪的著作中体现得尤为明显，他的一系列重大观点，在不同的作品中涉及的部分，不管篇幅长短，总能表现出前后惊人的一致性，几乎难以发现有重大的，乃至细微的调整。譬如在荒诞、历史、反抗、个体、真实、事业、心灵、命运、文明等方面的观点，在他的所有作品中，都有递增性的、变换角度的表述，从相对模糊到逐渐明晰。我在第 1 卷序言中，援引作者的第一段话，旨在说明加缪的古典写作功底，语句简洁凝练，而我感到译笔滞重，援引时觉得沉甸甸的，明知道分量源于思想的内涵，一时还难以吃透。其中有三句话，引用时不甚明了，又心知非常重要：

> a. 我之所以这么重视个体，只因在我看来，个体微不足道而又备受屈辱。
>
> b. 我知道没有胜利的事业，就把兴趣放到失败的事业：这些事业需要一颗完整的心灵，对自己的失败和暂时的胜利都不以为然。
>
> c. 对于感到心系这个世界命运的人来说，文明的撞击具有令人惶恐的效果。

这三句话中的关键词，如"个体""完整的心灵""文明的撞击"，词义都很确切，但是组合成这样的语句，便有了深厚的内涵，没有其他作品之光的照耀，终难理解透彻。在《西绪福斯神话》里的这些话，写于1941年，同1947年出版的《鼠疫》相观照，有助于头两句的理解。直到翻译并研读虽为残卷的《第一人》，这三句话在我眼前才鲜明起来，明白其内涵是加缪一生的沉淀。

所谓个体，就是平凡的人。加缪笔下的人物，无不是平凡的人。然而，《第一人》与加缪的其他小说之间存在一种根本性的差异：其他作品称为"纪事—小说"，以事件为导向写作，人物从属于事件；反之，《第一人》称为传记性小说，则以人物为导向叙事，事件从属于人。这是纪事和立传的差异，《第一人》真正为个体立传了。

《第一人》的主人公是雅克·科尔梅里，叙事者又是成年的雅克，第二部的标题为《儿子或第一人》，正是指雅克，那么能否说，这部书可以视为《雅克自传》，抑或《加缪自传》呢？事情也不尽然，且看作者怎么说：

> 而他（雅克），想要摆脱这无名的国度，摆脱无名的

人群和一个无名的家庭，但是他身上还有一个人，固执地不断求索，渴望弄清这种默默无闻与无名无姓，他也属于这个部落，此刻还盲目地走在夜色中……在岁月之夜中行走在遗忘的土地上，这里每个都是第一人……

讲得很明白，这个“无知的国度”“无名的人群”中，每个都是第一人，因此，书名《第一人》并非确指，而是泛指雅克所属的部落的所有人，也就是迁徙到北非的移殖民及其后代（不要混同殖民者，这一点很重要）。作者回顾一百多年来，成批成批的移殖民到北非，在极艰苦的环境中，开垦耕耘土地，在那里扎根，生儿育女，随后便消逝了，他们的子子孙孙也无不如此。他们曾在那片土地上生存过，没有过去，没有伦理，也没有教导，没有宗教。来自不同国家的几代人，乐得如此生存，自生自灭，没有留下痕迹就消失了。

然而，在非洲的大地上，神庙已然拆毁了，仅仅剩下这份难以承受的温馨重重压在心头。是的，如同他们逝去，悄然离开，抛却世间万物。如同他父亲，死于一场不可思议的悲剧中，远离他出生的故乡，过了完全不能自主的一生，从孤儿院开始，中间经过不可避免的婚姻，直到受伤死在医院。围绕着他，由不得他构建的一生，直到战争夺走他的命，埋葬了他，从此永远成为他家人和儿子的陌路人，他也皈依了无边的遗忘。遗忘便是他这类男人的最终家园，是始于无根的一种生命的归宿……

一代接着一代，都是始于无根的一种生命，都像他父亲这样，被动地构建自己的一生，又逐个从这片大地上消失，回归无边的遗忘。他们建起的城池非常短命，如同他们的一生，最终在亲人和别人的心中永远死去。

就好像人类的历史，这部不停地行进在最古老的土地上留下极少印迹的历史，在不落的太阳的烧灼下，连同真正创造它的人们的记忆一起蒸发了，仅仅浓缩为暴力和杀戮的肆虐，仇恨的熊熊烈焰，急速涨满又急速干涸的鲜血湍流，犹如这个地方的季节河。

“无根的生命”“短命的城池”，已经同“文明的冲突”“人类的历史”连接起来了。浓缩的历史血腥的画面，惊心动魄的象征，既有动态，又有静态，给人以极大的冲击和极强烈的印象。人类历史的描绘，还从未见过如此高度的概括，如此真实的可怖。作者接着讲述：

现在，夜色从地面冉冉升起，开始淹没一切，逝去者和活着的人，在亘古永在的奇妙天空下。不，恐怕他永远也难了解他父亲，父亲继续长眠在那里，面容永远消失在灰烬中。这个人身上有其神秘性，这种神秘他很想洞悉。可是到末了，也只有这层穷困的秘密。是穷困造就了无名无姓也没有身世的人，又把他们打回默默无闻的芸芸死者，他们创建了世界，自身却分解，永世消失了。

创造这种历史的人，一切都湮没无闻，融入无边的沉寂中，仿佛笼罩着一种难解的神秘性。作者最终还是确认，这种无名无姓和没有身世的成因，正是世世代代的穷困。于是，作者就决意以雅克的家庭为中心，以他个人成长的过程为主线，在血统的层面上，勇气的层面上，劳动的层面上，教育的层面上，在既残忍而又令人同情的本能的层面上，全景式地展示这种艰苦卓绝的穷困生活，这种穷困生活的苦与乐。从而也可以看出作者如何回味重重压在心头的那份难以承受的温馨，看出雅克如何修成那种天性和那种品格。因此，在《第一人》创作之初，加缪曾对友人说：“要写一本纯粹的‘教育’小说”，“我正在写一本关于我的家庭的书”。

雅克出生在一个典型的移殖民家庭，父系法国阿尔萨斯人，母系西班牙马翁人，已有几代移居阿尔及利亚。除了穷苦，又是单亲家庭，这是雅克的双重不幸。他生活在母亲和外婆中间，在天性和特质方面，受这两代女人的影响最大。

在雅克的心目中，母亲就是一尊美神："五官端正，面相温和，波浪式黑发，鼻子纤巧而挺直，栗色的眼睛美丽而热情，眼神惊人的和善，时而掺进一抹转瞬即逝的无名恐惧，纯正无邪的一贯神态。"雅克崇拜母亲的美貌，明显表现出恋母的情结，书中多处有具体的描写。不仅如此，他还认为，母亲是"这世上最美好事物的化身"。血统上的继承，生活中耳濡目染，除了勤劳、善良、诚实、正直这些品质，作者身上还有某种让人参不透的东西，一种超然而神秘的特质，都是他母亲赋予的。作者讲述第一次听到管风琴奏出的音乐，大异于愚昧的老曲调，他写道：

> 于是，他更厚重地、更深切地梦想，在圣职服饰和物品半明半暗中的一种梦境，处处金光闪闪，终于遇见了神秘，却是一种无以名状的神秘，丝毫也不牵涉……神圣人物，仅仅延展了他生存的这个赤裸裸的世界，是他沐浴其中的温暖而影影绰绰的神秘，仅仅延展他母亲那审慎笑容或沉静的日常神秘。即到了晚上，他走进餐室时，只见母亲独自一人，没有点亮煤油灯，让夜色渐渐浸入室内。而她本人，看似一个更加黝暗、更为厚实的形体，正若有所思，望着窗外忙碌的、但是对她却是寂静的街景。而孩子这时停在门口，觉得一阵揪心，对他母亲，对他母亲身上不属于，或者不再属于这个世界和尘世生活的那种特质，满怀着一种绝望的爱。

雅克对母亲的爱掺进绝望的情绪，只因他那年少心灵的梦想，一时还追寻不上母亲神秘的凝思，而且母子之间，还立着无形的屏障:母亲独守在半聋的世界里,几乎沟通不了,尤其她越是满面笑容,孩子的心越是冲向她的时候。梦想追寻不到那种神秘,久而久之,却浸润透了那种特质:沉静的日常神秘。

> 艰难劳苦的漫长日子接连不断,就堆砌成一生,而这一生毫无希望,也就变成无怨无悔的一生,一无所知,又非常固执,总之,逆来顺受所有痛苦,自己的痛苦一如别人的痛苦。

终其一生,母亲总保持同一副样子,战战兢兢而又顺从,对人总是敬而远之,即使姨表亲相聚,也单独坐在角落。两个孩子,她从未责罚过,眼看着她母亲用牛筋鞭子抽打雅克,丝毫没有劝阻,而三十年后,还保持那同一种目光。作者不无骄傲地写道:"她一辈子,温柔,礼貌,随和,甚至顺从被动,然而,从来没有被征服过,无论任何事还是任何人。"她这种绵柔的坚韧,超然于岁月和人世沧桑之上,似乎什么也未能减损。这种神秘的特质,自然而然浸透雅克少小的身心,成为他后来在社会斗争的大风大浪中航行的压舱石。

母子三人寄居在外婆家,外婆与这个守寡的女儿性情截然相反。她也早年守寡,独自撑起这个劳苦之家,将五个孩子拉扯大,而且有两个落了残疾,雅克的母亲和小舅,就一直留在她身边。她穿一身黑色长衣裙,腰板挺直,一无所知而又固执己见,好似一位女先知,从来就不认命。她专横得出奇,掌管家里收入微薄的钱,也掌控着雅克的童年生活,亲自给他买大得多的衣服和鞋子,她那么严厉和吝啬,给雅克留下极深的印象。她不了解世情,发生什么事都不会吃惊,而且对事物,总有一种更为准确的判断,她常对雅克说:"你迟早会上断头台的。"看雅克小时候这么不安分,就预判长大了会闹腾到什么程度。

总之,挺直腰板做人,坚强、执着,在逆境中保持高傲的神态,明知不可为也要极力为之,这就是外婆传给雅克的人格力量。在一些重要的观点和主张上,例如阿尔及利亚问题如何解决,加缪明知不可为,也一直坚持正义的立场,不惜引起敌对阵营中的友人的责难,这种精神是有根基的,甚至能追溯到他的父亲。书中有这样一段记述。

1905年,雅克的父亲,吕西安·科尔梅里二十岁,为法国现役军人,同摩洛哥人打过仗。同在一个团的战友见证,说他少言寡语,吃苦耐劳,容易相处,也公正无私。有一天夜晚换岗,发现两名哨兵遇害,惨不忍睹,非人道行为,他火冒三丈,大声吼道:"叫个男子汉,就不能这么干。"同伴说,有些法国人也干得出来。"那么他们也一样,就算不上男人。"猛然间,他又嚷道:"下流的种族!……"除了细节,雅克从母亲的沉默中也能大致猜度出父亲的人品。他写道:

> 一个吃苦耐劳、心中苦涩的男人,辛劳一生,服从命令杀过人,接受了所有避不开的事情,可就是内心有那么一处,绝不准玷污。总归,一个穷人,因为,贫穷不能选择,却可以保留。

人穷虽不能选择,但要保留正义之气,绝不准玷污,这便是雅克从这次特别反应中悟出的道理。所幸有个人存在,雅克从未真正感到缺失一位他并不认识的父亲,此人便是他读高小时的恩师。作者深情写道:

> 他从孩提时起,继而整整一生,无意当中,把干预他童年的那种既深思熟虑,又具有决定意义之举认作唯一父亲的举动了。这位教高小的老师责无旁贷,以其全部的人格力量,在那特定的阶段,确实改变了这个孩子一生的命运。

这种人格力量，已经超越了为人师表的意义。热尔曼这样教师的课堂，主要培养孩童身上比成人更至关重要的渴求，即渴求发现。他确认孩子们有能力发现世界，让他们有生以来第一次感到自身的存在，感到他们受到极大的尊重。他从不强调自己的思想，只是阐明观点。他本是反教权者，在课堂上却未讲过半句反对宗教的话，也没有反对过任何可能是一种选择，或者一种信念的态度。反之，他总是激烈地谴责不容置辩的行为：盗窃、诬告、口是心非、卑鄙下流。总之，他用心培养孩子诚实正直的立身之本。

直到 1957 年，加缪获诺贝尔文学奖，热尔曼在信中，还称他为孩子，写下这样终生坚守的话：

> 我在整个的教学生涯中，自信总是尊重孩子身上最神圣的东西：寻求自己真理的权利……尽我一切可能，避免表露自己的观点，从而压制你们年少的理解力。
>
> “大自然是一部大书，上面详详细细地记录了你们全部过分的行为。”我承认这样明智的忠告，多次在我要忘记的时候拉住了我。这么说，自然这本大书留给你的那一页，你要尽量保持洁白吧。

加缪一生爱戴，或者崇敬的人屈指可数：终生尊为师长的还有让·格勒尼埃（书中化名为路易·马朗），是他念高中二年级时的哲学老师。让·格勒尼埃一生从事教育，教授的哲学课生动有趣，对学生富有启发作用，吸引加缪对哲学产生浓厚兴趣。他这个伯乐式教授，第一次走进加缪的教室，就发现了这个极有前途的学生。二人从师生交往发展成忘年交，而加缪正是在他的鼓励下，高中毕业之后便开始尝试写作。

《第一人》的“圣－布里厄”那一章中，雅克第一次拜谒父亲之墓，然后就去拜会这位老友。在现存的书稿中，唯一的较长对话，就是在雅克和马朗这次见面时展开的。这场对话含蓄幽默，富有人生哲理。雅克说道：

> “那时候，我还太年轻，太愚蠢，也孤立无援（您还记得吧，在阿尔及尔？），是您转向了我，不动声色，就为我打开了我在这世间全部喜爱的一道道门。”
>
> “唔！您有天赋。”
>
> “当然了，可是多高的天赋，也得需要一个启蒙者。生活有朝一日，安排在您人生路上的那个人，就应该永远受到爱戴和敬重，即使他并没有负起责任。这便是我的信念。”

加缪很幸运，在人生路上的两个关口，遇到了这样两位启蒙者：一位改变了他的命运，一位引他走上写作之路。这两位的人格力量和学养，成为处于饥渴状态的年少加缪增补的食粮。加缪在《手记》中写道：“发誓在最不高尚的任务中，只完成最高尚的举动。”他投身社会斗争的这种信条，使他避免受人误导，总能走在正义的路上，可见他在成长过程中，善于吸纳亲人和师友的正义之气。

做人做事堂堂正正，著书立说也始终能够守正，都源于同样的根基。加缪在《手记》中，谈到他的处女作《反与正》时写道：

> 对我来说，我知道我的源泉就在《反与正》里，就在这穷困和阳光的世界里。我在这世界生活了很少时间，时时回忆那段生活，我就能避免威胁任何艺术家的两种相反的危险，即怨恨和满足……然而，关于生活本身，我在《反与正》中谈得很笨拙，就知道说出来的那点东西。

穷困与阳光，这一反一正，从一开始，就是加缪创作的本源。起初涓涓细流，不太通畅，到了《第一人》，就是一条浩荡的大河了。这条大河越流越宽阔，负载着加缪的童年和少年的生活，只可惜中学时期和后来的大半段，消隐在死亡的迷雾中，怎不让我们无限遐想和惆怅？

穷困和阳光，培育了加缪，缺一不可。穷困对他磨炼，砥砺出他的高尚品质；阳光给他快乐，教会他热爱生活。

穷困不失尊严，也不失情趣和品位，雅克全家人都像模像样，毫无穷苦相。雅克上学，总穿得整整齐齐，老师还以为他和其他孩子的家境一样，直到报考中学奖学金时才了解到真实情况。在雅克的记忆里，母亲的穿戴，不管多么贫寒，也从未见过她身上有件难看的东西。这也是整个家族的品位，所有人，尤其男人，一定得穿白净的衬衣，裤线笔直的裤子。雅克的小舅埃奈斯特，虽有残疾，却是个帅小伙，得到一家烟店老板娘的青睐。就连古板的外婆，对美也有偏爱，从体貌上爱这个小儿子，爱他的优雅和力量，在他面前显得特别心软。作者不无感慨地写道：

> 总归是人之常情，这种常情或多或少，能使我们所有人变得温和，而且有赏心悦目的感觉，从而也促使世界变得可以承受了，这就是对美的偏爱。

穷困不失尊严和情趣。每到星期天，外婆总要接待出嫁的女儿和妹妹，喝过咖啡，雅克就跟哥哥亨利演出，演唱歌剧《拉莫娜》、托赛利的《小夜曲》。不识音阶的外婆时而喝止念咒一般地歌唱："你唱错了一个地方。"等纠正好了再接着唱，大家又继续摇头晃脑。雅克陪外婆去看带字幕的无声电影，他负责给不识字的外婆讲解。电影放映过程中有钢琴伴奏，雅克注意到那位熟练弹钢琴的老小姐，她那种沉稳宁静的神态，同长凳上的观众的嬉皮笑脸形成强烈的反差。雅克当时就认为，那位给人留下深刻印象的小姐在酷热中，还戴着露指的手套，正是高雅的标志。

穷困生活，却没有凄惨场景的描绘，只通过节俭行为来衬托。

雅克穿着外婆给买的大号衣服上学，惹得同学笑话，他就灵机一动，将肥大的衣襟扎进腰带里，成为灯笼衣，反因其独特而引起同学赞美。足球是雅克的王国，可是水泥操场磨锥形的掌钉，又成为禁区，每天放学回家，外婆要查验鞋底。“这样，他的全部用心，不是修炼一种不可能达到的德行，而是放在修饰过错上。”

的确，从来就没人教过孩子什么是善，什么是恶。有些事情禁止做，违犯了就得受惩罚。而课堂上讲的，禁忌同样非常具体，解释道德总流于空泛。雅克私留两法郎的硬币，要去看足球赛，谎称掉进家里厕所的茅坑里。外婆又是冲水，又是掏粪坑，决意找到那两法郎。作者写道：

> 外婆决意掏粪坑，并不是出于吝啬，而是因为极度贫困，两法郎在这个家里是一笔钱啊。他偷了家人辛苦挣来的这两法郎，心里不免羞愧难当。到了今天，雅克看着坐在窗前的母亲，还是无法解释，他怎么就未能交出去，第二天还高高兴兴去看球赛了。

贫困抹杀不了童年的欢乐。被社会闲置的地方，就是儿童的游乐场。雅克和皮埃尔等一帮小伙伴，用自做的木拍击打雪茄形木棒，规则相当复杂，这就是穷人打的网球。贫穷中最美妙的事物，就是大自然提供的享受不尽的财富。除了夏日的天空和大海，还有阿尔及尔刮起的东风，非常强劲，大风天是最欢乐的日子。雅克到皮埃尔的母亲工作的荣军院，和皮埃尔跑到棕榈树下，拾起长长的枯叶，刮掉叶柄上的毛刺，再登上花园平台，高举起棕榈叶，顶风往前冲，叉开腿挺立在平台边缘，同狂风顽强搏斗，看谁坚持的时间最久。他们居高观赏在大块乌云飞驰的天空下，公园和山丘的树木狂舞的景象。

> 雅克感到从天边刮来的风，沿着棕叶和他的手臂下

来，让他周身充满一种力量和狂喜，使他不停放声呼喊，直到气力用尽，臂膀支持不住，终于让棕叶脱手，任狂风连同他的叫声一下子卷走。夜晚躺在床上……在卧室的寂静中，他仍能听到那大风狂暴喧嚣，在他的心中呼啸：他终生都会喜爱那种狂风。

孩子们在海滩，也同样度过终生难忘的快乐时光。他们顶着烈日，跑向长长的海滩，跑到西头拆毁的海滨木屋的地基，躲在后面飞速地脱光衣裳，争先恐后地冲进大海，一个个大呼小叫，奋力游泳，姿势都很笨拙，灌了水再吐出去，相互挑战扎猛子，或者看谁在水里憋气的时间最长。

海水轻柔温暖，淡淡的阳光，现在照在湿漉漉的小脑袋瓜上，光芒给这些少年躯体注满了欢乐，使他们不停地呼号喊叫。他们主宰了生活，也主宰了大海，世界所能给予的最奢华的东西，他们接受来尽情享用了，犹如领主大老爷，确信有权享受他们的不可取代的财富。

他们玩疯了，忘掉了时间，待狂跑赶回家，已是掌灯吃晚饭的时候了。雅克免不了说假话：去了皮埃尔家写作业。外婆起身嗅嗅他的头发，又伸手摸摸他那还沾满沙子的脚踝骨：“你从海滩回来”。回家晚了还撒谎，就更加躲不过外婆的牛筋鞭子了。

雅克在家里这样说谎，往往是因为贪玩，以免受责罚。不过，他认为说谎话，如果跟家里还算可恕的罪过，跟外人就是滔天大罪了。因此，在考取中学奖学金的那年暑假，外婆让他去打短工挣点钱，谎称家太穷不上中学了，五金店老板才接受。月底领工钱时，雅克宁肯不要钱也要讲出实话。他一生绝不屈从于迫不得已的谎言。为了打工，牺牲自己的假日还得说谎，为争取重回中学上学的权利，再编织新的谎言，这样太不公正，要命似的揪他的心。

连续两年都打工，漫长的夏天，雅克过的大都是暗无天日的日子，净做些微不足道的事情。他并不拒绝工作，尽管在他看来，什么也取代不了大海，或者库拜那些游玩，但是，在他的心目中："真正的工作，应该像制桶那类的劳作，长时间费力气的活儿，双手要有力而灵巧，做出的一系列动作都十分娴熟而精准，能让人看见劳作的成果：一个新酒桶，做得了，毫无缝隙，工匠这时就可以欣赏了"。

舅舅埃奈斯特是个出色的箍桶匠。小时完全失聪，上了几天学，学会了认字，他又机灵又狡黠，有一种本能的聪慧，又极富想象力。他身强力壮，精力充沛，不能用言语表达出来，又不能参与复杂的社会生活，便在体能生活和感受事物中加力迸发出来。箍桶匠的活儿又重又累，他还是喜欢游泳和打猎，也时常带上小雅克。他驮着外甥游到深海，身处同样辽阔的海天之间，远望海岸一条线。雅克被这种孤独感所震慑，更紧紧地搂住舅舅粗壮的脖子，他嘴上说不怕，还是要舅舅游回去。

> 舅舅顺从地掉头，停下稍微喘口气，便重又启程，在水中如履平地那样把握十足。他游回海滩，也并没有怎么气喘，又大笑着用力揉搓着雅克的身子，接着便转身撒起尿，"哗哗"声音很响，一直笑声不止。他很满意自己膀胱的强健功能，拍着肚子，连声说："好，好。"这是伴随他所有愉悦感觉的声音，也不分排泄还是进食，都毫无区别地怀着同样的天真，同样执意地从中取乐享乐，还总渴望同亲人们分享这种乐趣……

舅舅在劳作中，在体能生活和感受事物中，表现出别样的阳刚之气，在家里弥补了雅克父爱的缺失，在不同层面上给了雅克特殊的影响。

雅克从小就常混迹于工人的圈子里，熟悉他们的生活和语言。

他跟社区孩子、跟同学一起玩耍游戏，打架斗殴，粗野惯了，满口讲粗话。上中学时，班里转来个新同学，名叫迪迪埃，是法国中产阶级家庭子弟，随做军官的父亲到阿尔及尔，因喜爱法文课和阅读课，与雅克结成非常亲密的友谊关系。他要求雅克做的头一件事，就是不要讲粗话，同迪迪埃在一起，雅克不难做到。雅克的多重天性早早显露出来，他能讲各个阶层的语言，适应各种群体，只要不违心，能扮演各种角色，这样做起许多事情来就方便多了。

雅克和皮埃尔是发小，从小学到中学的同窗密友。在某些学科上，雅克更为出色，可是太爱冲动，冒冒失失，又好出风头，不由得干出许多蠢事，反而让考虑周到、不显山露水的皮埃尔占了先。就这样，二人在全班轮流成为第一名，但是都不想从中取得虚荣的乐趣。他们同家人正相反，自有别种乐趣。

书中的乐趣是学校培养并引发起来的。贫穷和无知，使得家庭生活特别艰难，特别苦闷，仿佛身处自我封闭的状态："贫穷是一座没有吊桥的堡垒。"雅克和皮埃尔深爱学校，那儿自然是有孩子在家中寻觅不到的东西。课本上那些异国风情的故事，吸引他们幻想那些神秘的国度。童话中的孩子，脚穿木屐，冒着寒风，拖着沉重的柴捆，走在白雪覆盖的路上，终于望见家里冒着炊烟的积雪房顶，就知道炉灶上正炖着豌豆浓汤……于是，雅克在作文中，竟描述他从未见过的一个世界。那些故事构成了他在学校生活富有诗意的部分，而那种诗意汲取了尺子和文具盒的清漆味儿，还汲取了雅克触摸平滑而冰冷的书页的感觉，以及散发的油墨和胶水味儿……

诗意的混杂气味飘出教室，把他们引向市立图书馆。他们进入图书馆的第一感觉，看到的不是摆满黑皮书的墙壁，而是广阔的空间和多向的视野，一进门便逃脱了社区的狭隘生活。

图书的印刷方式，也能预示从中获得什么乐趣。他们喜爱排版很密的书，满页的小字，行距很窄，词句都挤到边缘，如同乡村盛得满满的大盘菜，可以敞开肚子吃。唯独这种大盘菜，才能填饱特大的胃口。他们不追求高雅，反正什么也不知道，写得不好也无关紧要，只需表达得清楚，充满强烈的生活气息就好：这样的书，只有这样的书，才能提供给他们梦想的大餐，饱餐之后，他们就能睡得死死的。

> 两个孩子单纯凭直觉的方法，在余下的图书（十五岁以下的读者可以借阅）中算不上进行真正的选择。不过，在文化知识上，这种随意性并不是最坏的选择，而这两个嗜书的孩子，不管什么都胡乱吞下去，最好的和最坏的都照吃不误，根本不考虑能留下什么，也确实几乎什么也没有记住，只剩下一种奇特而强烈的激情。经过一周又一周，一月又一月，一年又一年，这种激情就在他们心中生成并壮大起来成为一个完整的天地，而充实这一天的印象和记忆，并不能还原为他们每天生活的现实，然而可以肯定，对这两个充满火热激情的孩子来说，这些印象和记忆都同样存在：他们狂热地生活，也同样狂热地梦想。

读书留在他们心中的激情，便是一生火力十足的内动力，激励他们去狂热地生活，狂热地梦想，这显然比读书的具体心得更有意义。

作者这次回家，记述死去的亲友，再也没人提起他们了。母亲和舅舅继续过着艰苦朴素的生活，他们不差钱了，但是已经养成了习惯。他们深知生活不得不防："他们像动物一般热爱生活，可是又从经验获知，生活往往毫无征兆，定期地孕育灾难。"他们现在围坐在他身边，蜷作一堆，静如止水，空无记忆，生活在死亡的边缘，也就是说，始终生活在现实中，他不可能从他们的口中了解到他的父亲了。

> 即便如此，仅凭他们在场，他们就能重新打开来自穷

苦而幸福的童年记忆的清泉，他不能确信，这些如此丰富，从内心喷涌而出的记忆，真的符合他童年的实况。反之，他对保存在脑海中的三两个特定场景，恐怕更有把握：正是这几个场景，把他同他们连接起来，把他同他们融合在一起。也正是这几个场景，消逝了他多年来力求的安身立命，终于又把他打回无名而盲目的原形，而这种原形也正是多少年间，通过他的家庭存活，造就了他的真正高贵气质。

这段话的重要性，好似能开启加缪密码箱众多钥匙中的一把，对比另一把钥匙，下面引用的一段话，似乎具有异曲同工之妙：

在此，我想书写血脉相通的两个人的经历，以及所有的差异。她宛如这世上最美好事物的化身，而他，则坦然自若地成为怪物。他投身人类历史的所有疯狂中，而她，穿越同一段历史，却依然保持她在各个时期的常态。大部分时间，她沉默无语，仅用几个词语表达；他则不停地讲话，可是通过千言万语，也未能讲出她一次静默所表明的意思……母与子。

这两段话仔细品味，实在太厚重了。能针对自身写出这样的话的人，谁都无权怀疑其真诚，真诚得有点让人难以接受。二十多年为社会正义进行的活动和斗争，说成是“投身人类历史的所有疯狂中”，赢得那么高的名誉地位，却贬斥为“坦然自若地成为怪物”。这其中自有加缪的道理，关系到他最核心的秘密，也关系到他所确认的人生真谛：人归根结底，所为何来？从这两段话中，我至少进一步领悟了“他的真正高贵气质”。

加缪所说的那“三两个特定场景”，以及那种神秘的惶恐气氛，在书中不难找见，读家自会印证破解。《第一人》这个密码本因是残卷，加缪自传性的记述大部分篇幅，都随作者远逝了，给我们留下不少谜局。不过，在附录的“笔记与提纲”中，作者透露出一些信息，值得注意，好奇的读家可以尽兴去解码。

我还是愿意用作者的这段话收束本文：

> 他知道自己又要走了，再度自欺欺人，将知道的事置于脑后。然而他恰恰知道，他的生活真相就在这个房间……无疑他是要逃离真相。谁能同自己的真相一起生活呢？真相就在那儿，心里清楚就足够了，最终了解真相，使其自行供养着一种秘密的热忱。静静地面对死亡，这也就足够了。

李玉民

2015 年 10 月　于北京

# 加缪生平与创作年表

李玉民　编译

## 1913 年

11 月 7 日，阿尔贝·加缪生于阿尔及利亚的小镇蒙多维。

他是个混血儿，父母的身份极为复杂，两边的家庭都漂泊不定，最后到阿尔及利亚这块殖民地重新开始生活。

父亲吕西安·奥古斯特·加缪 1885 年 11 月 8 日生于阿尔及利亚。祖籍法国波尔多，早年迁往阿尔萨斯，全家于 1871 年到阿尔及利亚落地生根。吕西安·奥古斯特·加缪刚生下一年，便遭丧父之痛，他被送进孤儿院，长大一点逃离，到葡萄园当学徒。

母亲卡特琳·辛泰斯（加缪的女儿取名为卡特琳，而《局外人》的主人公莫尔索的一个朋友，则叫辛泰斯）祖籍西班牙，生活在米诺尔克岛。全家迁至阿尔及利亚之后，她父亲才出世，这是个农业工人的家庭。

吕西安·奥古斯特·加缪于 1909 年同比他大三岁的卡特琳·辛泰斯结婚。1910 年，他们生下第一个儿子，取名吕西安；1913 年生下第二个儿子，便是阿尔贝·加缪。

## 1914 年

战争阴云密布。6 月，弗朗茨·费尔迪南大公在萨拉热窝遇刺身亡。7 月 28 日，奥匈帝国向塞尔维亚宣战。德国先向俄国宣战，于 8 月 3 日又向法国宣战。

8 月 2 日，第一次世界大战爆发。战火就要毁掉多少像加缪这样贫苦的家庭。“我和同年龄的所有人，是在第一次世界大战的枪炮声中一起长大的。我们的历史从那以后，屠杀、非正义和暴力，就始终没有间断过。”（《夏》）

吕西安·奥古斯特·加缪应征入伍，编在称为“朱阿夫军团”的海外军团。他随军来到巴黎附近，8 月 24 日参加了为阻止德军进攻的马恩河战役，不幸头部中炮弹片受伤，被送到后方医院，于 10 月 11 日死在圣－布里厄医院，并埋葬在当地。

加缪的母亲得知噩耗，精神遭到沉重打击，几乎失聪，并出现话语障碍。寡母带着两个幼儿，生活陷入更加穷苦的境地，搬到阿尔及尔的贝尔库贫民区。她从未去祭过丈夫，说圣比尤克城的圣米歇尔阵亡军人墓地太遥远。直到加缪获得诺贝尔文学奖，一个纪念名人的组织才在他父亲的墓前竖一块墓碑。她先是在弹药厂做工，后来又给人家做家务，勉强维持生计。一起生活的还有外祖母和有残疾当桶匠的舅舅。

## 1915 年至 1918 年

加缪就是在这种穷苦的环境，在几个亲人中间长大的。这个环境不仅生活困苦，而且也没有精神食粮，亲人都不识字，家里也没有一本书，可以说加缪的童年是在文化和历史的真空中度过的。

然而，他有一个“温柔的好母亲”，尽管母亲没有时间，也不知道怎样爱抚孩子。他的沉默寡言、天生的自豪感和朴实的性情，多半受他母亲的影响。

这个小男孩还有阳光和大海，这是他一生都享用不尽的财富。“首先，对我来说，贫穷从来就不是一种不幸……我置身于贫穷和阳光之间。由于贫穷，我才不会相信，阳光下和历史中一切都是美好的；而阳光又让我明白，历史不等于一切。”（《反与正》作者序）

连着海边的贝尔库贫民区，却向他提供阳光、沙滩和大海。加缪和他的小朋友在那里学会游泳，在阳光下嬉戏，观察繁忙的穷人世界。

贝尔库是加缪上的第一所学校，是他上的人生第一课。在贝尔库，不同种族的人混杂在一起，各种活动和各种现象相交织，加缪在这所学校里长大，没有种族的意识，养成独立的人格，能平易而坦诚地同各个阶层的人交往，毫无知识界常有的那种歧视和嫉妒。

### 1919 年

加缪进入贝尔库区小学校，他从封闭的家庭走进开放的世界。这所公立学校设备齐全，又有完善的校规，这正合加缪的心思，于是他又走进书的世界。他大量阅读从区图书馆和学校图书馆借的书，老师和其他人也愿意借书给他看，他的智慧有了惊人的发展。加缪在班里年龄小，体质又弱，但是他有一种能影响别人的魅力，这种影响力来自他的聪明和智慧。他喜欢有听众，同学们也爱听他讲故事。为此，他甚至独自去海滩练口才，效仿古代的狄摩西尼的做法，口含小石子高声朗诵诗歌。

随着加缪戏剧才能的发展，后来他组建了剧团，创作剧本，甚至还努力振兴悲剧。

### 1920 年

第一次世界大战结束两年之后，加缪才被确认为战争孤儿，应由国家抚养，他终于能领一笔小小的奖学金，用来买学习和生活必需品。

后来，加缪曾向女友玛格丽特·多布朗透露，七岁时他就想成为作家。

### 1921 年至 1924 年

加缪在学校以学习成绩优异著称，他在班里法语成绩始终是第一，显示出语言才能。

1923年10月,加缪升到五年级,也快满十周岁了。这个毕业班的法语教师路易·热尔曼是个特级教师,他在学校很有影响,颇有声誉。他已经注意到加缪这个品学兼优的学生,超乎寻常地进行家访。

当年实行五年义务教育,一般孩子小学一毕业,就去找活儿干。加缪的哥哥吕西安十五岁就去干活挣钱了,加缪也不能例外。热尔曼先生劝说加缪的家人,让孩子继续念书,上中学可以争取奖学金。外祖母虽然反对,这次沉默寡言的母亲却讲话了,要让二儿子考中学。

热尔曼给加缪指定一年中应读的书目,他在课堂上朗读讲述第一次世界大战战壕生活的小说《木十字架》,给加缪以极大的震动。后来,加缪在《第一人》的手稿中,就描述了他的感受和激动。热尔曼对所有战争中失去父亲的孩子有一种特殊的感情,对加缪的成长影响至深。加缪念念不忘这位小学老师对他的教导,乃至他获得诺贝尔文学奖时,把授奖仪式的答谢词献给他的启蒙老师,恭恭敬敬地写上"路易·热尔曼先生"。

1924年6月,加缪和他的同窗好友安德烈·维尔纳夫考取了格朗中学。10月开学,加缪享有奖学金,成为半寄宿生,他选择了A类课程,即主修法语和拉丁文。

## 1925年至1930年

加缪在中学,也是品学兼优的学生。从上中学起的假期,他不再和同学一起去海滩嬉戏,而是谎报年龄,开始打工。

课间休息,他最爱踢足球,他一般当守门员,有时也当队长,踢中锋位置。他踢球很勇猛,时常受伤。"不久我就明白了,球绝不会从你预料的方向传来。这一点对我的生活很有帮助,尤其是在法国,不是人人都那么正直。"

1928年,加缪进入阿尔及尔大学拉散俱乐部少年足球队。他写道:"归根结底,正因为如此,我才特别热爱我的足球队,为了胜利的喜悦，尤其这种喜悦同拼搏之后的疲惫感觉相结合，那真是美妙极了，但同时也是为了输球之后的晚上想哭的那种傻念头。”（拉散俱乐部《周报》）

像所有善于思考的人那样，他从激烈的球场所领悟的，绝不仅仅是男子汉气概和拼搏精神：“多年来我看到世人许许多多表演之后，最终对人类道德和义务最肯定的东西的认识，还应当归功于体育，这是我在拉散俱乐部少年队里学到的。”（1953 年 4 月 15 日《勒鲁亚体育简报》）

此外，这种集体运动也培养了他的集体意识、与人合作的精神。他把这种作风，也带到了他的社会活动和戏剧活动中。

加缪念中学时，思想极为活跃，他常和要好的同学聚在咖啡馆里，无休止地争论时局、政治问题和国际形势。当然，大多时候还是讨论文学问题，而马尔罗和纪德，则是这些青年学生讨论的热门话题。

马尔罗于 1926 年发表《西方的诱惑》，1928 年出版《征服者》，他在作品中所倡导的革命思想和革命冒险精神，对加缪极具吸引力。

同样，纪德早年出版了《人间食粮》，1926 年发表了《伪币制造者》《如果种子不死》，1927 年发表《刚果游记》，1928 年发表《乍得归来》。纪德的作品影响着一代青年，加缪也不例外。不过，他十一岁时错过了阅读纪德作品的机会，到了十六岁，即 1929 年看了纪德《人间食粮》，开始从艺术上感受大自然的馈赠。

1929 年至 1930 年，加缪上高中二年级，准备中学会考的第一阶段课程。从 1930 年 10 月开始准备第二阶段考试。在这一学年，加缪遇到了他的第二个授业恩师让·格勒尼埃。

让·格勒尼埃一生从事教育，喜爱文学，时常写些随笔，他教授的哲学课生动有趣，对学生富有启发作用，使加缪对哲学产生浓厚兴趣。他是个伯乐式的教授，第一次走进加缪的教室，就发现了这个特别有前途的学生。

## 1930年至1931年

加缪经历了一场生与死的考验。

他于1930年12月，出现肺结核症状，直到咳嗽加重，甚至晕过去一回才由外祖母带着去看病，并住进医院。当时没有特效药，肺结核病死亡率很高，至少要拖累一生。加缪一生都受这种病菌的不断侵袭和折磨，他以坚强意志和巨大勇气与病魔相搏。经历过死亡的威胁，加缪更加热爱和珍惜生命，在以后的生活和创作中，表现出更大的激情。

加缪因病辍学，幸而能住到生活富裕的姨父家中养病。姨父阿科尔虽开肉店，但是个爱读书、喜欢交际的人，他那种无拘无束的性情、无政府主义的思想，对加缪产生了相当大的影响。

## 1932年

加缪病愈复学，在高中多念一年，就有了同让·格勒尼埃多接触的时间。在加缪刚生病时，这位老师还去他家中看望，在加缪升入大学后，也给他上过课。加缪则时常去老师家讨论问题，二人从师生情发展成忘年交，直到加缪不幸遇车祸去世，让·格勒尼埃又为经典本的《加缪全集》作序。

加缪先后将他的《心灵之死》《反与正》《反抗者》献给让·格勒尼埃，还为让·格勒尼埃的《岛》的再版作序。《岛》给他以心灵的震撼，比得上他阅读《人间食粮》时的感受："我们需要更敏锐的大师，需要类似在彼岸出生的一个人。他应当热爱阳光，热爱健美的躯体，并用难以模仿的一种语言告诉我们这一切外表美丽，但终究要消亡，因此要倍加珍惜。"（《岛》序言）

让·格勒尼埃的作品，向加缪提供了一个思考的领域，一个思考的范畴。加缪写道：

> ……我遇见让·格勒尼埃。他也一样，递给我的东

西里有一本书，是安德烈·德·里什欧的一部小说，名为《痛苦》。我不了解安德烈·德·里什欧。不过，我始终没有忘记，他那部好书，是头一部向我谈论我所了解的事物的书：一位母亲，穷困、晴朗的天空……我照惯例一夜看完，醒来之后，就拥有了一种异样的、全新的自由，到了一片陌生的土地上，犹豫着向前走。这次我了解到，书籍不仅仅散播遗忘和消遣。我执意的沉默，这种朦胧而巨大的痛苦、这怪诞的世界、我家人的高尚情操、他们的穷困，最后还有我的秘密，原来这一切都可以讲述……《痛苦》让我隐约看到创作的世界，而纪德又将促使我闯进去。(《相遇安德烈·纪德》)

加缪通过中学会考。在让·格勒尼埃的鼓励下，开始尝试写作，在学生自办的小型文艺杂志《南方》上，发表一些随笔。

### 1933 年

1 月 30 日，希特勒上台。亨利·巴比塞和罗曼·罗兰发起反法西斯运动，加缪很快就积极投入这场运动。

加缪进入阿尔及尔大学，攻读哲学和古典文学。他开始写读书笔记，其中提到司汤达、陀思妥耶夫斯基、尼采、格勒尼埃，尤其提到纪德。他写道："我这感情太好冲动，应当学会克制。我相信能控制住自己，能用嘲讽、冷漠来打掩护。我应当改变调子。"这是他初次反省。

### 1934 年

6 月 16 日加缪结婚，娶的是一个最惹男人注意的风骚姑娘西蒙娜·耶。西蒙娜打扮得很妖艳，她是大学生的偶像，是上升的中产阶级和社会成功的标志。她头戴宽檐帽，脚穿高跟皮鞋，嘴上时常叼着烟卷，甚至披着狐皮长披肩随加缪去听课。加缪的衣着也很讲究，两人很般配。但是姨父反对这桩婚事，加缪只好离开姨父家，开始半工半读。然而，西蒙娜早就染上毒瘾，加缪像圣徒似的要拯救她，但始终徒劳无益。这场婚姻持续了一年多。

6 月，加缪通过心理学考试，11 月又获得古典文学证书。

## 1935 年

法国左派力量成立人民阵线，反对达拉第的右翼政权。文化青年的英雄安德烈·纪德、安德烈·马尔罗等全力投入这场政治运动，带动了加缪这样的热血青年。加缪加入共产党，负责贝尔库工人区的支部工作。他在给让·格勒尼埃的信中写道："我认为把人们引向共产主义的，主要不是思想，而是生活……我有一种强烈的愿望，就是要看到戕害人类的苦难减少。"

加缪善于调解安排，学业、写作、在穆斯林中开展宣传工作三不误。他在学校仍是个好学生，拿下了学士学位最后一门哲学和逻辑学考试。他开始写《反与正》，继续写《手记》和随笔文章。

> 对我来说，我知道我的源泉就在《反与正》里，就在这穷困和阳光的世界中。我在这世界生活了很少时间，时时回忆它，我就能避免威胁任何艺术家的两种相反的危险，即怨恨和满足……然而，关于生活本身，我在《反与正》中谈得很笨拙，就知道说出来的那点东西。

加缪发展党的外围组织，帮助劳工学校开班，和朋友创立"劳工剧团"。他要改编马尔罗的小说《轻蔑的时代》，并收到马尔罗的复电："你演吧。"加缪特别高兴，因为马尔罗以"你"称呼他。他改编的剧本，在极其艰苦的情况下排练和演出，取得极大成功。1936 年 1 月 25 日首场演出，观众就多达两三千人。一份显然是加缪起草的传单这样写道：

经过大家无私的努力，劳工剧团在阿尔及尔组建起来了。剧团意识到大众文学的艺术价值，便希望表明艺术应当从象牙塔里解放出来，同时也相信美感是与人性紧密相连的……我们的目标在于恢复人的价值，而不是提出新的思考。

## 1936年

3月7日，德国重新占领莱纳尼亚[①]。

5月，法兰西人民阵线在大选中夺得胜利。

6月，加缪去中欧旅行，返回阿尔及尔便同西蒙娜离异。

7月17日，西班牙内战爆发。

加缪和三位同志以西班牙人民的斗争为题，共同编写剧本《阿斯图里亚斯起义》。此剧排练好之后却遭当局禁演。于是加缪给市长写了一封公开信，剧本又由夏尔洛书商出版。劳工剧团又先后排练演出了高尔基的《底层》、马基雅弗利的《曼陀罗花》、巴尔扎克的《伏脱冷》。

加缪有一种“天生的权威”。蓬塞说：“加缪具有难以描摹的天赋，他经常到现场，找适当的时间，用恰当的语言激发人的热情，创造一种相互信赖的和谐气氛……”

从编剧到演出的全过程，加缪无不亲自参与，取得宝贵的经验，为他后来振兴戏剧的活动打下了基础。

## 1937年

为了维持生活，加缪进入阿尔及尔广播剧团当演员，每月有十五天到城镇和乡村巡回演出。

加缪还进帕斯卡尔·皮亚主持的《阿尔及尔共和报》报社当记者(《西绪福斯神话》就是题词献给皮亚的)。他在报社先后担

---

① 即北莱茵－威斯特法伦州。——译者注

任各种职务，从编辑社会新闻栏、节日集会专栏、文学专栏，一直到撰写社论。他尤其重视查明发生在阿尔及利亚的重大政治案件。

加缪是1936年创建的“文化之家”的领导者之一，他积极组织发展地中海文化的各种活动，邀请学者和作者开讲座，作报告，甚至亲自开讲座，谈地中海新文化。在这些活动中，加缪显示了工作的热情和组织才干，同时也表明他对阿尔及利亚地中海的情结。

因健康缘故，加缪未获准报名参加哲学和教师资格考试。他不得不到昂布兰休养，继而取道马塞、热那亚和比萨，到佛罗伦萨游览参观。

劳工剧团解散，加缪与友人又组建“队友剧团”。

加缪谢绝西迪·贝尔·阿贝斯中学的聘书，担心在因循守旧的环境中会沉沦。他打算离开阿尔及尔，到法国本土寻求更大的发展空间。

5月10日，《反与正》由书商夏尔洛出版，收入《地中海作品丛书》。这本散文集是加缪的处女作，共五篇，浓缩了加缪在生长环境中的人生体验，在追求真理的路上的哲理思索，文章充满诗情和悲剧气氛，预示他后来文学创作题材和形式的取向。

8月，他开始构思另一本抒情散文集《婚礼集》。9月写出生前没有发表的小说《幸福的死亡》，这是加缪创作小说的尝试，在情节上有点像《局外人》的雏形。

加缪和一群阿尔及利亚知识分子签署一份声明，支持勃鲁姆·维奥莱特选举改革方案，认为这个方案是“伊斯兰教徒全面获得议会自由的一个阶段……”

从1935年秋加缪加入共产党，到1937年11月他被开除出党，这一阶段，人民阵线、共产党、穆斯林民族主义以及加缪本人，各方面都发生了微妙的变化。党组织认为加缪入党动机不纯，持不同政见，同穆斯林作家和伊斯兰宗教领袖来往密切。加缪则指责党对穆斯林反殖民主义实行反对政策，指责党的干部不理解深受殖民主义压迫的阿尔及利亚人民。在劝退不成的情况下，总部开会决定将加缪开除出党。对此，加缪的唯一反应，仅仅是“微微一笑”。

其实，加缪到了他一生的转折点：他的内心生活的比重，开始超过社会生活。他不会抛弃，但要以更严肃的态度参与社会生活，要为自己的文学创作保留必要的精力和时间。

### 1938 年

队友剧团组建以来，要给民众带来一个高质量的戏剧季节：“戏剧是一门让世人去解释寓意的有血有肉的艺术，是一门既粗犷又细腻的艺术，是动作、声音和灯光的美妙谐和。然而，戏剧也是最传统的艺术，重在演员和观众的配合，重在对同一幻觉的一种彼此心照不宣的默认。”

加缪选择首演的剧目，是费尔南多·罗维的《修女》，西班牙文艺复兴初期的一部名著。

2 月，又演出安德烈·纪德的《浪子回头》和夏尔·维尔德拉克的《顽强号客轮》。

马尔罗的小说《希望》出版。

萨特的《恶心》出版。加缪很欣赏这本书，但是反对萨特的审美观，指出他过分强调人的丑陋，以便把人生的悲剧性建立在这个基础上：“没有美、爱或者危险，生活就会很容易。”

酝酿荒诞系列作品，首先写了荒诞剧《卡利古拉》，还考虑写一部论述荒诞的作品，有些笔记后来写《局外人》时就用上了。

他看了克尔凯郭尔的《论绝望》，以及尼采的《人性的，过于人性的》《偶像的黄昏》。

9 月 30 日，签订《慕尼黑协定》。

### 1939 年

3 月，捷克被第三帝国吞并。

阅读伊壁鸠鲁和斯多葛派的作品。

同安德烈·马尔罗见面。

萨特的短篇小说集《墙》发表。加缪撰文评论道:“观察到生活的荒谬,不可能是一种终结,而仅仅是一种开端。”(《阿尔及尔共和报》1939 年 3 月 12 日)

5 月,加缪的抒情散文集《婚礼集》出版。

6 月,加缪到阿尔及利亚北部山区卡比利调查:“在世界上最美的地方,这种穷困的景象比什么都令人痛心。”这一经历,对加缪的“荒诞”概念的最后成形,起了决定性的作用。

战争乌云密布,加缪不得不放弃去希腊旅行的计划:“战争爆发那年,我本来打算登船,也像尤利西斯那样航海旅行。在那个时期,即使一个穷苦的年轻人,也能做出奢华的计划,横渡大海去迎接阳光。”(《夏》)

9 月 3 日,第二次世界大战爆发。

首要的一条,就是不绝望。不要听信叫嚷到了末日的那帮人。(《扁桃树》)

发誓在最不高尚的任务中,只完成最高尚的举动。(《手记》)

野兽统治的时代开始了,我们已经感觉到了人类身上增长的仇恨和暴力。在他们身上,纯洁的东西荡然无存……我们所遇见的全是兽类,全是欧洲人那些野兽般的嘴脸……(9 月 7 日《日记》)

加缪准备应征入伍参战,但因健康缘故暂缓。

《阿尔及尔共和报》改成《共和晚报》,加缪任主编。

到阿尔及利亚奥兰旅行。

## 1940 年

加缪同一位奥兰姑娘弗朗西娜 · 富尔结婚。

1 月 10 日《共和晚报》遭当局查封。

加缪去巴黎,由帕斯卡尔 · 皮亚推荐,进《巴黎晚报》社,在编辑部当秘书,做些纯事务性的工作。“在《巴黎晚报》报社感觉巴黎的整个心脏,以及它那轻佻少女式的龌龊思想。”(《手记》)

5 月,《局外人》完稿。

5 月 10 日,德军入侵。加缪同《巴黎晚报》编辑部撤离巴黎,12 月他脱离编辑部。

9 月,开始撰写《西绪福斯神话》的第一部分。

10 月,加缪到里昂,暂时落脚。

## 1941 年

1 月,返回奥兰市,到一所接纳犹太子女的私立学校教一段时间书。奥兰是阿尔及利亚第二大城市,后来加缪的长篇小说《鼠疫》,就以这座城市为背景。

2 月,《西绪福斯神话》完稿。

受海尔曼 · 麦尔维尔《白鲸》的影响,加缪开始构思长篇小说《鼠疫》。他在《介绍海尔曼 · 麦尔维尔》的文章中写道:“这是人所能想象出来的最为惊心动魄的一个神话,写人对抗恶的搏斗,写这种不可抗拒的逻辑,终将培育起正义的人;他首先起来反对创世和造物主,再反对他的同胞和他自身。”

12 月 19 日,法共中央委员加布里埃尔 · 帕里在抵抗斗争中,被德军抓获并杀害。加缪在《时政评论一集》中写道:“……您问我出于什么理由站到了抵抗运动一边。这个问题,在包括我在内的一些人看来,是没有意义的。当时我就认为,现在还一直认为,总不能站在集中营一边,那时我明白了,我憎恶暴力机构,却不那么憎恶暴力。为了把话说得明明白白,我非常清楚地记得那天,我心中反抗的浪潮达到了顶峰。那是在里昂，一天早晨我看报，读到加布里埃尔·帕里被处决的消息。”

加缪由帕斯卡尔·皮亚和勒内·莱诺介绍，加入“北方解放运动”的抵抗组织，接受搜集情报和出版地下报纸的任务。

### 1942 年

1 月，加缪肺病复发，不宜留在气候潮湿的北非，不得不去法国本土，到利尼翁河畔的尚邦休养。

由于战争阻隔，他回不了北非，同妻子天各一方，直到解放才重聚。

6 月 15 日，《局外人》由伽利玛出版社出版。10 月 16 日，《西绪福斯神话》在同一出版社出版。

《局外人》受到普遍的好评。萨特写道：“《局外人》是一部经典之作，一部理性之作，为荒诞及反荒诞而作。”亨利·海尔在《泉水》杂志上发表文章：“加缪及其《局外人》站到当代小说的最尖端，这条道路由马尔罗开创，由萨特终结，途经塞利纳，它赋予了法国小说以新的内容和风格。”

被人称为荒诞哲学家，加缪则不以为然：“我不是哲学家，对理性没有足够的信赖，更难相信一种理论体系。我的兴趣所在，是探讨怎样行动，更确切地说，人们既不相信上帝，又不相信理性的时候，应当如何生活。”“不，我不是存在主义者……萨特是存在主义者，而我发表的唯一理论著作《西绪福斯神话》，恰恰是反对那些存在主义哲学家的……”（《文学新闻》1945 年 11 月 15 日）

### 1943 年

完成剧本《误会》的初稿。

加缪在里昂地区和圣艾蒂安地区来回奔波，时达数月，他给勒内·莱诺《诗歌》作序时写道：“如果说地狱存在的话，依我看，它就应当像行人全穿黑服的这些无尽头的灰色街道。”

法国工人——我渴望了解并“生活”其中，只有在他们身边我才感到舒服。他们跟我一样。(《手记》)

6 月，萨特剧本《苍蝇》首演式上，加缪、萨特、西蒙娜·德·波伏娃，他们常在巴黎圣日耳曼大街的咖啡馆见面。

加缪成为伽利玛出版社的审稿员。他住进安德烈·纪德的套房，第二次同路易·阿拉贡见面。

几个抵抗运动组织合并，加缪参与筹办地下报纸《战斗报》，同皮亚、弗朗西斯·蓬日、雷诺等抵抗运动战士联系密切。

## 1944 年

加缪的剧本《卡利古拉》和《误会》在伽利玛出版社出版。

6 月，《误会》由玛丽亚、卡萨雷斯和马塞尔·埃朗主演，在马图兰剧院演出。

先后共发表四封《致一位德国友人的信》：“我仍然认为这个世界没有更高的意义，但是我也知道这世上的某种东西有意义，这就是人，因为，人是要世界有意义的唯一生灵。”

8 月 24 日，巴黎解放，皮埃尔·沙菲尔通过广播电台，让巴黎的钟全部敲响庆祝。

《战斗报》第一期公开散发：“在这 8 月的夜晚，巴黎无处不开火。”

从 9 月开始，加缪和弗朗索瓦·莫里亚克分别在《战斗报》和《费加罗报》上撰文，在是否应惩罚法奸(合作分子)的问题上展开激烈的论战。加缪主张必须严惩叛徒，才能伸张正义。

10 月，加缪与妻子在巴黎团聚。

## 1945 年

授予加缪抵抗运动勋章。

5 月 8 日，加缪在安德烈·纪德身边，得知停战的消息。

5 月 16 日，殖民当局在阿尔及利亚塞提夫城，先屠杀，继而又镇压阿尔及利亚人民。加缪前往当地调查，写了八篇文章，有六篇以《阿尔及利亚纪事》为副标题，收入 1958 年出版的《时政评论三集》，表达了对阿尔及利亚人民争取民主自由的同情。

8 月 6 日和 9 日，美国在日本广岛和长崎投下原子弹。加缪在《战斗报》撰文："机械文明达到了野蛮的极点，在不久的将来，人们必须抉择：要么集体自杀，要么聪明地利用科学成果。"

9 月 5 日，加缪喜得一对儿女，取名若望和卡特琳。

9 月 25 日，《卡利古拉》在埃贝尔托剧院演出。主演钱拉·菲利普崭露头角。R. 康普把这出剧视为"绝望者的教科书"。

加缪担任伽利玛出版社的文学顾问，他要策划出一套"希望"丛书。

12 月，加缪和米歇尔·伽利玛全家去戛纳度假。

## 1946 年

3 月 25 日，加缪抵达纽约，开始北美之行，在哥伦比亚大学、哈佛大学等处讲演，受到大学生的热烈欢迎和好评。5 月 26 日，他抵达蒙特利尔，开始在加拿大巡回讲演，6 月回国。

发现西蒙娜·维尔的作品，加缪主持出版她未发表过的作品。

在论战中，他系统地思考暴力问题："我们在地狱中，从来就没有出去过！这漫长的六年来，我们都极力摆脱这种处境。"(《夏》)

诗人勒内·夏尔的《伊普诺斯散页》出版，加缪和他结成深厚的友谊。

11 月，加缪同萨特、马尔罗、科斯特勒等进行政治谈话，涉及苏联等问题。

## 1947 年

加缪强烈抗议法国当局镇压马达加斯加岛起义："……事实摆在面前，清清楚楚，极其丑恶。我们碰到这种情况，干了我们谴责

德国人所干的事情。”(《战斗报》)

加缪将《战斗报》主编之位让给克洛德·布尔代。

“民主与革命联盟”成立，团结左翼力量。加缪支持而未参加。

6月，《鼠疫》出版，获巨大成功，加缪被授予批评家大奖。

夏季，加缪到普罗旺斯地区卢马兰村居住一段时间。

8月，加缪与让·格勒尼埃去游布列塔尼。

9月，加缪去勒内·夏尔的家乡伊斯勒，受到诗人热情友好的接待。

11月，加缪回阿尔及尔，看望亲人和老师。

加缪在《卡里邦》杂志发表系列文章：《不做受害者，也不当刽子手》，再度与德·拉维吉利激烈论战。他强调暴力虽难避免，但必须反对使暴力合法化的任何行为，他反对一切战争、一切残害生命的暴力形式。

## 1948年

1月19日，加缪去瑞士养病，写完剧本《戒严》。

2月，布拉格政变。

加缪暂时离开斗争激烈的政治舞台，携家人回阿尔及利亚游览。

5月4日，加缪又同家人去英国旅行。

夏天，加缪再次去夏尔家乡伊斯勒，他对巴黎生活已心生厌倦，眷恋普罗旺斯的秀美风光和田园生活。

10月27日，《戒严》演出失败。

## 1949年

3月，加缪呼吁声援被判处死刑的希腊共产党人；1950年12月，他还声援其他国被判处死刑的共产党人。

开始撰写剧本《正义者》和哲学论著《反抗者》。

3月6日，加缪去伦敦，出席《卡利古拉》在伦敦的首演式。

6月至8月，去南美洲旅行（参看《最近的大海》与《长出来的巨石》）。加缪健康状况本来不佳，这次旅途劳顿，情况就更糟了。此后两年间，他只能思考并撰写《反抗者》了。

《正义者》完稿，加缪有时去看这出戏的排练。12月，《正义者》公演，受到观众的赞赏。

## 1950年

加缪向伽利玛出版社请一年病假，遵医嘱，去海拔高、气候干燥的卡布里养病。他每天坚持写作。萨特前去看望过他。

《时政评论一集》出版。

加缪去沃日地区度夏。

不久，他搬到夫人街的一套房子。

## 1951年

加缪再次离开阴冷的巴黎，去卡布里疗养，主要精力用来完成《反抗者》。

朝鲜战争爆发，中国人民志愿军赴朝作战。

10月18日，《反抗者》出版。这本书从哲学、伦理学和文学诸方面，探讨了引起论战的各种敏感问题，提出一套反抗的理论，这便是加缪的新人道主义的核心。这本书引起萨特和加缪激烈论战，最终导致二人彻底决裂。这一场论战是法国知识界的重大事件，持续一年多。

11月，加缪回阿尔及尔探视母亲。

12月，在卜利达状告“争取民主自由胜利运动”（阿尔及利亚政党）。

## 1952年

2月22日，加缪参加法国人权同盟在巴黎的大会，并发表演说,声援被佛朗哥政权判处死刑的西班牙共和党人。

3 月 6 日,加缪声明退出欧洲文化协会,因不满它的政治宣言的一些观点。

5 月至 8 月,《反抗者》所引起的论战到了白热化程度。加缪写了《致〈现代〉杂志主编的信》,而主编萨特则写回以《答加缪书》,成为两人断绝关系的宣言书。

加缪去帕那尼埃休养。

创作短篇小说集《流放与王国》。

加缪辞掉在联合国教科文组织的职务,抗议它吸收了佛朗哥统治下的西班牙为成员。

12 月 1 日,加缪再次回家探望母亲和哥哥,重游蒂巴萨,去游览尚未去过的沙漠绿洲城镇。他乘船到马赛,去戛纳与伽利玛一家相聚,再一道回巴黎。

### 1953 年

6 月 7 日,东柏林发生暴动:"一名劳动者,无论在世界何处,面对坦克举起赤手的空拳,高呼他不是个奴隶的时候,我们若是无动于衷,那就成了什么人呢?"(在互助会上的讲话)

《时政评论二集》出版。

6 月,在昂热戏剧节上,加缪代替生了病的马塞尔·埃朗,改编并执导《信奉十字架》和《闹鬼》。

夏天,加缪带生病的妻子以及子女去莱蒙湖畔的多农,抓紧修改《夏》。

10 月,加缪着手将陀思妥耶夫斯基的长篇《群魔》改编成剧本。

> 专制和金钱民主都明白,为巩固其统治,必须将劳动与文化分离。至于劳动,有经济压迫差不多就足够了……而文化,则可以用金钱收买和冷嘲热讽。商业社

会将大量金钱和特权赠给那些名为艺术家，实为跳梁小丑的家伙，迫使他们做出种种让步。（8 月 8 日给一家工会刊物的信）

加缪在一张标明 1951 年 3 月至 1953 年 12 月的纸上，列出他心爱的词：**世界、痛苦、大地、母亲、人类、沙漠、荣誉、苦难、夏日、大海。**

## 1954 年

随笔集子《夏》出版，包括《扁桃树》《重游蒂巴萨》等八篇抒情散文，反映向往光明的自然一面。加缪认为作家可以写荒谬，而自己并不绝望。

10 月，去荷兰短期旅行，阿姆斯特丹是他的小说《堕落》的背景城市。

构思写《第一人》："于是我构想'第一人'从零开始，他不会念书，也不会写字，不知道什么是道德和宗教。换言之，那是一种没有老师的教育，小说就放在现代历史的革命和战争之间展开。"

法国广播电台分几次播放加缪录制的《局外人》。

加缪十分关注阿尔及利亚的局势。11 月，殖民当局和阿尔及利亚民族主义力量矛盾激化，开始武装冲突。"左手拿着《人权宣言》，右手拿着用来镇压的警棍，还能以文明的创立者自居吗？"

10 月，加缪再次写信给福克纳，请求改编《修女安魂曲》。

11 月，应意大利文化协会邀请，加缪去意大利访问，到都灵、米兰、罗马、热那亚几座城市作报告和讲演。讲演的题目为《艺术家及其所处的时代》，表明自由的艺术家并不是一个追求舒适或内心混乱的人，而是一个有自律精神、承担社会责任的人。

## 1955 年

3 月，改编迪诺·布扎蒂的剧本《医院风波》，并在法国出版。

4月26日至5月16日，加缪去希腊旅行，在雅典的法语学院以《悲剧的未来》为题，发表演说，援引法国一大批作家在戏剧舞台所取得的成就，说明古希腊悲剧复兴的可能性。

6月，加缪重返新闻界，与《快报》周刊合作，主持“时事”栏目。加缪加盟《快报》，又引起与左派杂志《法兰西观察家》的论战。

> 作家完全可以置身于激烈的论战之外，独自一人，在孤独中完成为大众服务的使命。然而，一旦加入战斗，他就必须遵守规则：集体性、责任感，以及应有的幽默感。（布尔代）

其实，加缪并没有参加他们的阵营。

9月末，美国作家威廉·福克纳到达巴黎。为此，伽利玛出版社举办花园招待会，法国文学界名流四百人应邀参加，成为一次文坛盛会。福克纳签了合同，允许加缪改编《修女安魂曲》。

10月23日，加缪在巴黎大学主持《堂吉诃德》问世三百五十周年纪念会，他在讲话中，赞美书中的主人公拒绝现实、拒绝轻而易举的成功的精神：“有一点非常重要，这些拒绝不是被动的。堂吉诃德不屈不挠的战斗，永远不甘心失败……这种拒绝不是放弃，而是一个看重荣誉的人在谦卑面前的退让，他是一个拿起武器斗争的仁慈家。”

> 这信念是一种希望，也是一种信念。这信念就是只要坚持不懈，失败最终会转化为胜利……不过，这需要战斗到最后一刻，正如西班牙哲学家所梦想的，堂吉诃德必须下地狱去为最后的受难者打开大门……

## 1956年

1月18日，加缪飞抵阿尔及尔，参加集会。1月23日他呼吁休战,因而受到一部分同胞的不愉快接待。他在给吉利贝尔的信中写道:“我从阿尔及利亚回来,心情相当沮丧。事态的发展坚定了我的信念。对我来说,这是个人的一种不幸。但是必须坚持,不是什么都能妥协的。”

2 月,加缪停止与《快报》合作。

5 月,小说《堕落》由伽利玛出版社出版。

加缪全力援救 5 月 28 日被捕的梅宗瑟尔,以及一批被捕的阿尔及利亚自由主义者或民族主义者。梅宗瑟尔一案移到巴黎,加缪请名律师为好友辩护,终于使其免于起诉。

9 月 20 日,由卡特琳・塞勒主演的《修女安魂曲》,在巴黎马杜兰剧院演出成功。

10 月 23 日,发生匈牙利事件。加缪声援匈牙利人民,多次参加集会游行,反对专制主义。

## 1957 年

加缪打算编《夏》的续集——《节日集》。

3 月,《流亡与独立王国》出版。

6 月,昂热戏剧节上,演出修订本《卡利古拉》,以及他改编的洛贝・德・维加的《奥尔梅多骑士》。

《关于断头台的思考》,收入同科斯特勒与丁・布洛克・米歇尔合编的《关于极刑的思考》。

10 月 17 日,瑞典皇家学院授予加缪诺贝尔文学奖。当时他是法国第九位此奖得主,而且是最年轻的,年仅四十四岁。加缪自己觉得意外,应该是马尔罗获奖。这一事件受到了左派和右派的双重抨击,但是马尔罗毫不犹豫地表示祝贺,说“他的这种回答给我们俩都增了光”。另一位著名作家莫里亚克,也排除前嫌给加缪以中肯的评价:“这位风华正茂的年轻人,是青年一代最崇拜的导师之一,他给青年一代所提出的问题提供了答案,他问心无愧。”

## 1958 年

2 月,《在瑞典的演讲》发表。

3 月,《反与正》再版,新作了序言。

6 月,《时政评论三集》出版。这是阿尔及利亚专集,加缪提议分析冲突并寻求解决方法。但是他已陷入两难境地,这给他造成极大苦恼。

加缪这两年身体极差。

6 月 9 日,去希腊旅行。

8 月,著名作家马丹·杜·加尔去世,加缪为这位挚友写了纪念文章,给予高度评价。

11 月,加缪在普罗旺斯省卢马兰村买下一幢房子,打算将来长居乡间。

## 1959 年

1 月 30 日,加缪改编的陀思妥耶夫斯基的《群魔》,由他执导在巴黎安东尼剧院演出。

加缪打算经营一家剧院,请当时任文化部长的马尔罗予以资助。

3 月,加缪回阿尔及尔探母。

5 月 12 日,法国电视台播放一套名人采访录,有一期专为加缪录制。

5 月,加缪到卢马兰村居住,似乎恢复了精力,准备写《第一人》,到 11 月,他顺畅地写出了第一部分。题词已想好:“献给永远无法阅读此书的你。”据加缪妻子理解,人人都是第一人。如果不出意外,《第一人》应在 1960 年 7 月完稿,1961 年夏再写第二稿,或许就是定稿。

1960 年

伽利玛一家应邀到卢马兰过元旦。1 月 4 日，加缪乘米歇尔·伽利玛的汽车回巴黎，车行至蒙特罗附近的维尔勃勒万，出了车祸身亡。

在悼念的文章中，萨特的悼词最感人：

> 他在本世纪，顶住历史潮流，独自继承了源远流长的警世文学，警世作品也许堪称法国文学的最大特色。他以那种固执的，既狭隘又纯洁的，既严峻又耽于肉欲的人道主义，向这个时代种种巨大的、畸形的事件展开胜负难卜的战斗。但是反过来，他以自己始终如一的拒绝，在我们时代的中心，针对马基雅弗利主义和拜金的现实主义，再次肯定了道德事实的存在。

阿尔及利亚友人在蒂巴萨，给加缪立了纪念碑，雕刻的铭文为：

> 在这儿我领悟了
> 人们所说的光荣：
> 就是无拘无束地
> 爱的权利。
>
> ——阿尔贝·加缪